Inhalt

Wenn's im Rücken wehtut

Meine Hände kribbeln, als ob Millionen von Ameisen darin ihrer eifrigen Sammelleidenschaft nachgingen. Die Handschellen sind zu eng und verhindern, dass mein Blut bis in die Fingerspitzen vordringen kann. Hoffentlich sterben mir die Finger nicht schon vor dem anvisierten sexuellen Höhepunkt ab. Carsten greift in unsere Spielzeugkiste und holt einen Seidenschal hervor, den er als Schleife um meine Fußfesseln bindet. Weil ich dadurch fast jeder Bewegungsmöglichkeit beraubt bin, imitiere ich ein wollüstiges Räkeln, um eine bequemere Liegeposition zu finden. Sofort schneiden die Fesseln in meine Handgelenke ein. Um das zu vermeiden, lege ich meine Arme durchgestreckt und so ruhig wie möglich über meinem Kopf ab. Ich hätte doch die Handschellen mit dem rosa Plüsch nehmen sollen, denke ich.

Aber diese kitschig-kuscheligen Exemplare hätten farblich nicht gepasst, weder zu meinem teuren, roten Goldfadenmieder, das Carsten mir zum Geburtstag geschenkt hat, noch zu den halterlosen roten Netzstrümpfen. Ich bin nämlich zu der Ansicht gekommen, dass sich eine Frau über vierzig mit geschmackvollen und der Figur schmeichelnden Klamotten schmücken sollte, wenn schon an Busen und Hintern die Schwerkraft ganze Arbeit leistet.

»Du siehst toll aus«, sagt mein Prinz gerade. Er sitzt neben mir und streichelt meine Oberschenkel, genau an der Stelle, die zwischen Strumpfgummi und Slip unbedeckt ist. Eigentlich habe ich ganz gute Beine. Aber die Spannkraft des Bindegewebes scheint nachgelassen zu haben, denn kein noch so schlaffer Strumpfgummi verhindert diese Hautüberhänge, die Carsten gerade abzutasten scheint.

Es kostet mich jede Menge geistige Anstrengung, mich auf das im Moment Wesentliche zu konzentrieren: das Liebesspiel mit Carsten. Die Wahrheit ist: Ich komme einfach nicht in Stimmung. Ich spiele die geile Naive, lächle Carsten wie ein scheues Rehlein an und mache mir in Wirklichkeit Sorgen, dass die Kerzen im dreiarmigen Leuchter Wachsflecken auf dem Wohnzimmer-Glastisch hinterlassen könnten. »Mhm«, stöhne ich, ziehe den Bauch ein und ärgere mich, dass meine Brust im Liegen das Mieder nicht mehr ausfüllt und die gepolsterten Cups durch Carstens Streicheln Beulen nach innen aufweisen, was ich völlig unerotisch finde.

Was ist nur mit meiner Libido los? Ich habe doch so lange darauf gewartet, dass wir es endlich mal wieder richtig wild treiben. Früher haben mich Fesselspiele immer heiß gemacht, heute scheinen sie zu Durchblutungsstörungen zu führen.

Carsten führt vorsichtig ein Glas Wein an meinen Mund und flößt mir den letzten Schluck unseres leckeren Rieslings ein. »Mhmhmhmehr«, stöhne ich ehrlichen Herzens und bin froh, mich nicht verschluckt zu haben. Sofort steht mein Prinz auf, um Nachschub aus der Küche zu holen. Mit leicht verstrubbelten dunkelblonden Locken, nackt und eindeutig erregt grinst er auf mich herab. Er sieht wirklich toll aus. Als er schon in der geöffneten Wohnzimmertür steht, beleuchtet das aus dem Flur einfallende Licht seinen schlanken Körper von hinten. Sein Schattenriss im Strahlenkranz bewegt sich lässig und selbstbewusst. »Ich liebe dich!«, rufe ich ihm hinterher. Er dreht sich noch einmal um: »Ich dich noch viel mehr!« Er flüstert es fast, wahrscheinlich lächelt er, aber ich kann es nicht erkennen. Dann dreht er sich um und verschwindet in die Küche, um eine neue Flasche Wein zu öffnen.

Dass ich so einen tollen Typen kennenlernen durfte, ist der Wahnsinn. Bis heute, zweieinhalb Jahre nach unserer ersten Begegnung, kann ich es noch nicht fassen, dass ich mit Carsten einen Mann getroffen habe, der meine kühnsten Märchenprinzen-Träume übertrifft. Mit diesem Traummann können weder Familienpapas aus der Werbung noch Rosamunde-Pilcher-Filmhelden mithalten. Carsten ist mein Mr. Right. Er ist der erste Mann in meinem Leben, der in meiner Toilette im Stehen pinkeln darf, und ich bin mir so sicher wie noch nie, dass ich für immer und ewig mit ihm zusammenbleiben werde. Würde er mich fragen, ich sagte: »Ja! Ja! Ich will!« Allerdings hat er mich noch nicht gefragt. Trotzdem habe ich sicherheitshalber schon mal einen Hochzeitstermin im Potsdamer Standesamt reserviert: für den 23. Januar, zu unserem dreijährigen Jubiläum. Bis dahin sind zum Glück noch vier Monate Zeit, denn Carsten weiß noch nichts davon. Um alle nötigen Unterlagen meines nichtsahnenden Bräutigams rechtzeitig abgeben zu können, muss er mir innerhalb der nächsten zwei Monate einen Heiratsantrag machen, denn logischerweise kann mir Carsten seinen Pass, seine Geburts-, Ehe- und Scheidungsurkunde erst geben, wenn er mich gefragt hat und danach von mir erfahren wird, dass der Termin bereits feststeht.

Ich höre einen Korken ploppen. Carsten hat die zweite Flasche Riesling geöffnet und wird sich gleich wieder an mich schmiegen. Die Fesseln fühlen sich immer noch zu eng an. Mein sexuelles Verlangen hält sich offensichtlich in Grenzen. Mist! Wir Frauen haben es ohnehin nicht leicht beim Sex. Immer muss alles genau stimmen, ehe wir dazu bereit sind: die Mondphase, der Menstruationszyklus, die Ordnung im Haus. Den Wäscheständer habe ich vorsichtshalber weggeräumt, die Spinnweben an der Decke direkt über meinem gemütlichen breiten, blauen Sofa zur Vermeidung von Ablenkungsgefahren beseitigt. Wir haben Kerzen angezündet und schöne Musik eingelegt. Musik, die wir beide mögen. Ich habe mir meine Reizwäsche angezogen, damit ich mir keine Sorgen um die Ringe am Bauch machen muss, und der Mann, mein Mann – der stimmt auch. Alles stimmt. Wieso stimmt dann meine Libido nicht? Hallo? Libido?

Vielleicht muss ich in meinem Alter mehr Konzentration aufbieten, um in Stimmung zu bleiben. Ich versuche es und denke an Sex. Sex, Sex, Sex, Sex. Carsten scheint den Kühlschrank sehr laut zugeschlagen zu haben. Ich höre lautes Poltern aus der Küche. Bloß nicht ablenken lassen. Immer weiter

denken: Sex, Sex, Sex, Sex. Sonst geht's wieder weg! Sex, Sex, Sex, Sex. Es scheint zu funktionieren!
Jetzt könnte Carsten aber langsam den Wein bringen. Wenn er weiter so bummelt, lenkt mich vielleicht doch noch der Wachsfleck auf dem Couchtisch ab.
»Carsten!«, rufe ich stöhnend. Carsten stöhnt aus der Küche zurück. Manchmal hat er einen komischen Humor. Jetzt bloß nicht lachen, sonst war die ganze Aufbauarbeit umsonst.
»Komm schon, Süßer! Ich will dich!«, keuche ich so laut wie möglich. Er antwortet nicht. »Schatz?« Nichts. Komisch. Verunsichert schwinge ich meine zusammengebundenen Füße auf den kalten Laminat-Fußboden, beuge mich vor und versuche, trotz der Handschellen den Knoten im Seidenschal zu lösen. »Carsten?« Undefinierbare Geräusche dringen durch die Küchentür zu mir. Ungefähr so, als ächzte jemand unter der Last eines schweren Sackes, den er hinter sich herzieht. Endlich lockern sich die Bänder. Hektisch winde ich meine Füße aus dem Seidenschalsalat und sprinte durch den Flur. Hoffentlich verscheißert er mich nicht! Das macht er gern und manchmal so lange, bis ich sauer werde. In so einem Fall stellt er sich zur Deeskalation der Situation vor mich hin, stützt seine Hände in die Hüften und steppt wie Fred Astaire mit Magen-Darm-Grippe und so dilettantisch, dass ich lachen muss.
Beim Öffnen der Küchentür bleibe ich mit den Handschellen hängen, bin wütend und fluche. Als ich endlich mit dem kleinen Finger der rechten Hand die Tür aufdrücke, hoffe ich nur, keinen nackten und mit der Weinflasche in der Hand steppenden Carsten anzutreffen.
Es ist ganz still. Nur leise dringt Jackos »Smile«-Version aus dem Wohnzimmer herüber, aber bei dem, was ich jetzt sehe, ist mir gar nicht zum »smilen«. Mein Prinz, der Mann, den ich wirklich gern heiraten will, sitzt auf dem Küchenfußboden. Wäre er nicht nackt, würde mich seine legere Haltung in Kombination mit seinem verwegenen Dreitagebart an ei-

nen betrunkenen Cowboy erinnern. Er lümmelt mit dem Rücken an der eichefarbenen Country-Küchen-Kühlschranktür und hat seinen linken Unterarm auf dem Kopf abgelegt. Allerdings ist sein Gesicht schmerzverzerrt. Er blickt kaum auf und stöhnt ein undeutliches: »Rücken!« Ich beuge mich zu ihm hinunter und strecke ihm meine gefesselten Hände als Aufstehhilfe entgegen.

»Ich kann meine Arme nicht bewegen! Mein ganzer Schultergürtel schmerzt wie Hölle!«, krächzt Carsten. Was soll ich jetzt machen? Mit Handschellen und in Strapsen kann ich schlecht den Nachbarn bitten, meinen nackten Mann von der Erde aufzuheben.

Auf der anderen Seite neigen Männer bei Schmerzen zu starken Übertreibungen, kommt mir in den Sinn. Vielleicht reichen eine Tablette, ein paar Streicheleinheiten und etwas Rheumasalbe auf der Schulter, und mein Schatz fällt wieder lüstern über mich her? Tausend Gedanken toben durch meine Hirnwindungen. Okay, Tati, jetzt ganz ruhig bleiben und nachdenken. Es ist völlig egal, ob er wirklich plötzlich ernsthaft krank ist oder nicht. Fest steht: Er glaubt, krank zu sein.

Denn wie ein Häufchen Elend sitzt er vor mir und windet sich unter scheinbar starken Schmerzen. Also erarbeite ich mir gedanklich eine To-do-Liste:

Was ist jetzt wichtig und in welcher Reihenfolge?

- Handschellen loswerden – wo ist der Schlüssel?
- Carsten zudecken, damit er sich nicht erkältet
- Notarzt alarmieren
- Heiratswunsch überdenken

Ich rutsche auf allen Vieren in Carstens Richtung, küsse ihn auf die Stirn und bitte ihn: »Bleib ganz ruhig, Liebling, ich helfe dir! Sag mir bitte als Erstes, wo der Schlüssel ist!«

Liebling stöhnt. Als kleine Denkhilfe strecke ich ihm meine

immer noch gefesselten Arme entgegen und winke gezwungenermaßen beidhändig. Carsten zuckt, angstvoll meinen Händen ausweichend, zur Seite, verliert das Gleichgewicht und schreit, als wolle er den Notarzt gleich ohne Telefon herbeirufen. Dabei sackt sein Oberkörper nach rechts weg. Er dreht sich auf den Rücken, während er die linke Hand unverrückbar auf dem Kopf hält. Jetzt liegt er ausgestreckt und parallel zur Küchenzeile vor mir und hechelt. Mir wird schlecht. Ich konnte leidende Menschen noch nie gut aushalten. Schon bei meiner ersten Blutspende während des Studiums ging alles nur so lange gut, bis eine Kommilitonin, die mir beim anschließenden Gratis-Frühstück in der Mensa des »Merkurhauses« in Leipzig gegenübersaß, furchtbar grün im Gesicht wurde. Ihre sichtbare Übelkeit löste in mir einen Fluchtreflex aus, der mich in den Paternoster des Hauses trieb. Dort übergab ich mich spontan und fuhr mehrere Runden, bevor ich vom Blutspende-Team aus dem Umlaufaufzug gezerrt werden konnte.

Ich atme einmal tief durch und hechte Richtung Wohnzimmercouch. Katze Chica, die es sich zwischenzeitlich in unserem Liebesnest bequem gemacht hat, rutscht nicht einen Millimeter zur Seite, während ich in den Sofaritzen nach dem blöden Schlüssel wühle. Nichts. Ich wische über den Tisch, fühle den Schlüssel, und prompt klappert das Miststück auf dem Laminat. Hektisch rutsche ich, suchend und tastend, auf dem Bauch durchs Zimmer. Da ist er, endlich! Das im Moment nutzlose teure Mieder ist über und über mit Staubflusen und Katzenhaaren bedeckt. »Blödvieh«, kanalisiere ich meinen Ärger Richtung Katze und sprinte mit dem Schlüssel zurück zu meinem Schwerverletzten.

»Ich hab ihn!«, juble ich und ernte ein erneutes Stöhnen. »Du brauchst gar nichts zu machen, Schatz, bleib einfach liegen!«, beruhige ich Carsten und versuche, den Schlüssel ins Schloss zu bekommen. Keine Chance. Das Schloss ist viel zu dicht an den Handgelenken. Beweglichkeit und Feinmotorik meiner

Hände erinnern mich an behäbige Baggerschaufeln. Nach einem Krampf in der rechten Hand breche ich den Versuch ab, lege mich neben Carsten auf den kellerkalten Fußboden, schiebe ihm den Schlüssel zwischen die Finger der rechten Hand und positioniere das Schloss der Handschellen genau daneben.

»Ich … oahhh … kann … mhm … nicht!«

»Einfach festhalten, mein Sonnenschein! Los, das kannst du!« Sonnenschein hebt zitternd seine Hand zehn Zentimeter an, trifft das von mir ausgerichtete Schlüsselloch, dreht den Schlüssel und brüllt furchterregend auf.

»Das hast du toll gemacht!«, lobe ich ihn. Ich lege die Handschellen ab und wickle meinen Helden mumienschlafsackähnlich in die weinrote Wohnküchen-Kuscheldecke. Nur sein blasses, qualvoll verzerrtes Gesicht guckt noch raus. Während ich mich straßentauglich herrichte und schnell in Jeans und Pullover schlüpfe, frage ich die knapp zwei Meter lange, vor mir liegende Mumie so fürsorglich wie möglich: »Meinst du, ich sollte jetzt einen Notarzt rufen?«

»Ich … oahh … brauche … keinen … mpfh … Arzt! Das … puhhh … wird schon … wieder!«

»Gut, Liebling, dann halte durch, ich rufe Alexandra an, die weiß bestimmt, was wir machen sollen!«

Meine Schwester Alexandra ist die einzige Person, die sich mit medizinischen Ausnahmefällen auskennt und Tag und Nacht in Telefonbereitschaft ist. Sie ist in der Familie unsere – leider zu starken diagnostischen Übertreibungen neigende – Medizinfrau.

»Hallo, Alu? Carsten liegt in der Küche und kann sich nicht bewegen. Er krümmt sich vor Schmerzen im Schulterbereich, liegt bewegungslos auf dem Fußboden, und mir ist schlecht!«

»Kann er die Zehen noch bewegen?«

»Jetzt übertreib doch nicht gleich! Er scheint mir nicht gelähmt zu sein!«

»Schulterschmerzen können verschiedene Ursachen haben, aber sehr oft sind Verlagerungen von Wirbeln, schlechte Haltung, Wirbelsäulenkrümmungen oder Verletzungen der Wirbelsäule daran schuld. Jedes dieser Probleme kann eine Reizung oder ein Einklemmen der Nerven verursachen. Der Grad der Schmerzen reicht von mild bis quälend. Manchmal aber begleitet ein leichter Schmerz eine schwerwiegende Veränderung, während ein intensiver Schmerz nichts als ein kurzer Muskelkater von einem außergewöhnlich aktiven Wochenende sein mag«, doziert Alexandra nicht ohne Stolz auf ihr umfangreiches Wissen.

»Wir hatten bisher leider keinen außergewöhnlich aktiven Wochenendsex«, kreische ich hysterisch.

»Tati, bleib ruhig. Zünde dir eine Zigarette an, ich lese in meinem schlauen Buch nach!«

Es raschelt im Hörer. Von meinem Küchencouch-Stammplatz, auf den ich mich zum Telefonieren zurückgezogen habe, blicke ich über den Tisch auf mein krankes Mumienmännchen herab. Carsten liegt mit geschlossenen Augen und blassem Gesicht stocksteif vor mir. Ich muss kurz die Augen schließen, damit mein Magen entspannt bleibt.

»Tati?«

»Bin dran!«

»Also pass auf. Die bekanntesten Erkrankungen in diesem Bereich sind Nervenentzündungen, Schleimbeutelentzündungen, Neuralgien, Arthritis, Durchblutungsstörungen, Muskelschwäche, Paralyse, also Lähmung, Inkoordination und Zittern. Schmerzen im Oberbauch können einen Schmerzreflex auslösen, den man auf der Schulter spürt. Dieser Schmerz könnte Bauchhöhlenentzündung oder Gallenblasenerkrankung bedeuten. Jedes dieser Probleme zeigt sich zuerst durch Schmerzen in der Arm-, Schulter- oder Nackenregion und wird meistens zuerst beim Mantelanziehen oder Kämmen bemerkt.«

»Er hat es beim Weinflaschenöffnen bemerkt«, sage ich und

nehme einen Schluck aus dem neben mir auf dem Küchentisch stehenden, ursächlich für die Situation verantwortlichen Gefäß.
»Bleib bitte ernst, denn es könnte noch schlimmer sein, als du es dir jetzt vorstellst!«
»Noch schlimmer?«
»Sei jetzt ganz stark!«
»Ja?«
»Es könnte auch ein Schlaganfall sein!«
»Mit vierzig? Jetzt übertreibst du! Am besten, ich rufe gleich ein Bestattungsunternehmen an!«, flüstere ich, damit Carsten nicht auch noch in eine Depression verfällt.
»Ich übertreibe, ja? Ich weiß, wie schlecht die Pflegefälle in diesem Land versorgt werden. Keiner hat Geld. Die Realität kann man nicht beschönigen, sie ist, wie sie ist. Wenn es dich aufregt, dass ich nicht zu allem ›schön‹ sage, dann ruf doch nicht an!«
Danach höre ich ein Klicken, gefolgt von einem wütenden Tut … Tut … Tut. Die Sprechstunde wurde einseitig beendet. Irgendwie schade, dass Alexandra sich immer so aufregt.
»Und?«, fragt Carsten und lächelt verzerrt. Sofort hat mich die Angst voll im Griff. Danke, liebe Schwester, jetzt denke ich bei seinem schiefen Grinsen gleich an einen Schlaganfall, statt mich darüber zu freuen, dass er schon wieder beinahe fröhlich gucken kann.
Aber Jammern hilft nicht. Ich muss jetzt alle, in dreiundzwanzig Jahren Tochter-Erziehung gesammelten Kompetenzen bündeln und meine Mütterlichkeit aktivieren. Diese erarbeiteten Fähigkeiten sind bei Kindern und kranken Männern gleichermaßen anwendbar.
»Alu sagt, das kann nichts Schlimmes sein, Schatz! Wackle doch mal mit dem Zeh und lächle beidseitig!« Sollte Carsten durch meine Bitte irritiert sein, lässt er sich das nicht anmerken. Er lächelt beidseitig, wenn auch unecht, und die untere Spitze des Mumiensackes bewegt sich.

»Wenn ich still liege, tut es kaum weh!«
»Ein Glück!«, denke ich und entscheide mich für die scheinbar harmloseste der von Alexandra aufgezählten Diagnosen, die Schleimbeutelentzündung.
»Meinst du, du könntest dich vorsichtig hinsetzen, damit ich dir was überziehen kann?«
Ohne seine Antwort abzuwarten, ziehe ich die Decke weg, greife seine Jogginghose und fädle nacheinander seine Beine hinein, ohne mich von seinem Stöhnen beim Heben des Hinterns irritieren zu lassen. Als Nächstes wälzt er sich auf die Seite. Das sieht so unbeholfen aus, dass sich mein Paternoster-Syndrom bemerkbar macht und ich mich kurzfristig aus der Küche verziehen muss.
»Schatz«, rufe ich auf der Flucht, »ich hole dir schnell ein paar Schmerztabletten und was zum Einreiben!«
Bei meiner Rückkehr sitzt er wie ein Schluck Wasser auf dem Küchensofa, den linken Arm immer noch auf dem Kopf abgelegt. Pflichteifrig greife ich nach der Tube mit dem Einreibemittel und trage ganz vorsichtig die Salbe auf. Ich weiß nicht genau, wo die Schleimbeutel sein sollen, aber am lautesten stöhnt er auf, als ich in die Nähe seiner Halswirbelsäule und des linken Schulterblattes komme. Trotz größter Mühe und vorsichtigstem Vorgehen ist das Anziehen der Jacke für meinen Schleimbeutelerkrankten eine Tortur. Demütig wirft er die von mir bereitgelegten Tabletten ein.
»Vielleicht hast du eine Schleimbeutelentzündung«, schlage ich vor, während ich mich, von der Aufregung erschöpft, neben ihn aufs Küchensofa fallen lasse. Ich ernte einen gequälten Blick.
»Eine Schleimbeutelentzündung ist es auf keinen Fall. Da kenne ich mich aus, weil ich das früher beim Ringen ab und zu hatte. So was schmerzt auch eher im Ellenbogen oder Kniegelenk«, sagt Carsten in meckrigem Ton.
»Was soll das denn sonst sein?«
»Glaube, es ist eine Zerrung. Als ehemaliger Sportler tun mir

meine Schultern immer mal weh! Das kündigte sich die letzten Tage schon an!«

»Das kann doch nicht wahr sein! Wegen einer Zerrung machst du so ein Theater?«

Carsten guckt jetzt aufmüpfig und augenschattig wie ein Erdmännchen, ist allerdings nicht so beweglich wie diese possierlichen Tierchen. Als ob er mir etwas beweisen müsste, steht er auf und stolziert erhobenen Armes, steif und aufrecht ins Wohnzimmer. Von dort höre ich ein unterdrücktes Stöhnen, das vom Quietschen des Sofas übertönt wird. Mein Patient hat sich beleidigt zurückgezogen.

»Carsten?« Ich folge ihm. »Versuch jetzt zu schlafen. Morgen rufe ich gleich meine Physiotherapeutin an. Die macht einmal ›knack‹, und alles ist wieder gut!«

»Mhm«, grummelt er versöhnlich. Fürsorglich ziehe ich seine Zudecke bis zum Kinn, küsse ihn auf die Stirn, greife meine Haarmonster-Katze Chica und schließe leise die Tür hinter mir.

Zurück am Unfallort setze ich mich auf meinen Lieblingsplatz und schenke mir ein Glas Riesling ein. Ich will mit Chica kuscheln und meine Angst hinunterspülen.

»Komm, meine Süße, komm zu Mama, hopp!«, säusele ich so zart wie möglich und klopfe dabei aufs Sofa. Chica schnüffelt gerade an der Stelle auf dem Fußboden herum, wo eben noch der nackte Cowboy lag.

»Wieso sind denn heute alle eingeschnappt? Habe ich was falsch gemacht?«

Chica schnieft laut. Sie leidet unter chronischem Schnupfen. Ich wohne im Erdgeschoss, und obwohl der Oktober gerade erst begonnen hat, ist der Küchenfußboden empfindlich kalt.

»Chicaaaa, komm!« Mein Stubentiger legt sich wie ein gegrilltes Hähnchen vor die Küchenzeile und maunzt anklagend.

»Papa ist krank, Chica! Und Mutti ist traurig, weil ihre ero-

tische Nacht gerade in die Hose gegangen ist!« Chicas Antwort ist ein lautes Röcheln. Na ja, Chica hatte noch nie Sex und ist trotzdem glücklich; was will ich mich beklagen. Ich zünde mir zur Entspannung eine Zigarette an. Während ich gerade noch glückselig in Hochzeitsträumen geschwelgt hatte, drängen sich mir nach den Schlaganfall-Prophezeiungen meiner Schwester und wegen meiner eigenen Angst um Carsten schwarze Zukunftsvisionen auf. Den unerwarteten Schicksalsschlag versuche ich im Alkohol zu ertränken. Trotzdem wandern meine scheinbar alkoholresistenten Gedanken immer wieder zu meinem niedergestreckten Cowboy. Ob Carsten trotz seiner Schmerzen heute Nacht schlafen kann? Ich kann es nicht. Ich schenke mir jetzt das dritte Glas Wein nach. Mit dem Wein gelangt ein Kribbeln in meinen Magen, das verheißt Unheil. Panik beschleicht mich. Was, wenn es Carsten richtig erwischt hat. Ob ich das Glück mit ihm noch lange genießen kann?
Bisher war ich begeistert von Carstens optimistischer Lebenseinstellung, von seiner Energie, mit der er all seine Vorhaben meistert. Manchmal beneidete ich ihn darum, dass er nie krank wurde und Zukunftsangst für ihn ein Fremdwort war. Aber jetzt? Mit Rücken?
Bis zum heutigen Tag um 19.38 Uhr glaubte ich alles zu haben, was ein Mensch zum Glücklichsein braucht: einen Mann, der mich liebt; eine erwachsene Tochter, auf die ich stolz bin, einen großen Freundes- und Bekanntenkreis und Erfolg in meinem Beruf als Kabarettistin und Moderatorin. Das Einzige, was mir zu meinem Glück fehlte, war Carstens Antrag.
»Prost, Chica!« Ich versuche, meine Trauer im Alkohol zu ertränken und hebe das vierte Glas Wein in Richtung des schniefenden Wollknäuels. »Unverhofft kommt oft, Katze, wir müssen optimistisch bleiben.«
Bis vor wenigen Minuten war ich mir sicher, dass ich huldvoll Carstens Antrag annehmen, ihn heiraten, ein Leben lang mit

ihm glücklich sein und mit ihm alt werden würde. Ich hasse Krankheiten. Sie sind für mich das Synonym für verhinderte Libido und galoppierende Alterungsprozesse! Bei einem jüngeren Mann ist es das Letzte, was man erwartet, einen Pflegefall an der Backe zu haben – jetzt, in der energiereichsten Zeit meines Lebens! Doch innerhalb von Sekunden ist mein Bräutigam spontan gealtert, und die Erfüllung meiner Sehnsüchte und Wünsche steht von jetzt an in den Sternen.

Willkommen im Club

Ungefähr ein halbes Jahr zuvor, an Carstens vierzigstem Geburtstag, war die Welt noch in Ordnung, mein Prinz fit wie ein Turnschuh und flink wie ein Erdmännchen in der Paarungszeit. Um meinen Extrem-Frühaufsteher an seinem Ehrentag überraschen zu können, war ich an diesem Morgen sehr zeitig aufgestanden. Mit gequältem Blick schaute mich aus dem Spiegel eine verschlafene, völlig verstrubbelte und missmutige Frau an. Musste wohl ich sein. Morgens sehe ich immer aus, als wäre ich beim Flatrate-Saufen gewesen. Hin- und hergerissen zwischen Morgenmuffeligkeit und der Vorfreude auf Carstens erstauntes »Tati-als-Frühaufsteher-Geburtstagsgesicht«, hatte ich zur Feier des Tages alle lieb gewonnenen Gewohnheiten über den Haufen geworfen und mich an diesem kalten Februartag zu nachtschlafender Zeit aus dem Bett geschleppt. Normalerweise bewege ich mich niemals vor neun und spreche bis elf Uhr vormittags nur ungern. Carsten dagegen läuft schon gegen sechs zu Höchstform auf und startet emsig und aufgeregt – wie ein Erdmännchen, wenn es Futter gibt – in jeden neuen Tag.
Mir blieben an diesem Morgen genau zwei Stunden zur Entfaltung. Mit grüner Crememaske im Gesicht deckte ich den Geburtstagstisch, legte dann zwei Teebeutel auf die ge-

schwollenen Augen und fand mein Spiegelbild nach dieser Prozedur wieder ansehnlich. So zugerichtet schlich ich die Treppen hoch und öffnete ganz vorsichtig die Wohnungstür meines Geburtstagskindes. Ein leises Schnorcheln wies mir den Weg ins Schlafzimmer. Im Lichtstrahl, der aus dem Flur ins Zimmer drang, sah ich Carsten, der wegen seiner Länge diagonal und eingewickelt wie ein Hotdog in seinem Bett lag. Ich schlich zu ihm und kuschelte mich an ihn, schnupperte in seiner Halsbeuge und genoss diesen seltenen Moment.

»Willkommen im Club, mein Schöner!«, flüsterte ich meinem schlummernden Schnorchler ins Ohr. Carsten war sofort hellwach.

»Habe ich verschlafen?«, fragte er ungläubig. »Oder bist du krank? Warum bist du so früh wach?« Er stützte sich in eine halbsitzende Position und schaute mich aus kleinen Augen verwirrt an. Die dunkelblonden Locken standen in alle Richtungen von seinem Kopf ab. Gut, dass ich vorher im Bad war und mich bereits gekämmt hatte. Ich kniete mich vor ihn, guckte so liebevoll, wie es mir früh um halb sieben möglich war, und begann krächzend zu singen.

»Happy Birthday to you!«

Dabei tastete ich neben dem Bett nach meinem dort abgelegten Geschenk, setzte mich dann rittlings auf ihn und präsentierte stolz das rotbeschleifte Kästchen, in dem sich ein großes, neues, sehr teures Küchenmesser für meinen persönlichen Sternekoch befand. Carsten lächelte vorfreudig, riss die Geschenkverpackung auf wie früher nur Westpakete und hielt das – was-weiß-ich-wie-viele-hundert-Mal geschliffene – »Chef knife« aus Japan in der Hand. Mein Geburtstagskind drehte und wendete das Messer vorsichtig und immer noch auf dem Rücken liegend vor seinen Augen. Wellenlinien schimmerten im Schein der Nachttischlampe auf der bestimmt fünfundzwanzig Zentimeter langen Damast-Stahlklinge. Weil ich mir nicht ganz sicher war, ob Carsten das Geschenk zu schätzen wusste, erwähnte ich ganz nebenbei, dass allein der Schleifstein dazu ein Vermögen gekostet hatte, und hoffte auf eine Lobeshymne zu Ehren der geliebten Schenkerin. Vorsichtig legte er das Geschenk zurück in die Verpackung, zog mich auf sich und kugelte mit mir lachend durch das zerwühlte Bett.

»Ich weiß, dass so was sehr teuer ist! Vielen Dank, Tati! Ich liebe dich!«

»Als Beweis meiner übergroßen Liebe zu dir bin ich soooo früh aufgestanden und habe Frühstück gemacht.«

»Das ist wirklich unglaublich, erstaunlich und großartig!«, wusste Carsten meine außergewöhnliche Tat zu schätzen und folgte mir durchs Treppenhaus hinunter in meine Küche. Dort zündete er die bereitgestellte Geburtstagskerze an, und ich brühte frischen Kaffee, schnitt ein Brötchen auf und überreichte ihm selbstlos die obere Hälfte.

»Was ist los, Süßer? Du guckst gar nicht fröhlich! Heute ist ein schöner Tag!«, versuchte ich den mir gegenüber sitzenden, ungewöhnlich ernsthaft dreinschauenden Jubilar aufzumuntern.

»Mhm!«, grummelte er. »Ich weiß nicht, ob es schön ist, vierzig Jahre alt zu werden!«

»Hör auf, es gibt auch ein Leben nach der Vierzig! Glaub mir, ich weiß, wovon ich rede!«

»Ich fühle mich so alt ... und überhaupt!«

»Du bist nur müde.« Ich war empört, denn ich bezog seine Äußerung sofort auf mich, die Ältere in unserer Beziehung. »Wir sind doch noch nicht alt!«

»Weißt du, wie alt ich meine Mutter fand, als die vierzig war und ich schwer pubertär? Ich fand sie so alt, dass ich mir nicht einmal vorstellen konnte, dass Eltern noch Sex haben könnten.«

»Soll das eine Entschuldigung sein?«, fragte ich scherzhaft. Um Missverständnissen vorzubeugen, lachte ich extra laut und erklärte meinem leicht verzweifelten Geburtstagskind: »Wenn man jung ist, hat man keine Ahnung vom Altsein.

Das ist auch heute noch schwierig. Mit vierzig sind wir nicht alt!«
»Sondern? Wie kann man unsere Altersgruppe sonst bezeichnen, wenn wir NICHT die Alten sind? Sind wir nicht in der Mitte des Lebens? Oder in der Midlifecrisis? Best Agers? Silver-Hair-Fraktion?«
»Was hältst du von der Mittlebenserfahrungsgelassenheitsgeneration?«
Doch Carsten hörte gar nicht zu und fuhr unbeirrt mit seiner Jammeransprache fort: »Wenn die Kinder aus dem Haus sind, wir zunehmend zu fünfzigsten Geburtstagen eingeladen werden, uns erste Zipperlein einschränken, Krankheiten und sportliche Fitness zu Hauptgesprächsthemen werden und wenn wir nach jeder noch so harmlosen Party mindestens zwei Tage Ruhezeit brauchen – wie würdest du das nennen?«
»Bei dir? Altersdepressionen!«
Plötzlich mussten wir beide lachen.
Ab vierzig ist man eben nicht alt! Und erst recht nicht ernsthaft krank. Und Carsten war es schon mal überhaupt gar nicht. Wir sind so dazwischen. Zwischen Babybrei und Seniorenteller, zwischen Caipirinha und Franzbranntwein, zwischen Ferrari und Rollator. So dachte ich jedenfalls an diesem Tag.
»Du freust dich ja so?«
Carsten stopfte sich ein Marmeladenbrötchen in den Mund und hob fragend die Augenbrauen. Ich griff über den Frühstückstisch nach seiner Hand.
»Weil du jetzt endlich auch alt bist!«
Carsten spielte den Empörten und entzog sich meinem Klammergriff, um mich unter dem Tisch ins Knie zu kneifen. Ich sprang unter lautem Kreischen auf, fluchtbereit.
»So, so!« Carsten war auch aufgestanden und kam mir bedrohlich nah.
»Doch!« Ich versuchte, ihn mit meinen ausgestreckten Armen

abzuwehren. »Das Leben fängt dann erst an, wenn die Kinder aus dem Haus sind und der Dackel tot ist!«

»Wenn die Kinder aus dem Haus sind und der Dackel tot ist?«

»Genau!«

Im Rhythmus zu den von ihm gerappten Worten »Kinder raus, Dackel tot« war Carsten damals durch die Küche gesteppt. Die Arme hatte er dabei so eingestützt wie sonst immer der Restaurant-Tester Rach, direkt unter den Achseln. Auch an diesem Tag brachte er mich mit seiner albernen Hoppelei zum Lachen.

Als das Telefon klingelte, nahm ich ab. Flo war am Apparat. Er ist Carstens Vorgänger und – das Leben ist manchmal komisch – Carstens bester Freund.

»Hi, Sonne!« Er nennt mich immer noch Sonne, obwohl wir schon seit fünf Jahren getrennt sind.

»Du bist so früh aufgestanden, um Carsten zu gratulieren?«, fragte ich ihn.

»Nee, ich muss gleich ins Bett. Ich gratuliere heute Abend bei der Party. Hab nur mal 'ne Frage: Ist es okay, wenn ich Katie mitbringe?«

»Wer ist denn Katie?«

»Katie habe ich letzte Nacht im Internet kennengelernt. Heute könnte unser erstes Date sein!«

»Doch so flink! Verstehe. Und bei deinem ersten Date willst du gleich mit ihr zum Geburtstag des Freundes deiner Exverlobten gehen? Wie komisch ist das denn?«

»Wir sind noch gar nicht entlobt!«, konterte Flo.

»Wie lustig und originell du am frühen Morgen bist!«

Ich konnte diesen Satz nicht mehr hören. Natürlich waren wir nicht offiziell entlobt. Wie auch? Als wir uns trennten, hatte es zwar weder Streit noch Rosenkrieg, aber auch keine offizielle Entlobung gegeben. Flo war damals einfach ausgezogen, und ich hatte den Verlobungsring ohne Hintergedanken weiter getragen, weil das der einzige teure Ring war, den ich besaß und bis heute besitze. Diesen Tatbestand nutzt nicht nur Flo, sondern auch Carsten, um mich zu ärgern.

***

Um das leidige Thema »Entlobung« ein für alle Mal zu beenden, war ich vor einem Dreivierteljahr, also drei Monate vor Carstens Geburtstag, auf die Idee gekommen, Flo mit juristischen Mitteln zu einer Entlobungsparty zu zwingen. Davon erhoffte ich mir nicht nur, dass es den nervtötenden »Wir sind ja noch verlobt«-Scherz überflüssig machen, sondern auch, dass Carsten diese Geste als kleinen Wink für seinen Heiratsantrag verstehen würde. Ich bat meinen Freund und Anwalt Rudi, einen offiziellen Brief an Quengel-Flo zu verfassen, was dieser in diebischer Vorfreude auf eine Freibier-Fete auch tat.

Sehr geehrter Herr S.,
am 18.12.1998 verlobten Sie sich mit meiner Mandantin, Frau Tatjana Meissner. Knapp vier Jahre später verließen Sie die gemeinsame Wohnung und kommen seither Ihren Pflichten als Verlobter in keiner Weise mehr nach.
Eine Verlobung jedoch ist ein Heiratsversprechen, also eine verbindliche Übereinkunft, dass die Verlobten heiraten werden. Zwar kann das Heiratsversprechen nicht eingeklagt werden, wohl aber eine finanzielle Entschädigung.
Der Kranzgeldparagraf (§1300 BGB) besagt: »Hat eine unbescholtene Verlobte ihrem Verlobten die Beiwohnung gestattet, so kann sie eine billigende Entschädigung in Geld verlangen!«
Zwar wurde dieser Paragraf 1998 gestrichen, trotzdem muss, wer heute eine Verlobung löst, dem anderen unnütze Ausgaben erstatten.
Von diesem Recht macht meine Mandantin Gebrauch und fordert Sie auf, entweder die Kosten für die Miete des damals

gemeinsam bezogenen Hauses ab dem Zeitpunkt ihres Auszuges bis heute zu übernehmen oder aber einen verbindlichen Termin für die von Ihnen organisierte Entlobungsfeier umgehend bekanntzugeben.
Als Termin für Ihre Antwort habe ich mir den 18.12. dieses Jahres (Ihren Verlobungsjahrestag) notiert.
Mit freundlichen Grüßen.
Rudi H.

Rudi und ich hatten uns köstlich über den Brief amüsiert. Wir erhofften eine angemessene Reaktion, erfreuten uns an der Vorstellung des hyperventilierenden Flos, der bei jeglicher Aufregung sofort zum Blutdruckmessgerät greift. Aber nichts passierte! Kein Anruf, keine Erwiderung, gar nichts! Nicht einmal eine Einladung. Bis heute gab es keine anständige Party auf Flos Kosten. Stattdessen investiert er sein Geld lieber in junge Busenwunder.

***

Drei Monate später wagte Flo es sogar, mit dem Entlobungs-Hinweis meine gute Laune an Carstens Geburtstagsmorgen zu verderben.
»Mein lieber Flo, Witze sind beim zweiten Mal einfach nicht mehr lustig!«, stauchte ich ihn zusammen und wechselte harsch das Thema: »Wie alt ist denn deine Katie?«
»Fünfundzwanzig, warum?«
Irgendetwas schien mit ihm nicht mehr zu stimmen, seit er die vierzig überschritten hatte.
Er gehörte seit geraumer Zeit zu der Sorte Männer, die mit dicken Autos rechts überholen, in einer Armani-Wolke lustwandeln und Frauen ab vierzig konsequent ignorieren, dagegen bei langbeinigen Blondinen, die ihre Töchter sein könnten, sofort zu sabbern beginnen.
»Nee, warum denn das schon wieder? Warum suchst du

nicht altersgerecht? Ältere Frauen sind besser, dazu ehrlich und aufrichtig. Die sagen dir direkt ins Gesicht, wenn du dich wie ein Idiot verhältst«, schimpfte ich aufgebracht in den Hörer.

»Du bist bloß beleidigt, weil du schon weit über vierzig bist!«

»Nein, bin ich gar nicht. Mir liegt nur dein Glück am Herzen, lieber Flo. Und außerdem haben Carsten und ich ein berechtigtes Interesse daran, dass du dir eine Frau suchst, die auch zu *uns* passt! Aber bring sie mit, es wird ja sowieso das einzige Mal sein, dass ich sie treffe.« Ich legte auf.

Carsten hatte mich die ganze Zeit über den Küchentisch hinweg aufmerksam beobachtet.

»Warum regst du dich über deinen Spätverlobten so auf?«

»Weil er uns schon wieder ein Mädel präsentieren will, das ungefähr so alt ist wie meine Tochter! Wir feiern doch heute keinen Kindergeburtstag!«

»Ich find das lustig, lass' ihn doch!«

Auch wenn es mir schwerfiel – denn immerhin war ich über drei Jahre mit ihm liiert gewesen –, muss ich konstatieren, dass Flo ein typischer Mann war und an einer ausgeprägten Mittlebenskrise litt. Immer diese jungschen Weiber! So war mein Carsten nicht, sonst hätte er mich ja nicht genommen.

»Warum hast *du* dir eigentlich kein junges Betthäschen im Netz gesucht?«

»Du bist mein junges Betthäschen!« So etwas hörte ich zu gerne und forderte kokett Nachschlag.

»Du hast nicht einmal nachgefragt, wie alt ich genau bin, als wir uns kennenlernten!«

»Weil es mir egal ist. Hauptsache nicht blutjung. Ich wusste nämlich, dass erfahrene Frauen wie du mich nie mitten in der Nacht wecken würden, um zu fragen, was ich gerade denke. Es interessiert sie einfach nicht.«

»Bist du dir sicher? Ich wüsste schon manchmal gern, was in deinem Kopf so vorgeht!« Ob er darüber nachdachte, mich zu heiraten, hätte ich zum Beispiel super gern gewusst.

»Frag doch!«
»Nein!«
So etwas fragt man als Frau einfach nicht.
»Siehst du, das finde ich so toll an Frauen ab vierzig! Sie erlangen mit zunehmendem Alter hellseherische Fähigkeiten. Ich brauche dir meine Sünden nicht zu beichten – du kennst sie, ohne zu fragen!«
Klasse, er ahnte nicht mal, was ich gern hören wollte! Männer! Carsten ahnungslos und Flo feige.
»Verstehe, weil ihn ältere Frauen durchschauen könnten, sucht sich unser Midlifecrisis geplagter Flo immer zwanzigjährige hochhackige, blonde Busenwunder, deren Zukunftsvisionen sich auf das Geld von Granufink-Konsumenten beschränken!«, lenkte ich das Thema lieber wieder auf meinen Spätverlobten.
Bis zur Geburtstagsparty hatten Carsten und ich an diesem Tag noch jede Menge Zeit, aber schon jetzt klingelte das Telefon unablässig. Ich räumte den Tisch ab, und Carsten plauderte und nahm Glückwünsche entgegen.
Nachdem ich den Geschirrspüler eingeräumt und den Tisch abgewischt hatte, beobachtete ich Carsten in seiner zunehmenden Geburtstagsfröhlichkeit und wurde mit einem Mal hundemüde.
»Ach was, macht unsere Mittlebensgelassenheits-Expertin etwa schlapp?«, ärgerte mich mein inzwischen gut gelaunter Altersoptimist zwischen zwei Telefonaten. Ich verzog mich wortlos, um den fehlenden Nachtschlaf nachzuholen.

***

Ich fand es wirklich erstaunlich, dass meine Eltern extra zu Carstens Geburtstagsparty aus Erfurt anreisten. Nur selten nehmen sie die Anstrengungen der weiten Fahrt in Kauf, die sie in ihren Augen ohnehin nur mit den Problemen der Töchter und Enkel unmittelbar konfrontieren würden.

Mama hasst größere Menschenansammlungen. Seit sie verheiratet ist, wird sie von meinem Vater zu Partys gezwungen. Neben den obligatorischen Geburtstags-, Todestags-, Karnevals- und Hochzeitstagsfeiern – sowohl die eigenen als auch die des riesigen Freundeskreises – gibt es seit seiner Herzoperation vor zwei Jahren auch fast jeden Monat eine von meinem Vater organisierte Überlebensparty. Als Mama uns kürzlich erleichtert mitteilte, dass sie jetzt wisse, warum sie so eine Abneigung gegen hordenweise gut gelaunte Menschen habe, lachten Carsten und ich uns halb tot. Im Brustton tiefster Überzeugung hatte sie erklärt: »Ich leide unter Sozialphobie!«

Neben ihrer selbst diagnostizierten Krankheit macht sich Mama ständig Sorgen um ihre Töchter. Dabei ist es ihr vollkommen egal, ob wir gerade glücklich sind und uns wohlfühlen oder nicht. Während meiner Single-Zeit jammerte sie regelmäßig: »Du hast immer noch keinen Partner, ach Kind!«, und pries mir Männer aus ihrem Umfeld. »Weißt du, Tati, der Sohn meiner Freundin, von Hannchen, du weißt schon, der ist gerade verlassen worden! Nimm den doch! Der sieht gut aus. Der sieht aus wie Hausmeister Krause, und den gucke ich doch so gern!«

Was war denn das für eine Logik? Sollte meine Mama irgendwann E.T. sehen, würde sie mir noch einen Alien empfehlen. Falls zufällig gerade »Bauer sucht Frau« im Fernsehen liefe, wäre denkbar, dass sie mir vorschlägt: »Heirate doch Schäfer Heinrich, der singt so schön!«

Seitdem ich mit Carsten zusammen bin, bekomme ich keine neuen Partnervorschläge mehr von ihr, dafür beginnt jedes unserer wöchentlichen Mutter-Tochter-Telefongespräche mit der Frage: »Na, Tati, hält Carsten es noch mit dir aus?«

Das hat sie auch bei Flo schon immer wissen wollen. Bis heute verunsichert mich das total. Warum sollten denn die Männer es nicht bei mir aushalten? Als ich ihr damals Flo vorstellte, sagte Mama sogar zu ihm: »Oh, das ist aber schön, dass ich

Sie noch kennenlerne, bevor Schluss ist!« Mama meint das nicht böse. Mama lebt nach der Maxime: Wenn man vom schlechtesten Fall ausgeht, kann man nicht enttäuscht werden! Dass diese Lebenseinstellung nicht immer funktioniert, erlebe ich regelmäßig bei meiner Schwester Alexandra. Sie geht IMMER vom Schlimmsten aus, ist aber trotzdem jedes Mal enttäuscht, wenn es tatsächlich eintrifft.

Wir sind so jung, wir sind so toll

Als Carsten und ich am Abend seines Geburtstags die Kabarettkneipe betraten, saß nicht nur Carstens Familie vollständig versammelt am Stammtisch, auch meine Schwester, meine Tochter und natürlich meine Eltern strahlten uns erwartungsvoll an.
Meine Mutter sprang als Erste auf, um Carsten in die Arme zu schließen. An diesem Abend waren der Überlebensparty-Freak und seine sozialphobische Gattin ausgesprochen gut drauf. Vielleicht hofften sie ja, dass mir Carsten in Anbetracht seines Jubiläums und der erstmaligen Zusammenführung beider Familien endlich einen Heiratsantrag machen würde. Das hätte die elterlichen Ängste, was meine Zukunft betrifft, sicher auf ein Minimum reduziert.
Als ich nach dem zwanzigsten Händeschütteln und der vierzigsten Umarmung aufschaute, hatte sich die Kneipe bereits gut gefüllt. An der Bar drängelten sich die Gäste, die Tische waren alle belegt, und noch immer riss der Strom der Gratulanten nicht ab. Aufgeregt und ein wenig überdreht stand Carsten am Eingang unserer Party-Location, die durch viele Bilder und Requisiten an den Wänden, verschiedenartige Stühle, Sessel und Sofas gemütlich wirkte. Ich ließ mich erschöpft neben meine Schwester Alexandra auf ein Sofa plumpsen, welches ich nach langen Jahren in meinem Wohn-

zimmer dem Kabarett zur Neueröffnung überlassen hatte. Was ich auf und mit dem Sofa alles erlebt hatte!
Viele meiner alten Freunde von damals waren auch heute zu Carstens Geburtstag gekommen. Alle etwas fülliger und gesetzter. Wo früher gequietscht, vor Lachen gebrüllt und der Pappbecher nie leer wurde, plauderte man heute gelassen und stieß vorsichtig mit halbvollen Prosecco-Gläsern an. Der Altersdurchschnitt lag an Carstens Geburtstagsabend bei ungefähr achtundvierzig, was sogar noch für die privaten Fernsehsender ein akzeptabler Altersdurchschnitt wäre, für die öffentlich-rechtlichen ein nie da gewesener Grund zum Feiern. Noch würde es ein paar Jährchen dauern, bis unsere illustre Runde von der Werbewelt als Zielgruppe nicht mehr wahrgenommen würde.
»Auf unsere Jugend! Prost, Tati!« Alexandra schenkte mir ein Glas Wein ein. »Auf dich und deinen Carsten!«
»Prost Alu! Du siehst heute gut aus.« Ich freute mich immer, wenn meine Schwester mal keine schwarzen Klamotten, sondern was Helles trug. Dadurch wirkt sie viel frischer und entspannter.
»Gut geschminkt!«, antwortete sie bescheiden. »Eigentlich bin ich total fertig!« Es half mir nicht, dass ich sie nicht nach dem Grund fragte, sie redete schnell weiter. Dabei zog sie die Augenbrauen zusammen und bekam ganz schmale Lippen.
»Ich könnte mich so über EQUI aufregen. Der reagiert einfach nicht auf meine E-Mails! Und stell dir mal vor, hat doch EQUI, dieser A…, wirklich eine Neue. Ich habe mich vor sein Haus gestellt und vom Auto aus die Eingangstür beobachtet. Da kommt der doch mit dieser blöden Pute händchenhaltend rausspaziert. Ich habe es doch immer gewusst!« Wie das Knattern eines Maschinengewehrs prasselten ihre Sätze auf mich ein.
»Alu, heute ist Geburtstag, bitte! Ich möchte weder etwas über EQUI noch von deinen Patienten in der Klinik hören!«, spielte ich auf ihre Arbeit als Krankenschwester an, die sonst immer Ursache ihrer Meckeranfälle ist.

»Na, sag doch mal. Ist das nicht unglaublich ätzend?«
»Alexandra, zwischen dir und EQUI läuft seit einigen Monaten nichts mehr. Es ist Schluss! Aus! Vorbei!«
»Aber er hat mich schon damals betrogen, ich habe es immer gespürt!«
»Lass uns bitte nicht immer das Gleiche diskutieren. Du kennst meine Meinung dazu. Er wollte von Anfang an nur eine Liaison mit dir. Du hast das gewusst!«
»So lasse ich mich auf keinen Fall behandeln. Der wird schon sehen, was er davon hat!«
Ich seufzte innerlich. Wenn es um ihren introvertierten, komischen Ex-Lover ging, konnte ich argumentieren, wie ich wollte. Es schien, als kanalisierte Alexandra ihre gesamte Wut auf das Leben und die Welt ausschließlich auf Ex-EQUI, den in ihren Augen großen Schriftsteller und besten Liebhaber aller Zeiten.
Im nächsten Moment stand die Person vor mir, die mir mein letztes Scheitern in Sachen Partnerschaft vor Augen geführt hatte. Flo stürmte freudestrahlend auf mich zu. Eigentlich ist er ein sympathischer Typ mit jungenhafter Ausstrahlung, der dazu noch geschäftlichen Erfolg vorweisen kann. Er sieht ein bisschen aus wie Leonardo DiCaprio für Arme. Klein, aber süß. Ich stand auf, um ihn zu begrüßen.
»Das ist Katie!«, sagte er sofort und schob eine ziemlich junge und dralle Blondine zwischen uns. Sie schaute ein wenig schüchtern aus ihren mit dickem, schwarzem Strich umrandeten Augen und sagte höflich: »Guten Tag!«
Rudi und Gisela kamen auf uns zu. Die beiden kenne ich, seitdem ich in Potsdam lebe, also schon dreiundzwanzig Jahre. Sie haben ihre Silberhochzeit schon hinter sich, und Rudi war der Erste in unserem Freundeskreis, der seinen fünfzigsten Geburtstag gefeiert hat. Trotzdem sind beide so energiegeladen und unternehmungslustig, dass alle Zwanzigjährigen dagegen wie rosa Duracell-Häschen wirken, deren Batterien aber leer sind. Gisela, von uns nur Gisi genannt, ist

der Motor der Ehe. Sie treibt Rudi vom Hausbau zur Arbeit und in den Aktivurlaub. Rudi hingegen erinnert mich in seiner Gutmütigkeit, seiner etwas schwerfälligen Gelassenheit und vor allem in seinem Tanzstil an Balu, den Bären.

»Mein Anwalt!«, rief ich ihm zu.

»Meine Künstlerin!« Wir fielen uns lachend in die Arme.

»Wir haben unserem Koch ein Messer geschenkt! Ist das nicht eine gute Idee?«, rief Gisi, die Ernährungswissenschaftlerin, zu meinem Entsetzen.

»Ich habe ihm einen ganzen Messerblock besorgt!«, ereiferte sich Flo.

Ich fiel aus allen Wolken! Hatte ich doch geglaubt, eine ganz außergewöhnliche Idee zu Carstens rundem Geburtstag gehabt zu haben! Anscheinend hatte mein ganzer Freundeskreis denselben Einfall gehabt! Schnell wechselte ich das unliebsame Thema.

»Sag mal, Flo, ich warte immer noch auf deine Antwort auf mein anwaltliches Schreiben!« Rudi grinste schadenfroh, ungeachtet des blonden Busenwunders an Flos Seite. Der tat so, als ob er mich durch die laute Musik nicht verstanden hätte, zuckte mit den Schultern und drehte sich Richtung Tresen, um Getränke zu bestellen.

»Hi, Tati! Was ist das denn für eine geile Party!« Kumpel Ronny schwenkte sein Bierglas zur Begrüßung. Mit ihm war unsere Jahrzehnte alte Runde vollständig. Ronny ist kein Busen-, dafür aber ein Bauchwunder. Sein Motto ist: »Wozu ein Sixpack, wenn ich ein ganzes Fass tragen kann!« Er ist mein bester Kumpel, geschieden und auch schon weit über vierzig. Er trägt einen Kaiser-Wilhelm-Bart und hatte zur Party gerade wieder Blutdruck. Natürlich einen zu hohen, was ich an seiner roten Gesichtsfarbe erkannte.

»Hallo, mein Alter!«

»Ich bin nicht alt!«

»Natürlich nicht!« Ich streichelte ihm über seine Glatze. »Ein schönes Gesicht braucht eben Platz.«

Gisi lachte und konterte.
»Nee, Ronny, die Haare laufen vor deinem Gesicht davon!«
Auf diesen Spruch stießen die umstehenden Partygäste johlend mit Ronny an. Die Stimmung stieg stetig. Micky Krause sang »Finger in Po, Mexiko!«, und ich wollte mich gerade lautstark über die Musikauswahl beschweren, da fragte doch meine Schwester allen Ernstes in die Runde: »Apropos ›Finger in Po‹, zur Prostata-Untersuchung musstet ihr schon, stimmt's?«
Das Lachen versiegte. Rudi sah irritiert aus. Hypochonder-Flo trank hektisch sein Glas aus.
»Muss man das?«, fragte er ungläubig.
»Ab fünfundvierzig sollte man das regelmäßig untersuchen lassen. Wenn man Prostatakrebs früh entdeckt, ist er heilbar!«, klugscheißerte meine Schwester, bevor ich die Unterhaltung unterbinden konnte.
Ich zog Alexandra vorwurfsvoll beiseite: »Musst du immer mit diesen Themen anfangen, entspann dich lieber und feiere ein bisschen mit uns, ja?«
»Du gehst mir mit deinem ständigen Optimismus auf die Nerven. Ab fünfzig ist das Urinieren nun mal wichtiger als Sex!«
»Aber Carsten wird erst vierzig. Wir stehen in der Blüte unseres Lebens, und das werde ich jetzt auch feiern.«
Alexandras Augen funkelten schwarz vor Ärger, und sie tat mir leid. Auf der einen Seite verstand ich sie. Ich weiß, wie anstrengend ihr Beruf ist; wie viel Leid sie täglich mit ansehen muss und wie hilflos sich Krankenschwestern in Anbetracht ihres Arbeitspensums und des Zeitdrucks fühlen müssen. Auf der anderen Seite war ich sauer, dass sie nicht mal auf Partys abschalten konnte. Diese ständige Aufregung änderte doch nichts an ihrer Situation. Außer, dass sie immer dünner wurde und sich ihre Augenschatten immer tiefer eingruben.
Als es im nächsten Moment hinter mir gluckste, kreischte,

jubelte und gickerte, wusste ich, dass das nur Freundin Dolores sein konnte. Sie ist Hebamme, und ihr Lachen ist so herzerfrischend und ansteckend, dass eine Entbindung bei ihr ganz sicher eine lustige Sache ist. Ich drehte mich um. Doro stand freudestrahlend neben meiner Schwester.

»Hey, Tati, wir lachen gerade über aufgeregte Väter bei der Entbindung, die schon so alt sind, dass sie frühestens zur Rente das Abitur ihrer Sprösslinge erleben dürfen!«

»Und wie sind die ›alten Mütter‹? Es gibt ja immer mehr von der Sorte!«, hakte ich nach.

»Zähklebrig!«, juchzte Dolores. »Die wissen vorher immer alles ganz genau, haben Tausende Entbindungsbücher gelesen, wollen immer alles erklärt haben, um es dann doch besser zu wissen, sehr zähklebrig!«

Während sie redete, riss Dolores die Augen unter ihrem Pony ganz weit auf und guckte so ulkig, dass alle sofort lachen mussten, außer Alexandra.

»Das fünfte Lebensjahrzehnt ist ein komisches Alter«, sagte meine Schwester versonnen. »Während manchen schon der erste Schlaganfall trifft und sich Krebskrankheiten häufen, heiraten andere oder bekommen ihr erstes Kind!«

Doro krümmte sich vor Lachen.

»Und die denken sich komische Namen aus, die armen Kinder!«

»Aber mit dem Namen Dolores wirst du sicher auch manchmal bemitleidet!«, ärgerte ich meine Freundin. Die ließ sich darauf nicht ein und prustete: »Pippo! Hahahahaha! Paula! Paris! Hahahahaha!«

»Wie würdest du denn dein Kind nennen?«, hakte ich nach.

»Dazu brauche ich erst mal einen Mann. Aber die sind ab vierzig auch so zähklebrig!«

Sie prustete, brüllte und wieherte.

»Ach, ist das schön mit euch! Fast wie früher!«, prostete ich den Mädels zu.

»Genau! Unsere Truppe ist in alter Form! Prost, Tati!«

Gegen zwei Uhr war nur noch der harte Kern am Stammtisch versammelt. Mit triefigen Augen und schwerer Zunge amüsierten wir uns.
Flo hatte gerade seine Liebe zu Carstens Mutter entdeckt. Beide steckten die Köpfe zusammen und kicherten. Blondchen saß ziemlich einsam am Ende des Tisches, Rudi hielt sich aufrecht und schlief trotzdem – wie immer –, und Gisi fragte mich mit verschleiertem Blick und Tränen in den Augen: »Sag mal, Carsten und du – ihr wollt heiraten? Das ist aber schön!«
»Wer hat denn das behauptet?«, nuschelte ich. »Meine Mama?«
»Ja, und ich freue mich so für euch!«
Wie eigenartig – eigentlich wusste niemand außer mir, dass ich den Hochzeitstermin bereits reserviert hatte.
»Pssst. Carsten weiß noch nichts davon!« Ich musste zu laut gesprochen haben, denn meine Schwiemu rief laut und weinselig: »Genau, wann heiratet ihr denn?«
»Wir können noch gar nicht heiraten!«, freute sich Carsten. »Tati ist ja noch mit Flo verlobt!«
Am Tisch wurde abgefeiert. Dass Carsten so etwas vor seiner Mutter erzählte, schien nur mir peinlich zu sein. Ich blickte hilfesuchend zu meinem Entlobungsanwalt Rudi. Der schlief und merkte nichts.
Schwiemu schob Flo mit spitzem Finger auf Distanz.
»Wieso das denn?«
»Hahahaha!«, lachte ich gezwungen zu Schwiemu und Blondi herüber, »das ist doch nur ein Scherz!«
»Gar nich! Hicks! Du bis noch mit mir valobt!«, lallte Flo.
Ich rüttelte an Rudi. Mit einem Grunzen wurde er wach und schien erstaunlicherweise nichts verpasst zu haben. Wahrscheinlich jahrelanges Training in zähen Gerichtsprozessen.
»Der Kranzgeldparagraf gilt nicht mehr! Ich habe Flo schon ein entsprechendes Schreiben zugesandt. Es fehlt quasi nur noch die Entlobungsparty!«

Gisi schob mir einen Bierdeckel zu, auf den sie fast unleserlich geschrieben hatte: »Hiermit bestätige ich die Entlobung zwischen T. M. und F. S. Unterschriften: ...«
War Gisi ehrlich besorgt um die Stimmung, oder war es nur Spaß? Wenn ich doch wenigstens klar hätte denken können! Der Alkohol machte es mir unmöglich, meine Gedanken gradlinig zu verfolgen. Ich hielt mir ein Auge zu, um die Gesichter am Tisch schärfer sehen zu können. Carsten grinste breit, die anderen palaverten miteinander. Es schien alles in Ordnung zu sein. Ein normaler Partyspaß eben.
Ich unterschrieb den Bierdeckel-Vertrag, ohne anwaltliche Unterstützung, da Rudi schon wieder schlief und ich keine bessere Idee hatte.
»Hier, Flo, jetzt du!«, nahm Gisi die Sache in die Hand. Flo reagierte nicht. Er fummelte mittlerweile an Blondi rum. Kurzerhand unterschrieb Gisi für ihn.
»Pappalapapp!«, rief Ronny. »Ich will 'ne saubere Entlobungsparty!« Er entriss Gisi den Bierdeckel und schleuderte ihn wie eine Frisbeescheibe durch die Kneipe.
Carsten nickte bestätigend. »Ich will auch eine richtige Party auf Flos Kosten«, brachte er mit schwerer Zunge heraus. Alle gackerten, und Schwiemu rief, dass sie jetzt nach Hause müsse. Flo griff die Gelegenheit zum Aufbruch beim Schopf und zog seine neue Errungenschaft vom Stuhl.
»Na, Flo, ob heute noch was geht? War ein bisschen viel Wein, oder?«, stichelte ich mit schwerer Zunge zum Abschied. Carsten kraulte mir beruhigend den Nacken.
Nachdem auch der Letzte gegangen war, hob er mich hoch, wirbelte mich durch die Luft, schwankte dabei beängstigend und säuselte mir Zärtlichkeiten ins Ohr.
»Was war das für eine tolle Party, meine Schöne!« Ich lehnte meinen Kopf glücklich an seine Schulter.
Während Carsten und ich Arm in Arm durch das schlafende Potsdam nach Hause wankten, hörten wir immer noch die vor der Kneipentür auf ihr Taxi wartenden Freunde Gisi,

Rudi und Ronny grölend singen: »Wir sind so jung, wir sind so voll, wir finden unser Leben toll!«

***

Jetzt, acht Monate später, hatte ich eine grandiose Liebesnacht erwartet und keinen Krankheitsfall und ein frustrierendes, einsames Besäufnis. Denn sternhagelvoll bin ich auch heute. Die Küchenuhr sagt mir, dass es bereits halb zwei ist. Im Rhythmus der blinkenden Digitalanzeige verschwimmen die Zahlen vor meinen Augen. Die melancholischen Erinnerungen an unsere Jugend vor einem dreiviertel Jahr haben mir meine Horror-Zukunftsvisionen wegen Carstens galoppierendem körperlichen Verfall nicht nehmen können. Meine Gemütsverfassung hat sich stattdessen weiter radikal verschlechtert. Da stößt selbst Alkohol an seine Grenzen.
Ich stehe auf und muss mich festhalten, weil sich meine Countryküche gerade in ein Karussell verwandelt. Chica sitzt drin und maunzt. Oh je, ich muss dringend ins Bett. Gerade will ich mich in mein Schlafzimmer schleppen, da fällt mir ein, dass dort schon mein schwerkranker Cowboy liegt. Mist! Obwohl ich nur Kopf und nicht Rücken habe, schaffe ich es jetzt nicht mehr nach oben in Cowboys Wohnung.
»Chica, so ein verdammter Kackmist!«, lalle ich. »Wozu leben Cowboy und ich seit über einem Jahr zwar im selben Haus, aber – und das isss wichtisch – glücklich in getrennten Wohnungen? Mhm?«
»Mäh!«, maunzt mein Katzenkind.
»Ja, Chici, du hast recht«, erkläre ich meiner Katze mit schwerer Zunge, »dass wir fast immer auch getrennt schlafen, habe ich mir vorher natürlich nicht vorgestellt. Nä! Früher hätte ich gedacht, der liebt mich nicht, wenn er nicht bei mir schläft. So isses nämlich!«
»Mäh!«
»Hör auf, Chica, kratz nicht an der Scheibe. Mutti kann die

Balkontür nicht aufmachen. Mutti kann gar nicht mehr geradeaus laufen! Aber getrennt schlafen muss sein. Weißt du, Chici, das iss so, weil Männer sich immer herumwälzen und rumschnarchen. Und weil dein Papa im Spez..., Spesch..., also im Besonderen immer so früh aufsteht und laut duscht und ich so spät von Arbeit komme und im Fernseher gucken will, was mir gefällt. Wenigstens nachts. Iss auch gut, dass Papa mich nicht in meinem unerotischen Schlafanzug sieht und ich im Bett lesen kann, solange ich will. Weißte, Chica?«, labere ich undeutlich vor mich hin und schleudere schon mal zur Schlafvorbereitung meine Schlappen von den Füßen. Die hässlichen braunen, ausgetretenen Hausschuhe landen polternd vor der Küchenzeile.
Ich starre auf das leere Riesling-Glas und ärgere mich wieder über die durch Carstens Rücken verhinderte Liebesnacht. Da hatten wir uns nun so viel Mühe gegeben, schon eine Woche vorher den Termin vereinbart und als Ausschlusskriterien unser Arbeitspensum, einen vollen, müdigkeitsfördernden Magen, Auftritte und Einladungen berücksichtigt, und dann stänkert Carstens Schleimbeutel, und es steht zu befürchten, dass dieser in den nächsten Wochen zum völligen Aus jedes libidinösen Anflugs führen wird. Mist! Mist! Mist!
»Weißte, Chici, Kinder und Besoffene denken die Wahrheit!« Und in Wahrheit hatte ich gehofft, dass getrenntes Schlafen die gegenseitige Präsentation der eigenen Körper in unappetitlichen Klamotten und der am Morgen zutage tretenden äußeren Verfallserscheinungen verhindern und die sexuelle Gier aufeinander befördern würde. Mir fällt ein, wie sehr Doro sich gewundert hatte, als ich ihr nach Carstens Einzug freudestrahlend unsere beiden Wohnungen zeigte. Sie hatte mich verständnislos und mit großen Fragezeichen in den Augen angesehen: »Und was ist mit Sex? Mit Kuscheln?«
Zwar hatte ich sofort gekontert: »Dafür gibt es auch andere Orte und Zeiten. Man muss ja nicht immer nachts und im Bett!«, musste mir aber schon damals zähneknirschend

eingestehen, dass getrenntes Schlafen auch keine sexuelle Lösung ist, denn seit Carstens Einzug fielen wir auch ohne Rückenschmerzen nicht mehr ständig übereinander her. Wir haben zwar immer noch Lust auf ein Feuerwerk im Bett, aber oftmals kommt es nicht zur notwendigen Initialzündung. Wir brauchen für einen erotischen Akt einfach viel mehr Zeit. Weil es nicht reicht, einfach mal ein Feuerzeug zu entzünden, damit der Funke überspringt. Das ganze Spiel bedarf mindestens einer halben Stunde gegenseitiger Reibungswärme.
»Ganz schön anstrengend ist das, Chicilein. Sei froh, dass du sterilisiert bist. Musste dir solche Sorgen nicht machen wie ich. Meine Mama hat immer zu mir gesagt: ›Sex ist ab einem bestimmten Alter nicht mehr so wichtig, Tati!‹«
»Mäh!«
»Von wegen, nicht mehr so wichtig. Hahaha! Sex wird ab einem bestimmten Alter unmöglich. So isses nämlich, Chica.«
Nach dieser niederschmetternden Erkenntnis lasse ich mich, mit alkoholumnebeltem Kopf und einer doppelten Chica vor Augen, auf das viel zu kurze Küchensofa zurücksinken.
Die zwei Katzen springen beleidigt vom Sofa, ich greife nach den beiden Decken und lege mich auf den Rücken. Kopf und Unterschenkel ragen über die Armlehnen hinaus. Alles dreht sich im Kreis. Gab es nicht mal so eine Band? Gruppe Kreis, mit der Frau, die immer in die Querflöte gebissen hat? Mir ist sooooo schlecht!

Heilkunde und Hypochonder

Am nächsten Morgen rächt sich mein Körper brutal für die ausufernde Selbstmitleidsparty nach dem Sex-Riesling-Fiasko. Als ich die Augen aufschlage, habe ich nicht nur Rücken, sondern auch Beine und Kopf. Die Unterschenkel sind abgestorben, in meinem Schädel wird gerade ein hämmerndes Schlagzeugsolo gespielt, und im Rücken turnt ein Trapezkünstler an Muskeln und Sehnen. Als ich mich in die Senkrechte hieve und der Turner gerade an meiner Halswirbelsäule einen gebückten Felgenumschwung übt, fällt es mir siedend heiß wieder ein. Carsten! Ich springe in einem Affenzahn Richtung Schlafzimmer und reiße die Tür auf. Carsten sitzt mit schmerzverzerrtem Gesicht, den Unterarm wieder auf dem Kopf abgelegt, ziemlich schief auf dem Schlafsofa. Er sieht nicht zu mir, sondern starrt auf den Fußboden.

»Ich halte das nicht aus. Bitte mach was. Irgendetwas!«

Wie von der Tarantel gestochen renne ich zurück in die Küche, Chica springt kreischend davon, ich nehme mein Handy und wähle die Nummer von Iris. Iris ist Physiotherapeutin.

»Iris, bitte, du musst mir helfen. Carsten hat irgendeine Zerrung oder Schleimbeutelentzündung oder so. Er hat Schmerzen im Rücken. So habe ich ihn noch nie erlebt!«

»Bleib ruhig, Tante Iris ist doch da.«

Ja, sie hat gut reden, aber ich ... habe Angst.

»Können wir kommen? Sofort?«

»Ja, kommt. Ich schieb euch zwischendurch rein!«

Etwas beruhigter lege ich auf und sprinte zurück zu meinem Pflegefall.

»Carsten, komm, wir fahren zu Iris. Die bringt dich wieder in Ordnung!«

Ich kann mir jetzt keine Gedanken darüber machen, dass Carsten nur seinen alten Jogginganzug trägt. Ich helfe ihm beim Aufstehen und stütze ihn bis zum Auto. Das Einsteigen ist für meinen angeschossenen Cowboy genauso eine Tortur wie das Aussteigen. Als ich ihn endlich bei Iris abgegeben habe, setze ich mich ins Wartezimmer. Bestimmt wird alles wieder gut. Gleich wird Carsten aus dem Behandlungszimmer steppen.

Hoffentlich! Ich sitze im schmalen Flur der Physio-Praxis im Wartebereich. Hoffentlich hat Iris die richtige Therapie zur Hand. Ich will, dass Carsten gesund wird. Bitte, Iris, bete ich im Stillen. Ich wollte doch nie im Leben einen Partner pflegen! Jeder meiner Verflossenen bekam bei typisch männlichem Imponiergehabe wie zu schnellem Autofahren, leichtsinnigen Extremsportarten oder stark hypochondrischem Verhalten sofort den Satz »Pass bloß auf, ich werde dich nicht im Rollstuhl schieben!« von mir um die Ohren gehauen.

Dass so etwas fies ist, ist mir klar. Aber der Versuch der Umsetzung meiner katholischen Erziehung zu aufopferungsvoller und selbstloser Nächstenliebe war bereits bei mehreren männlichen Versuchspersonen kläglich gescheitert. Vor allem bei Flo. Mit ihm durfte ich nicht einmal über Krankheiten sprechen, sonst konnte es passieren, dass er hyperventilierte und anschließend in Ohnmacht fiel. Bei Gesprächen über Gebrechen, Seuchen und Pandemien stellte er sich sofort vor, dass ihn dieser Schicksalsschlag ereilen könnte, glich die Symptome gedanklich ab, hörte in sich hinein und zack, weg war er.

Als wir vor Jahren beide ein starkes Antibiotikum einnehmen mussten, las er den Beipackzettel, fiel nach der Ersteinnahme beim anschließenden Umtrunk mit Freunden mit dem Gesicht auf den Tisch und war ohnmächtig. Daraufhin schwärzte ich alle Hinweise auf Nebenwirkungen bei unseren Medikamenten. Wenn Flo nicht wusste, was er theoretisch bekommen könnte, bekam er es auch nicht.

Manchmal lief er tagelang mit seinem Blutdruckmessgerät am und seinem Gesundheitsbuch unterm Arm miesepetrig durch die Wohnung, nur weil er im Fernsehen mal wieder eine Reportage über Schlaganfälle oder die Cholera gesehen hatte. Wenn ich mir vorstelle, sein Blutdruckgerät wäre unbemerkt kaputtgegangen und er hätte auf dem Display weder Puls noch Blutdruck ablesen können – Flo hätte geglaubt, er wäre tot.

Männer und Krankheiten. Man sagt, Männer würden eine Geburt wegen der Schmerzen niemals durchstehen. Ich denke, die würden nicht mal die Defloration überleben.

»Tati?« Iris steht vor mir und sieht bedrückt aus.

»Was ist los? Was Schlimmes?«

»Genau kann ich's dir nicht sagen. Aber ich gehe da nicht ran. Carsten kann sich ja nicht einmal gerade hinlegen. Wenn das 'ne Bandscheibe ist, bringt mein Einsatz mehr Schaden als Nutzen!«

»Wie Bandscheibe?«

»Ihr müsst zu einem Neurologen und prüfen lassen, ob Carsten eventuell einen Bandscheibenvorfall hat!«

»Geht das wieder weg oder bleibt das für immer?«

»Nun mach dich doch nicht gleich verrückt. Warte erst mal ab, was der Arzt sagt!«

Diese vage Diagnose trifft mich wie ein Hammer. Carsten schlurft blass und gebeugt ins Wartezimmer. Ich kann ihm ansehen, dass er nicht nur mit den Schmerzen zu kämpfen hat, sondern dass ihn diese Diagnose zutiefst erschüttert. Ausgerechnet bei Carsten, meiner großen Liebe, stellt mich das Leben vor die Krankenpflege-Bewährungsprobe. Ausgerechnet bei dem perfektesten aller meiner Männer schlägt das Schicksal erbarmungslos zu? Wie fies ist das denn! Was soll ich nur machen?

Mama brauche ich gar nicht zu fragen. Die Antwort kenne ich schon: »Tati, sei froh, dass du einen Mann abbekommen hast. Du musst dich um ihn kümmern!«

Das Argument ist falsch, Mama, antworte ich im Geiste. Nicht weil ich ihn abbekommen habe, sondern weil … ich ihn eventuell behalten will. Vielleicht führt meine Aufopferung bei ihm sogar zu großer Dankbarkeit und – selbst wenn

ich von Faltenbildung und Altersdemenz heimgesucht werden sollte – endlich zu einem Heiratsantrag?
Fast hysterisch frage ich: »Iris, kennst du einen Neurologen in Potsdam?«
»Fahrt zu Schulz, der sitzt in der Großbeerenstraße. Ich kündige euch telefonisch an!«
In einem Anfall von Verzweiflung und Dankbarkeit drücke ich meiner Lieblingstherapeutin einen Schmatz auf die Wange. Sie klopft mir liebevoll auf den Rücken und versichert uns ihrer ständigen Einsatzbereitschaft im Notfall.
»Macht mal. Weißt ja, kannst immer anrufen!«
Dann biete ich Carsten meine Schulter als Stütze. Gemeinsam schleppen wir uns zum Auto, um schnellstmöglich zum Neurologen zu kommen. Als ich den blassen und der Kommunikation unfähigen Carsten endlich auf den Beifahrersitz geschnallt habe und erschöpft losfahre, drehen sich meine Gedanken ausschließlich um das eine böse Wort: BANDSCHEIBENVORFALL! Ich assoziiere es mit krummen, alten Menschen, die ihre Einkäufe mit einem Rollator nach Hause schieben. Ich komme zu der Erkenntnis, dass Carsten zwar vom Alter her jünger ist, aber körperlich viel älter sein muss als ich, denn sein kranker Rücken ist nicht der erste Hinweis auf altersbedingte Verfallserscheinungen. Schon als wir nach seinem Geburtstag bei unserem Freund und Optiker Bernhard waren, hätte ich stutzig werden müssen.

Schlecht sehen macht schärfer

Wir besuchten Bernhard am Tag nach Carstens Geburtstagsparty. Chica weckte mich. Sie krächzte heiser und stupste mich mit ihrem Wuschelköpfchen an die Wange, tappste schniefend eine Runde um mich herum und quäkte erneut, direkt neben meinem Ohr. Während ich in meiner Jugend nach durchzechten Nächten am nächsten Morgen wie ein Flummi aus dem Bett gefedert bin, brauche ich nun nach der vergleichsweise alkoholarmen Feier gefühlte drei Jahre zur Rekonvaleszenz.

Mein Kopf dröhnte. Die Augenlider waren schwer. Ich öffnete sie nur einen Spalt. Neben mir im Bett lag – niemand. Soweit ich mich erinnern konnte, hatten Carsten und ich – trotz Party- und Geburtstagsstimmung – beschlossen, getrennte Wohnungen aufzusuchen. Wir hatten einfach keine Kraft mehr für sportliche Höchstleistungen.

In der Wohnung über mir hörte ich schwere Schritte und dumpfe Bässe. Carsten war schon wach und scheinbar fit. So sehr ich ihm seine morgendliche Energie neidete, so froh war ich, dass er mich mit meinem kürbisgroßen Kopf, geschwollenem Gesicht und übler Laune nicht sehen konnte.

Chica meckerte jetzt mit Nachdruck und klang wie ein aufgebrachtes Zicklein. In meinem Kopf arbeitete jemand mit einem Vorschlaghammer. Ich musste aufstehen. Genau für diesen Tag hatte ich mir vorgenommen, am Text für mein neues Comedy-Stück zu feilen. Ich warf mir zwei Aspirin ein und meinen verbeulten Kuschelhausanzug an, beruhigte Chica, die mir ständig zwischen den Beinen herumlief, mit einer großen Portion Futter, fuhr schon mal den PC hoch und schleppte mich zum Zähneputzen ins Bad. Beim Blick in den Spiegel hatte ich eine lustige Idee für ein neues Lied. Es bestätigte sich mal wieder die Theorie, dass es einem Künstler richtig beschissen gehen muss, damit er kreativ sein kann.

»Ich würd' gern brechen, wenn ich früh in Spiegel seh'/ geschwoll'ne Augen, Falten bis ins Dekolletee,/die Haare filzig, der Blick leicht debil./Es ist ein Trauerspiel!«

So ein Einfall ist besser als jeder Orgasmus, dachte ich. Tralalalala!

Nachdem ich die Zeilen in den Laptop getippt hatte, war es vorbei mit »Tralalala«, mir fiel nichts mehr ein, obwohl ich mich immer noch hundeelend fühlte.

»Guten Morgen, Liebling!« Carsten stand in der Tür und sah aus wie das blühende Leben.
»Hallo, Süßer! Alles schick?« Meine Stimme klang, als hätte ich eine Kröte verschluckt.
»Ich wollte nur schnell nachfragen, was wir heute für einen Plan haben.«
Ich stellte mich auf den Stuhl und küsste mein Energiebündel auf die Stirn.
»Ich wollte heute eigentlich kreativ sein, das funktioniert aber nach der Party nicht. Darum werde ich wegen der Brillen für die Show zum Optiker fahren!«
»Sag Bescheid, wann du losfährst, ich habe Lust, mitzukommen!«, sagte Carsten mit glasklarer, jugendlicher Stimme. Dann verschwand er.
Erstaunlich. Er war doch am Vortag auch ganz schön betrunken gewesen!
Zwei Stunden später wühlte ich in Optiker Bernhards Altbrillensammlung, während Carsten seine Augen überprüfen ließ. Ich weiß nicht mehr genau, ob er aus Langeweile auf diese Idee kam oder seine Fehlsichtigkeit bereits alltagsbehindernde Ausmaße angenommen hatte. Gesagt hatte Carsten vorher jedenfalls nichts.
Ich fand in Bernhards großer Altbrillensammlung zwei Comedy-kompatible Exemplare: ein extrem hässliches farbloses Siebziger-Jahre-Modell und ein schwarzes, intellektuell wirkendes Nasenfahrrad mit runden Gläsern. Mit beiden Brillen sah ich extrem bescheuert aus und war somit zufrieden.
Ähnlich doof sah auch Carsten aus, der in der Ecke des Optikerladens ein ebenfalls schwarzes Brillengestell auf der Nase trug. Bernhard setzte routiniert verschiedene Gläser vor Carstens Augen, ließ ihn Zahlen und Buchstaben vorlesen und versuchte so, den Grad seiner Fehlsichtigkeit zu ermitteln.
Unsere Freundschaft zu Optiker Bernhard entstand durch mehrere Auftritte, die ich in Beelitz absolvieren durfte. Bernhard ist hier nicht nur für seine Brillen, sondern auch als

Kulturförderer bekannt. So holt er regelmäßig mehr oder weniger bekannte Schauspieler, Sänger und Comedians in die Stadt.

»Guck dir das mal an!« Bernhard hielt mir einen kleinen Kassenbon-großen Zettel unter die Nase. Ich sah viele kleine Zahlen und konnte damit nichts anfangen. Mir war zwar klar, dass dies die Ergebnisse von Carstens Sehtest sein mussten, konnte deren Bedeutung aber nicht verstehen.

»Was heißt das?«, fragte ich Optiker Bernhard.

»Das bedeutet, dass du mit einem Maulwurf zusammen bist!«, grinste er, nahm sich aber sofort wieder zurück.

»Nein, nein! Ich wollte damit nur sagen: Carsten braucht dringend eine Brille.«

»Ich brauche wirklich eine Brille, in meinem Alter?«, meldete sich der Maulwurf aus der Testecke im hintersten Winkel des Ladens.

»Ja«, grinste Bernhard breit, »du leidest an einer Jungpresbyopie!«

»Wie bitte?«

»Eine Presbyopie ist wörtlich übersetzt Alterssichtigkeit, also ein allmähliches Nachlassen der Fähigkeit, in der Nähe scharf zu sehen. Mit zunehmendem Alter büßt die Augenlinse an Elastizität ein.«

Also brauchten wir dann auch noch ein Brillengestell für meinen jungen Presbyop. Bernhard schaute Carsten prüfend ins Gesicht, öffnete ein Schubfach und griff zielsicher ein schwarz-weißes, ziemlich gewagtes Modell. Carsten nahm es, schaute in den Spiegel und rief erfreut: »Das isses! Wunderbar!« Stilsicher hatte Bernhard das passende Gestell gefunden.

Drei Wochen später sollte Carstens neue Gleitsichtbrille fertig sein.

Auf der Heimfahrt schwärmte er, wie gut er durch die Testgläser sehen, wie genau er alles lesen konnte und wie er sich auf die schicke Brille freute. Ich stellte – trotz der Aufklärung

über den Terminus Presbyopie – keinen kausalen Zusammenhang zwischen schlechtem Sehen und Alterungsprozess, sehr wohl aber zwischen gutem Sehen und galoppierender Hautalterung her. Mich plagte der Gedanke, wie viele Falten er mit seiner neuen Brille an mir entdecken würde.
Das Horrorszenario, dass mein bebrillter Maulwurf bei meinem Anblick jegliche Lust auf eine Hochzeit verlieren könnte, ging mir in den darauffolgenden Tagen nicht mehr aus dem Kopf. Als dann auch noch meine Mutter anrief, war ich kurz vor einem Nervenzusammenbruch.
Es war Samstag früh. Staub tanzte im einfallenden Frühlingssonnenlicht, und hässliche Putzstreifen wurden auf dem gläsernen Küchentisch sichtbar. Ich ließ mich von der Unsauberkeit nicht provozieren, tüftelte an meinem allmorgendlichen Sudoku und übte mich in Selbsttoleranz, was meine Putzleistungen betraf. Das Telefon klingelte.
»Na, Tati, ist mit Carsten alles in Ordnung?«
»Ja, Mama, mir geht es gut! Hat dir der Geburtstag gefallen? Hast du dich wohlgefühlt?«
»Das habt ihr sehr schön gemacht. Papa hat gar nicht gemeckert!«
»Das freut mich!«
»Sag mal, Tati«, ich hörte an ihrer Stimme, dass sie mir etwas Wichtiges mitteilen wollte, »wann heiratet ihr denn endlich? Wenn man einen Mann gefunden hat, dann sollte man ihn auch heiraten! Das habe ich mit deinem Papa genauso gemacht, und wir halten es jetzt schon über vierzig Jahre miteinander aus!«
Ich fühlte mich sofort unter Druck gesetzt. Natürlich hoffte ich sehr, dass es mit der Hochzeit an Carstens und meinem dritten Jahrestag klappen würde, aber das sagte ich meiner Mutter lieber nicht.
»Mama, man kann sich lieben, ohne zu heiraten. Wenn eine Ehe so toll und erstrebenswert wäre, würdest du nicht ständig über Papa meckern.«

«Na, ich muss mich doch wenigstens über ihn aufregen, wenn ich ihn schon nicht ändern kann!«
»Deine Logik überzeugt mich!«, lachte ich hektisch in den Hörer. Wahrscheinlich ist Mama wie jede Mutter der Überzeugung, dass ihr Lebenskonzept auch ihre Kinder glücklich machen müsste.
»Ich mache mir einfach Sorgen, Kind. Carsten ist doch viiiiel jünger als du. Ob das gutgeht? Stell dir doch nur mal vor, wie du in zehn Jahren aussiehst, Tati. Dann ist dein Carsten im besten Mannesalter, und du bist schon fast in Rente!«
»Hallo, was heißt hier ›viiiiiel‹? Und außerdem wird Carsten doch auch älter. Das liegt in der Natur der Sache!«, entgegnete ich leicht hysterisch.
Nach dieser Auflehnung meinerseits konterte Mama mit ihrem »Knock-out-Argument«, mit dem Argument ohne Chance auf Widerrede: »Ja, Tati, aber das ist bei Männern nicht so schlimm. Die sehen auch im Alter gut aus!«
Die Realisierung des Umkehrschlusses führte bei mir zu akuter Schnappatmung. Ich rang nach Luft wie in einem Vakuum und sagte mit weinerlicher Stimme: »Aber ich sehe doch noch ganz gut aus für mein Alter, oder?«
Schon im selben Moment hätte ich mich für diesen Satz ohrfeigen können, denn den Spruch »Du siehst ja NOCH gut aus FÜR DEIN ALTER!« sagt man doch nur zu alten Menschen und niemals über sich selbst. Dieser Kommunikationsfehler wurde auch sofort von Mama bestraft.
»Aber wie lange noch, Kind? Denk nur mal an deine große, tiefe Stirnfalte. Wolltest du nicht mal Botox ausprobieren?«
Alles, was ich darauf noch zu sagen hatte, war eine halbherzig gestammelte Rechtfertigung.
»Wie bist du denn heute drauf? Mama! Aber auch wenn ich wollte, das kann ich nicht machen. Carsten hat mir einen langen Vortrag darüber gehalten, dass Botox Nervengift sei und zu Schäden führen könne. Außerdem findet mich mein Carsten schön, sagt er.«

»Ich meine es doch nur gut, Tati!«, verabschiedete sich meine besorgte Mutter.
Nach jedem dieser Gespräche saß der Stachel tiefer, und jedes Mal ereilte mich die diffuse Panik, verlassen zu werden. Mein Kopf sagte mir, dass eine Hochzeit auch keine Garantie dafür sei, dass Carsten für immer bei mir bliebe, aber durch mein Unterbewusstsein schlich meine Mutter und flüsterte mir fortwährend zu, dass eine amtlich bestätigte Zweisamkeit das Ziel meiner Wünsche, dass jahrelanges Eheleben ein erstrebenswertes Rundumsorglos-Paket wäre und dass sonst immer die Gefahr bestünde, irgendwann wieder allein dazusitzen. Da war ich nun im fünften Lebensjahrzehnt und trotz meiner gefühlten Unabhängigkeit immer noch nicht von Mama abgenabelt. Schon erstaunlich. Folgerichtig schoss mir wieder meine fixe Idee durch den Kopf: die Brille! In ungefähr zwanzig Tagen würde Carsten so scharf sehen können wie nie zuvor. Jede noch so kleine Falte in meinem Gesicht würde ihm mit seinen modernen Gleitsichtgläsern wie eine tiefe Ackerfurche erscheinen. Mama hatte recht.

Häufiges Bügeln verhindert Falten

Ich brauchte Botox, unbedingt und sofort, und recherchierte im Internet. Dort fand ich die Potsdamer Schönheitsklinik »Ohne Sorge«, in der sich ein gewisser Doktor Pfeiffer-Plönsgen der Aufhübschung von Frauen und Männern verschrieben hatte, die ihre Sorgen hinter straffer Haut verbergen wollten. In dieser Klinik – so hörte ich – ließen sich auch viele Promis ihre Gesichter zurechtschneiden, bis das Skalpell stumpf wurde. Ich las auf meinem Monitor, dass Pfeiffer-Plönsgen so erfolgreich sei, dass er sogar noch einen zweiten Laden namens »Botox to go« in Berlin habe, was mich zu der Annahme bewog, dass ich bei Pfeiffer-

Plönsgen mit meinem Wunsch des schnellen und schmerzfreien Glattbügelns meiner Problemzonen an der richtigen Adresse war. Auf dem Bildschirm meines Computers las ich: »Attraktive Menschen haben es vielfach leichter im Leben – sowohl privat als auch beruflich. Das äußere Erscheinungsbild eines Menschen hat einen starken Einfluss darauf, wie er wahrgenommen wird, und ist damit ein wichtiger Faktor für Erfolg. Schönheitsoperationen sind daher nicht mehr wegzudenken.«
Das hatte ich doch schon immer geahnt! Ich wollte auch als »schön« wahrgenommen und von Carsten geheiratet werden. Gierig las ich weiter und erfuhr, dass Pfeiffer-Plönsgen das Gespür hätte, auf feinfühlige Weise mit kleinen Veränderungen eine große Wirkung zu erzeugen. »Less is more«. Genau! »Minimalinvasiv« war mein Motto. Einfach wie Costa Cordalis ein bisschen Eigenfett aus dem Po ins Gesicht spritzen, und schon würden alle meine Wünsche in Erfüllung gehen, dachte ich mir. Sollte ich ab meinem vierzigsten Lebensjahr beknackt aussehen? Bei diesen Möglichkeiten?
Eine Woche später saß ich in Pfeiffer-Plönsgens vornehmer Villa. Die beiden anderen Damen im Wartezimmer stöberten in Zeitschriften, und ich ertappte mich bei dem Versuch, herauszubekommen, was an ihren Gesichtern schon gemacht worden war. Beide hatten sich mit großen Goldketten und Armbändern behängt, trugen High Heels und waren stark geschminkt. Die Dunkelhaarige hüstelte, als sie meinen starren Blick wahrnahm, und drehte sich angewidert weg. Dabei legte sich ihr Hals in unansehnliche Falten. Ha! Wusste doch, dass die viel älter war, als ihr Gesicht preisgab.
»Frau Meissner bitte!«
Ein kleiner, schlanker Mann mit wenig Haar und blasser Haut à la Boris Becker blickte sich suchend im Wartezimmer um. Als ich aufstand, sah er mir direkt ins Gesicht, und seine graugrünen Augen lächelten mich an. »Pfeiffer-Plönsgen!«

»Hallo!«, ich reichte ihm die Hand. »Ich habe schon viel von Ihnen gehört!«
»Natürlich nur Gutes«, strahlte er mich an. »Sind Sie auch aus der Branche?«
»Nee, nee, ich bin Kabarettistin!«
In seinem Beratungszimmer setzte er sich mir gegenüber an den Schreibtisch, stützte sich mit beiden Armen auf und beugte sich nach vorn.
»Dann bin ich ja ein Kollege von Ihnen. Hier machen wir auch Kabarett. Ich bin quasi nur der Darsteller von Pfeiffer-Plönsgen, denn der richtige Chirurg muss im OP-Saal arbeiten. Der hat für einen Flirt mit einer gut aussehenden Frau keine Zeit«, scherzte er.
»Danke für das Kompliment. Aber ein paar kleine Fehler hätte ich von Ihnen gern ausgemerzt. Die tiefen Falten zwischen den Augenbrauen, die sollen weg. Das macht man mit Botox, oder?«
Ich fühlte mich geschmeichelt und hatte keine Angst mehr vor eventuellen und ungewollten Folgen meines kleinen Ausflugs in die Welt der Schönen und Reichen.
Er griff über den Schreibtisch an meine Stirn und zog die Augenbrauen auseinander.
»Botox wird leider nicht reichen. Sie lassen sich wohl zu viel ärgern, mhm? Die beiden Zornesfalten müsste ich Ihnen zusätzlich mit Hyaluron unterspritzen.«
Das Zeug kannte ich von meiner Nachtcreme, da war das auch drin. Es hatte bisher aber leider nicht geholfen.
»Hyaluron«, fuhr mein neuer Freund fort, »ist ein körpereigener Stoff und wird im Laufe von zirka einem Jahr wieder abgebaut. Botox spritzen wir zusätzlich, um die Bewegung der Stirnmuskeln einzuschränken, damit sich die Falten nicht so schnell wieder bilden können.«
»Aber bitte nicht zu viel, lieber Herr Doktor. Ein bisschen Mimik brauche ich für meine Auftritte!«
Mich beschlich die wahnsinnige Angst, dass mein Gesicht zu

einer Maske werden könnte. Vor meinem geistigen Auge sah ich Sylvester Stallones und Mickey Rourkes spannungsgeladene Antlitze und musste mich schütteln.
»Keine Angst, Frau Meissner. Ich habe ein gutes Gespür dafür, was gut aussieht!«, munterte mich Pfeiffer-Plönsgen auf. »Kann ich Ihnen sonst noch behilflich sein?«
Er blickte mich so vertrauenserweckend und wohlwollend an, dass ich mich ermutigt fühlte, ihm meine zweite Problemzone zu präsentieren.
»Ich würde gern wissen, ob Sie auch Falten an den Knien wegzaubern können!«
Pfeiffer-Plönsgen sah für einen Moment irritiert aus.
»Soll ich es Ihnen mal zeigen? Ich müsste dafür aber meine Hose runterlassen«, bot ich an.
»Oh!«, lächelte er breit. »Moment bitte, dazu würde ich gern die Kamera anschalten, damit der richtige Pfeiffer-Plönsgen im Operationssaal diesen wunderbaren Anblick nicht verpasst.«
Er tat so, als suche er einen Einschaltknopf unter der Tischkante, während ich die Jeans über den Hintern streifte und bis auf die Knöchel fallen ließ. Dann stellte ich mich aufrecht hin und streckte die Beine durch. Dabei bildeten sich über der Kniescheibe viele kleine Falten, die mich besonders im Sommer störten. Ich trug kaum noch kurze Röcke, weil ich das Gefühl hatte, alle starrten nur auf meine Knie. Der »Facharzt für Falten jeder Art« stand auf und griff in das Faltennest. Meine Oberkniehaut ließ sich gefühlte zwei Meter vom Bein wegziehen.
»Einfach zu viel Haut! Wenn man da schneidet, hätten Sie eine Narbe. Wollen Sie das?«
»Natürlich nicht!« Ich zog enttäuscht meine Hose wieder hoch.
»Das ist doch noch nicht so schlimm, Frau Meissner. Wir machen jetzt Ihre Stirn, und danach schaut jeder nur noch in Ihr Gesicht«, tröstete er mich.

Im Nachbarraum setzte ich mich auf einen Behandlungsstuhl. Eine junge Frau namens Mokel begrüßte mich. Sie reichte mir Eisbeutel, die ich auf meine Stirn drücken sollte. Zwei Minuten später stürmte auch Pfeiffer-Plönsgen ins Zimmer, öffnete eine kleine Ampulle und zog deren Inhalt in eine Spritze.
»So, Frau Meissner, wir beginnen mit Hyaluron!«
Der Klang seiner Stimme ließ vermuten, dass ihm dieser Teil der Behandlung besondere Freude bereitete.
»Frau Mokel, bitte bringen Sie die Patientin in eine aufrechte Position.«
Während sich die Rückenlehne des Behandlungsstuhls in die Senkrechte bewegte, erläuterte Pfeiffer-Plönsgen gut gelaunt: »Das sollten Sie wissen, Frau Mokel: Hyaluron immer im Sitzen spritzen. Im Liegen fiele die Gesichtshaut der Patientin nach unten, und die Falten würden sich verschieben. Dann hätten wir Beulen an Stellen, wo vorher gar keine Falten waren!«
»Nicht wir, Herr Doktor, ICH hätte Beulen an Stellen, wo vorher keine Falten waren!«, erwiderte ich.
»Natürlich Sie, Frau Meissner!«
Sicher scherzte er. Ich mag Menschen mit Humor. Fast euphorisch spritzte und rieb er abwechselnd an den Zornesfalten, die meine Mama als schwer heiratsverhindernd ansah. Während ich wieder mit dem Eisbeutel auf der Stirn darüber nachdachte, ob ich danach wie ein Einhorn aussehen könnte, zog Frau Mokel Botox in die Spritze, schnipste zweimal mit dem Zeigefinger dagegen und reichte sie meinem Gott in Weiß. Der bat mich, meine Stirn zusammenzuziehen. Dann schaute er konzentriert durch seine Brille.
»Frau Mokel, unsere Patientin ist zum ersten Mal hier. Sozusagen eine Novizin. Wir müssen sie anfüttern.« Er spritzte zwischen den Augenbrauen, ausgehend von der Mitte, im Abstand von einigen Millimetern ein »V« in meine Stirn.
»Darum würde ich der Patientin niemals sagen, dass sie nicht nur zwischen den Augenbrauen ein kleines Problem hat, son-

dern auch die auf der Stirn befindlichen tiefen Querfalten behandlungsbedürftig sind. Nein, so etwas sage ich ihr besser nicht. Ich spritze einfach auch dort noch ein wenig Botox.«
Pfeiffer-Plönsgen fühlte sich ausgesprochen wohl auf seiner Kabarettbühne und fuhr fort: »Und natürlich würde ich ihr niemals sagen, dass sie zu Schlupflidern neigt. Ich spritze einfach mittig über jeder Augenbraue ein wenig Botox und zack, ziehen sich die Brauen nach oben und machen einen offenen, jüngeren Blick!«
Ich verstand plötzlich, warum so viele meiner Kolleginnen dreieckige Augenbrauen haben und dadurch wie Mephisto persönlich aussehen. Ich hatte bisher immer gedacht, dass bei der Kosmetik falsch gezupft worden war!
Frau Mokel wusste nicht so richtig, ob ich den Spaß verstand, und schaute konzentriert zwischen dem Doktor und meiner Stirn hin und her. Ich dagegen konnte mich nicht mehr halten und begann nach der letzten Spritze schallend zu lachen. Pfeiffer-Plönsgen und Frau Mokel kicherten erleichtert mit. Beim Blick in den mir gereichten Spiegel konnte ich weder einen teuflisch offenen Blick noch eine sichtbare Verjüngung meines Äußeren bemerken. Ein paar klitzekleine Stiche leuchteten rot und symmetrisch auf meiner Stirn, statt der Zornesfalte wölbte sich die Haut wie ein großer Pickel. Ich hob die Augenbrauen und zog sie zusammen – alles wie immer.
»Keine Sorge, Frau Meissner!« Pfeiffer-Plönsgen leierte die folgenden Sätze auswendig herunter: »Morgen sehen Sie aus wie neugeboren, jung und glatt. Reiben Sie immer ein wenig über die Stelle mit dem Hyaluron, um es gleichmäßig zu verteilen. Am besten den Finger mit der eigenen Spucke befeuchten, das ist die sicherste Desinfektion! Wir sehen uns!«
Dann schüttelte er mir die Hand und schwebte aus der Zimmertür, um seine nächste Patientin charmant zu umgarnen. Ich zahlte für diesen Flirt 450 Euro und hoffte, dass das Ergebnis auch in einem adäquaten Verhältnis zu diesem Preis

stehen würde. Ein wenig Sorge hatte ich ja in Anbetracht dessen, dass Pfeiffer-Plönsgen selbst völlig ungespritzt und unoperiert schien.
Nach dem Verlassen der Klinik hätte ich meine Aufregung und fast überschwängliche Freude gern mit jemandem geteilt. Ich überlegte: Carsten fiel aus. Dem konnte ich das nicht erzählen, er wäre wütend geworden, und ich hätte genau das Gegenteil von dem erreicht, was ich mir mit dieser Aktion erhoffte. Meine Schwester wohnte seit einem Jahr in Berlin und wäre nur telefonisch erreichbar gewesen. Doro arbeitete. Mist. Gisi? Im Moment war sie schwer beschäftigt. Vor drei Monaten war sie Oma geworden und neben ihrer Arbeit rund um die Uhr für ihre Enkelin im Einsatz. Auf Gisi konnte man sich verlassen, wenn man in Not war. Falten waren für sie keine Not.
Schweren Herzens lenkte ich mein Auto darum Richtung Heimat und schlich in meine Wohnung, um Carsten nicht sofort zu treffen. Bis zu meiner Vorstellung am Abend auf dem Theaterschiff saß ich vor meinem »Ehrlich-Vergrößerungsspiegel«, der nicht nur meine Einstiche extrem groß aussehen ließ, und zog Grimassen. Furchtbar, diese Faltenkrankheit, die mich bereits seit einigen Jahren im Griff hatte. Noch wirkte meine Haut genauso zerknittert und zerfurcht wie vor den Injektionen. Beim Anblick der vielen strahlenförmigen Runzeln in meinen Augenwinkeln fragte ich mich, ob Krähenfüße nicht zu Vogelgrippe führen könnten und schlimmer noch: Botox zu Rinderwahnsinn!
Zwei Stunden später, nach einem leckeren, mit Liebe zubereiteten, leichten Abendessen mit Carsten, der sich sehr über meine neue Ponyfrisur amüsierte, schminkte ich im Bad meine Augenschatten mit einem Abdeckstift weg. Zum Wimperntuschen hob ich die Augenbauen. Hä?! Sie bewegten sich nicht! Ich strich meine Haare aus dem Gesicht, ging ganz dicht an den Spiegel und zog die Stirn kraus. Nichts bewegte sich. Gar nichts! Wo mich vor wenigen Stunden noch tiefe Querfalten

geärgert hatten, sah ich jugendliche und glatte Haut. Boah! Nicht eine Falte war auf meiner Stirn zu sehen! Die brauenhebenden Teufelsstiche schien Pfeiffer-Plönsgen ebenfalls mit Augenmaß gesetzt zu haben: Keine haarigen Mephisto-Dreiecke verunzierten mein neues Gesicht. Unterhalb der Augen bewegte sich jedoch alles wie immer. Ich war begeistert und fühlte mich jung und begehrenswert. Hoffentlich bemerkte Carsten nicht die Ursache dieses sensationellen Erfolgs, sonst würde ich in Erklärungsnot kommen!

Ich freute mich jetzt doppelt auf meine Comedy-Vorstellung. Wie immer würden einige Männer, von ihren Frauen nicht nur ins Kabarett, sondern dazu noch in die erste Reihe gezwungen, aufgeregt vor mir sitzen, in der Angst, mitspielen zu müssen. Ich war mir ganz sicher, dass ihre lüsternen Blicke meiner neuen Jugendlichkeit ebenso geschuldet sein würden wie meinem tiefen Dekolletee.

Als ich an diesem Abend auf der Bühne stand und für fremde Männer sang, malte ich mir, animiert durch mein gestrafftes Selbstbewusstsein, aus, wie ich Carsten später verführen würde.

»Heut ist der Tag aller Tage, es steht außer Frage, dass ich dich überrasche und sinnlich vernasche. Die Dessous, die ich trage, sind erste Spitzenware, meine glattrasierten Beine fühl'n sich an wie weiche Seide. Alles nur für dich, mein Tiger, mein Frauenbesieger. So tanz ich ins Zimmer, mein gestählter Don Juan, du Bild von einem Mann – so steh ich vor dir!«, sang ich und stellte mir dabei meinen Geliebten vor. Nackt! Ich träumte von zwei wild ineinander verschlungenen, schwitzenden, jugendlichen Körpern. Carsten und ich wie in unseren besten Anfangszeiten: hemmungslos, gierig und unersättlich.

Als ich gegen 23 Uhr euphorisch über unseren Hof lief, musste ich feststellen, dass bei Carsten kein Licht brannte und er auch nicht in meiner Wohnung auf mich wartete. Also war er bereits im Bett. Kurz darauf saß ich in meiner Wohnküche und war irgendwie ... gar nicht frustriert. Ich schlürfte meinen Sänger-und-Redner-Tee mit Honig, zündete mir eine Zigarette an und wunderte mich, dass mich die Tatsache, heute keinen Sex mehr zu haben, gar nicht ärgerte. Eigentlich war ich ziemlich müde und geschafft. Vielleicht hatte meine Mutter ja recht. Sie behauptete doch immer: »Ab einem bestimmten Alter, Tati, ist Sex nicht mehr so wichtig!«

Prinzen und Idole

Eigentlich sollte die Botox-Behandlung nur ein halbes Jahr wirken. Diese Zeit ist jetzt, nach Carstens Unfall, um, und ich schaue jeden Tag mit der Angst in den Spiegel, dass meine Stirn wie ein Plisseerock zusammenfällt, dass Schlupflider und Zornesfalte in alter und vielleicht sogar verstärkter Form zurückkehren. Aber bis jetzt ist nichts dergleichen passiert. Auch während der Autofahrt zum Neurologen schaue ich in den Rückspiegel. Keine Regung oberhalb der Augenbrauen. Meine Stirn ist glatt wie ein Kinderpopo. Ich schiele nach rechts. Mein wortkarger einarmiger Bandit hockt mit auf dem Kopf abgelegtem Arm auf dem Beifahrersitz und kümmert sich nicht um meine Stirn.
»Ah, pass doch auf! Hier sind Huckel auf der Straße!«
Ich reduziere mein Tempo auf zehn Stundenkilometer. Ich bin ja kein Tierquäler.
Eine halbe Stunde später haben wir unser Ziel erreicht. Beim Neurologen Doktor Schulz ist das Wartezimmer voll. Das kann ja heiter werden. Carstens Blick verfinstert sich beim Anblick der wartenden Versehrten so sehr, dass ich mir wünsche, er hätte ein Anti-Aggressions-Training absolviert.
»Da müssen wir durch, Süßer, aber danach wird alles gut. Doktor Schulz ist ein erfahrener Arzt!«, beruhige ich ihn und mich.

Ich greife mir einen Stapel bunter Zeitschriften und setze mich. Carsten bleibt demonstrativ stehen und legt seinen Arm auf den Kopf. Ich kann ihn nicht ansehen, ohne mich wie in einem Paternoster zu fühlen, und konzentriere mich darum auf meine Zeitschriften. Als ich nach zehn Minuten wieder aufschaue, steht der missmutigste aller missmutigen Patienten immer noch im Eingang des Wartezimmers und stiert frustriert auf einen Fleck im Teppich.

»Ks, ks!«, zische ich ganz leise und klopfe, als Carsten gequält aufblickt, auf die Sitzfläche des Stuhles neben mir. Er zieht den Mund angeekelt in die Breite, was ich als Ablehnung werte. Wehmütig betrachte ich den Mann an der Tür, der nur noch wenig Ähnlichkeit mit meinem Traumprinzen hat.

Als ich Carsten vor zweieinhalb Jahren zum ersten Mal traf, hatte ich eine dreijährige Odyssee auf verschiedensten Internet-Single-Plattformen hinter mir. Meine anfängliche jugendlich-naiv wirkende Schwärmerei war durch die vielen Männer, denen ich bei meiner Suche begegnet war, durch unzählige Dates und wenige One-Night-Stands, abgeklungen. Die durchlittenen Enttäuschungen und Fehlgriffe verboten mir jeden Optimismus. Ich glaubte, dass sich weder im »richtigen Leben« noch im virtuellen Land der unbegrenzten Möglichkeiten ein Prinz für mich finden würde, und fragte mich, welcher mit klarem Verstand und ansehnlicher Lebenserfahrung ausgestattete Mann eine Comedy-Tussi wie mich haben wollte.

Meine Selbstzweifel hatten sich ins Unerträgliche gesteigert, und ich war, kurz bevor ich meinen Traumprinzen traf, bereits so kompromissbereit, liebestoll und zweisamkeitssüchtig, dass ich die Anforderungen an den Mann meiner Träume auf ein Minimum reduziert hatte. Zum Schluss hätte ich alles genommen, was Puls hat.

Carsten hatte kaum noch Puls, als er bei unserem ersten Date in dünnen, aber schicken Lederschuhen bei minus dreiund-

zwanzig Grad in der Bleibtreustraße auf mich wartete. Schon als ich ihn auf der Parkplatzsuche im Vorbeifahren zitternd vor einem beleuchteten Schaufenster stehend entdeckte und er mit eingefrorenem Lächeln versuchte, einen Blick in mein Auto zu erhaschen, wusste ich: Das könnte ER sein, der Mann, nach dem ich so lange gesucht hatte; der Mann, der immer saubere Socken hat und einen eigenen Fernseher und eine Traumprinzenkrone. Mein Anfangsverdacht bestätigte sich nicht nur, er wurde sogar übertroffen: Carsten kocht wie der dreisternige Eckart Witzigmann; er liebt wie Giacomo Casanova; er ist kommunikativ, und er ist an Kultur und Literatur interessiert. Ein Mann, der liest! Ein Wunder!
Wenn ich Alexandra von meinem Weltwunder vorschwärmte, meinte sie, ich würde wunderlich. Weil nicht sein durfte, was nicht sein konnte. Unter dem Motto: »Ich lasse mir meine Vorurteile doch nicht durch die Realität versauen!«, suchte sie das Haar in der Suppe, den Krümel im Bett, also den Haken an der Sache. Für Alexandra muss Liebe wehtun. Wenn sie einen Partner hat, verzehrt sie sich nach dem, wie sie es nennt, normalen Beziehungsalltag mit Zank und Streit. Das klappt bei Carsten und mir so gar nicht. Wir sind so oft einer Meinung, dass wir chinesische Kommunisten sein könnten. Wenn Alice Schwarzer Carsten kennenlernen dürfte, würde sie sofort ihren Kampf für die Emanzipation der Frau einstellen.

***

Gerade als mir bei der Erinnerung an den strahlenden, starken und außergewöhnlichen Mann an meiner Seite so richtig warm ums Herz wird, holt mich ein leises Stöhnen meines indisponierten Traumprinzen zurück in das immer noch gut gefüllte Wartezimmer unseres Neurologen. Carsten versucht gerade, sich auf dem Stuhl neben mir zu platzieren. Der Anblick dieses Invaliden mit seinen schwerfälligen Bewegungen, dem schmerzverzerrten Gesicht und dem auf dem

Kopf abgelegten linken Arm, der sich gerade mit einem von lautem, wehleidigem Aufstöhnen begleiteten finalen Plumpser auf den Stuhl fallen lässt, steht in krassem Gegensatz zu meinen Erinnerungen, die nicht mal drei Jahre zurückliegen. Ich lasse meinen Blick durchs Wartezimmer schweifen. Die überwiegend männlichen Patienten, die entweder gequält vor sich hinstarren oder extrem gelangweilt in Zeitschriften blättern, scheinen alle älter zu sein als wir. Die meisten von ihnen sind genauso blass und augenschattig wie Carsten. Sieht so eine Kolonie kranker Erdmännchen aus? So zusammengesunken, krumm und miesepetrig? Ist es ungerecht und gemein von mir, wenn ich kranke Erdmännchen nicht in meiner Nähe ertragen kann? Ich greife vorsichtig nach Carstens Hand und ernte einen so morbiden, aber dabei dankbaren Blick, dass mir Tränen der Rührung und der Liebe in die Augen steigen. Verschämt schniefe ich ein wenig vor mich hin, und ich nehme mir ganz fest vor, mich an seinen derzeitigen Anblick zu gewöhnen.

Nach zwei Stunden wird Carsten endlich aufgerufen. Mein Hintern kribbelt von der Rumsitzerei, und bevor ich vor lauter Angst, Wut und Ungeduld alle jammergesichtigen Erdmännchen im Wartezimmer anschreie, konzentriere ich mich lieber wieder auf die bunten Zeitungen auf meinem Schoß. Ich fühle mich in der anklagenden Stille des Wartezimmers immer unwohler und bin froh, als Carsten schon nach fünf Minuten wieder aus dem Behandlungszimmer kommt.

»Und? Was sagt der Arzt?« Ich springe auf und laufe ihm entgegen.

»Wird wohl die Bandscheibe sein!«, sagt Carsten schnappatmig und mit glasigem Blick.

»Wir müssen zur Absicherung der Diagnose einen MRT-Termin machen und Schmerzmittel aus der Apotheke holen.« Danach sagt er gar nichts mehr. Total abwesend lässt er sich von mir ins Auto schieben. Wir fahren zum Oberlinhaus in die Röntgenabteilung. Ich springe aus dem Wagen, erspare

meinem Liebsten neuerliche Schmerzen und gehe allein zur Anmeldung.
»Guten Tag!«, begrüße ich die Schwester so freundlich wie möglich. »Ich hätte gern schnellstmöglich einen MRT-Termin für meinen Mann. Er hat unglaubliche Schmerzen, wahrscheinlich Bandscheibe.«
Die terminverantwortliche Krankenschwester ist eine unscheinbare Frau und erinnert mich mit ihrer blassen, durchscheinenden Haut und den Augenschatten an Alexandra. Sie lächelt professionell gekünstelt und mit viel Zahnfleisch.
»Na, dann müssen wir mal gucken, was sich da machen lässt«, sagt sie, sich ihrer Macht vollständig bewusst, und blättert in einem großen Buch. Die Schwester kommt sich wichtig vor und blättert und blättert, und ich spüre leichte Aggressionen in mir aufsteigen.
»In vierzehn Tagen hätte ich was!«
»Aber mein Mann hat Schmerzen, die er auf keinen Fall so lange ertragen kann.«
»Tut mir leid!« Humorlos klappt sie ihr Buch zu.

Gesund ist nur, wer nicht ausreichend untersucht ist

Abends, nachdem ich Carsten fast sitzend gebettet und mit den aus der Apotheke besorgten Schmerzmitteln versorgt habe, gehe ich zur Entspannung in meine Kuschelküche. Ich brauche jetzt unbedingt ein wenig Abstand von den Ereignissen des Tages, ich fühle mich schlapp, und in meinem Kopf wirbeln die unterschiedlichsten Bilder durcheinander: ich als Krankenschwester mit Häubchen und Samariterkoffer, Erdmännchen am Tropf und ein Bräutigam im Rollstuhl.
Beim Betreten meiner rot-orangen, nur von einer Stehlampe beleuchteten Wohnküche macht sich sofort ein wohliges Ge-

fühl in mir breit. Die gelbgemusterten Gardinen an der Balkontür haben einen dicken, vom Wind geblähten Bauch und wehen mir freundlich entgegen. Nach zwei tief inhalierten Zigaretten und einem gedanklichen Resümee des Tages sehe ich das Positive an meiner Situation: Wenigstens bin ich NICHT krank. Und das ist gar nicht selbstverständlich, denn zwei Jahre zuvor hatte ich bereits gedacht, mein Immunsystem hätte mich im Stich gelassen.

***

Als ich Carsten kennenlernte, plagte mich, genau wie meine Katze Chica, monatelang permanenter Schnupfen. Unsere Nasen trieften um die Wette. Ich fühlte mich zudem schlapp und unerotisch. Die ständige Heiserkeit nervte vor allem bei meinen Comedy-Vorstellungen. Wenn ich mein Lieblingslied »Mach mir den Tiescher!« sang, klang das nicht lüstern und verrucht, sondern eher wie Chicas klägliches Miauen, wenn sie um etwas bettelte. Ich rannte von einem Arzt zum nächsten, inhalierte, lutschte Halstabletten, machte Nasenspülungen – nichts half. Chica bekam von Tierarzt Doktor Leiche ein Antibiotikum verschrieben, welches ihr auch nur wenige Tage Erleichterung verschaffte. Vielleicht steckten wir uns gegenseitig immer wieder an? Konnte das sein? Ich recherchierte bei Netzdoktoren und in Patientenforen und stieß dann auf meine Krankheit: Chlamydien! Das musste es sein, war ich mir sicher.
Chlamydien sind Bakterien, die eine Vielzahl von Lebewesen infizieren können, Menschen wie Katzen. Sie lösen Erkrankungen der Schleimhäute im Augen-, Atemwegs- und Genitalbereich mit teilweise schwerwiegenden Folgen wie Erblindung oder Unfruchtbarkeit aus.
Mit meinen neuen Erkenntnissen eilte ich umgehend zu Doktor Neubauer, meinem Chlamydien-Spezialisten und erläuterte meine Diagnose. Er ließ mir Blut abnehmen, stellte

gezielte Fragen zu meinem Rücken und bestellte mich eine Woche später noch einmal zu sich. Ich weiß noch, wie hoffnungsfroh ich in seinem Wartezimmer saß. Ich war mir sicher, dass nach monatelanger Quälerei endlich eine Lösung für mich gefunden werden würde! Ich wurde ins Behandlungszimmer gerufen. Ich setzte mich auf den Stuhl gegenüber von Neubauers Schreibtisch. Der Doktor betrat den Raum, würdigte mich keines Blickes und schaute starr auf seinen Computerbildschirm. Erwartungsvoll sah ich ihn an und sagte kein Wort. Er unterbrach ruckartig seine Schweigeminute, tippte auf der Tastatur, las irgendetwas, tippte noch mal und sagte dann: »Tja!« Das Lächeln schien ihm schwerzufallen. Seine Augen blickten ernst. Ein Angstschauer lief mir über den Rücken. »Herr Neubauer, was ist los? Muss ich sterben? Bekomme ich diese blöde Erkältung wieder in den Griff? Chronisch etwa? Was sagen die Chlamydien?«, sprudelte es aus mir heraus. Neubauer kam um den Schreibtisch gelaufen, griff mitleidig meine Hand, und mir rutschte das Herz in die Hose.

»Frau Meissner«, sagte er mit ruhiger, sonorer Stimme. »Ich konnte keine Chlamydien feststellen. Auch sonst erscheinen Sie mir ganz fit!« Dann machte er eine Kunstpause, holte tief Luft und fuhr fort: »Ich glaube, Sie brauchen nur ein wenig Ruhe!«

Ich war fassungslos. Wie paralysiert stand ich auf und verließ die Praxis. Mein Chlamydien-Fachmann hatte mir soeben mitgeteilt, dass ich psychosomatisch war. Also nicht ganz sauber im Kopf. Ich? Ruhe? Ha! Ich hasste Ruhe! Ich liebte die Unruhe. Nichtstun war für mich ein Gräuel. Für mich gab es nur eine Zeit, die, wenn man sie nicht nutzte, unwiederbringlich verloren war. Ich brauchte Anstrengung und Abwechslung und wollte auch nie mildernde Umstände, nur weil ich eine Frau bin. Ich hatte meine Tochter neben der Arbeit allein großgezogen und bin stolz auf meine Unabhängigkeit und meinen Tatendrang. Was verlangte Neubauer da von mir? Sollte ich jetzt nur noch im Sessel rumsitzen, stricken und mich langweilen? Als ich Carsten davon berichtete, platzte ich fast vor Wut. Er lachte.

»Meine Strickliesel. Du bist so lustig, wenn du wütend wirst!«

»Liebst du mich trotzdem, auch wenn ich ein wenig hypochondrisch bin?«, fragte ich sicherheitshalber nach.

»Natürlich, jede einzelne deiner Chlamydien liebe ich!«

Seitdem traue ich mich gar nicht mehr zu sagen, wenn es bei mir irgendwo zieht oder kneift. Sofort erreicht mich Carstens Spott. Wenn mir mein Ohr wehtut, vermutet Carsten Ohr-Chlamydien und bei entzündetem Zahnfleisch Zahnfleisch-Chlamydien. Woran Chica leidet, konnte bis heute nicht geklärt werden. Ich tippe auf Katzenallergie. Mir half damals ein wenig Ruhe und die Infusion eines »Vitamincocktails«.

* * *

So ein intravenöser Vitamincocktail ist eine tolle Sache. Er hilft mir nicht nur zur Stärkung des Immunsystems, sondern verhilft mir zu größerer körperlicher und geistiger Belastbarkeit. Was mich gleich nach der ersten Infusion besonders begeistert hatte, war der Umstand, dass ich danach mehr Lust auf Sex hatte. Kurz nach Carstens vierzigstem Geburtstag Ende Februar wurde ich bei meiner letzten Infusion mit unangenehmen Themen konfrontiert.

»Na, Frau Meissner, mal wieder einen Energieschub abholen?« Schwester Inge strahlte mich an und bat mich an meinen Stammplatz am Fenster. Dort saß bereits – ich konnte es nicht glauben – Freundin Doro.

»Na, toll, jetzt trifft man seine Freundinnen nicht mehr in der Bar, sondern beim Arzt!«, rief sie mir entgegen und grinste breit.

»Was soll das denn heißen?«

»Dass wir das Leben nur noch mit ärztlicher Unterstützung meistern!«

Ich erstarrte innerlich. Ich verstand nicht, wie sie über solche Erkenntnisse lachen konnte. Während Schwester Inge meine Infusion vorbereitete und mir die Nadel in die Armbeuge schob, berichtete mir Doro von allen möglichen Krankheiten, an denen unser weitläufiger Bekanntenkreis gerade litt.

»Du weißt doch, die ... na sag schon, die, deren Mann Bandscheibe hat. Na jedenfalls die muss jetzt zum Brustscreening. Matti ist wegen seines Knies in der Reha, und Paul kann heute Abend nicht zur Party kommen, weil er morgen früh raus muss. Ist das nicht ulkig?« Doro gackerte für eine Arztpraxis viel zu laut und pustete sich ihren kastanienbraunen Pony aus dem Gesicht. Eigentlich hätte ich viel lieber von meinem aufregenden Erlebnis bei Pfeiffer-Plönsgen berichtet, aber Doro war noch nicht fertig. Nach einer kleinen Kunstpause eröffnete sie mir: »Jetzt kommt's, Tati. Stell dir mal vor: Gabi ist in den Wechseljahren!«

Ich schrak zusammen und schaute peinlich berührt zu Schwester Inge, die nur einen Meter von uns entfernt am PC saß.

»Nun tu mal nicht so! Gabi macht daraus ja auch kein Geheimnis.«

»Ich kenne Gabi nicht so gut, als dass ich mir darüber ein Urteil erlauben könnte, und eigentlich will ich mich mit dem Thema gar nicht befassen.«

Doro jedoch fand, dass Hitzewallungen, Schlafstörungen und Depressionen ein wichtiges Thema waren. »Tati, weil wir vorbereitet sein müssen, vielleicht sind wir ja auch schon perimenopausal. Also in der Vorbereitungsphase zur Menopause!«

Ich versuchte, Doro mit einem Scherz zu unterbrechen.

»›Meno‹ bedeutet ja so viel wie ›wenig‹, also weniger Haare, weniger Gesundheit und weniger Sex!«

Doro kreischte laut auf und gickelte: »Dann kann ich noch nicht in der Menopause sein. Ich habe nicht weniger Sex, ich habe gar keinen mehr!«

Schwester Inge konnte jetzt nicht weiter so tun, als hörte

sie nicht zu. Sie begann, laut zu lachen, und konnte damit auch nicht aufhören, weil Doro nachlegte: »Ich habe schon so lange keinen Sex gehabt! Wenn sich jetzt wirklich mal ein Mann für mich opfern und sich seine Kleider vom Leib reißen würde, dann käme mir als Erstes in den Sinn, auf allen Vieren durchs Zimmer zu rutschen und seine Klamotten nach Bunt- und Weißwäsche zu sortieren.«

Schwester Inge klagte kichernd: »Ich habe auch keinen Sex mehr, bei mir liegt es aber an den Wechseljahren! Mein Mann kann das Wort ›Hitzewallung‹ nicht mehr hören, sagt er! Dabei finde ich Hitzewallungen toll. Endlich keine kalten Füße mehr!«

Ich fand, die beiden Damen nahmen das Thema zu wenig ernst.

»Ich habe ja nichts gegen die Offenheit unserer emanzipierten Frauengeneration, aber muss man in Anbetracht solch unerotischer Einzelheiten, die die Wechseljahre nun mal mit sich bringen wie Gewichtseinlagerungen in der Taille …«

»Genau!«, jubelte Doro, »wir entwickeln uns alle früher oder später zum Kastenbrot! Ist das nicht ulkig? Erst ist 90-60-90 das Maß aller Maße, und dann ist es 104-105-104! So ist das eben.«

Sie klopfte sich vor Lachen auf die Schenkel. Ich ignorierte ihre Bemerkung und vervollständigte humorlos mein persönliches Horrorszenario: »… Haarausfall, Osteoporose, Orangenhaut, trockene Schamlippen … muss man sich diese Dinge ständig vor Augen halten?«

Schwester Inge tippte angesichts meiner Reizbarkeit hektisch auf der Tastatur, während Doro mich anschnauzte: »Frau Comedy, Sie sind ja zähklebrig! Regen Sie sich doch nicht so auf, wenn es Sie noch gar nicht betrifft. Gabi geht locker damit um. Als wir zusammen essen waren, lief sie plötzlich tiefrot an wie ein Hummer, wedelte sich mit der teuren Menükarte Frischluft zu und konnte sich über die groteske Situation einer Hitzewallung im Edelrestaurant sehr amüsieren!«

»Ich sollte mich wirklich nicht über ungelegte Eier aufregen!«, sagte ich gereizt, tat aber versöhnlich. Während die letzten Energietropfen in meinen Arm flossen, berichtete ich Doro von meiner Botox-Erfahrung. Natürlich registrierte ich, wie sie bewundernd meine Stirn betrachtete und dass ihr glockenklares Lachen bei meinem Bericht über Pfeiffer-Plönsgen durch die Praxisräume schallte. Dass sie aber, als ich fertig war, in einen Lachkrampf mit Schnappatmung verfiel, blieb mir ein Rätsel, bis sie mit erstickter Stimme sagte: »Und du meinst nicht, dass der Besuch beim Schönheitschirurgen ein Zeichen für eine perimenopausale Depression ist?« Ich schwieg beleidigt.

Nachdem uns Schwester Inge abgekabelt hatte, bat ich die so extrem lustige Doro kurz angebunden nur noch darum, Carsten nichts von meiner glatten Stirn zu erzählen, und verfluchte innerlich alle Optiker dieser Welt und meine Mutter.

***

Zu Hause wartete an jenem Tag Carsten mit dem Essen auf mich. Mein Ärger über Doro und die Wechseljahrs-Diskussion war beim Anblick meines schönen Mannes sofort verflogen. Seit meiner Pfeiffer-Plönsgen-Straffung saßen Carsten und ich uns zum ersten Mal bei Tageslicht einander gegenüber. Während ich gierig kaute, beobachtete ich ängstlich den Blick meines Botox-Gegners. Wenn er mir mein kleines Geheimnis von der Stirn ablesen würde, wäre der Nachmittag gelaufen. Wenn nicht, würde ich die libidosteigernde Wirkung meines Vitamincocktails zu nutzen wissen. Schaute mich Carsten anders an als sonst? Ruhten seine Augen prüfend auf meiner Stirn?

»Warum guckst du mich so komisch an? Habe ich was im Gesicht?«, fragte mich Carsten verunsichert.

»Nein, gar nicht. Ich gucke nicht anders als du. Habe ich denn was im Gesicht?«

»Nein, du siehst toll aus, wie immer!«
Ich lächelte ihn erleichtert an. Das Ziel einer teuren Faltenunterspritzung ist natürlich, dass das sprunghaft verjüngte Äußere von anderen wahrgenommen wird. Aber im Fall Carsten war ich ganz froh, dass er es zumindest nicht direkt bemerkte. Er war großartig in seiner verliebten Blindheit. Ja, dachte ich, schlecht sehen zu können ist manchmal von Vorteil. Es verhindert die Wahrnehmung der Realität in unbefriedigender Deutlichkeit, oder anders gesagt, es schützt vor der Konfrontation mit dem körperlichen Verfall des geliebten Partners. Schlecht zu sehen hat den gleichen Effekt wie sich jemanden schön zu saufen. Insofern, rechtfertigte ich mich, war meine Angst vor der anstehenden Lieferung von Carstens neuer Brille durchaus berechtigt.

***

Anfang März, genau zwanzig Tage nach der Bestellung, traf die Gleit- und Ehrlichsichtbrille per Post bei uns ein. Mein Jungpresbyop lief, geschmückt mit seiner neuen Intelligenzprothese, stolzen und aufrechten Ganges vor meiner Country-Küchenzeile auf und ab. Er streckte die Brust raus, schlenkerte lässig mit den Armen und blieb nach einer halben Drehung vor mir stehen. Mein Model-Maulwurf lächelte selbstbewusst, er wirkte intellektuell und doch lässig.
»Siehst gut aus!«, lobte ich ihn. Ich saß auf meinem Lieblingsplatz und stützte vorsichtshalber meinen Kopf mit der Hand an der Stirn ab, damit er sie nicht gleich sah. Carsten griff nach dem auf dem Buffet stehenden, aufgefetzten Päckchen, wühlte darin herum und beförderte eine Lesebrille ans trübe Küchenlicht.
»Guck mal, Tati, für dich hat Bernhard auch eine Brille reingelegt. Mit lieben Grüßen!«, überreichte mir Carsten eine rote Hülle.
Mist! Mein Freund Bernhard wies mich auf einen Missstand

hin, den ich bisher erfolgreich ignoriert hatte. Schon nach meiner allerersten Lesung in Beelitz wollte Bernhard mir liebevoll eines seiner schicken Brillengestelle aufdrängen, weil er gesehen hatte, dass ich das Buch weit weg von meinem Gesicht hielt. Damals war ich wegen der Premiere so unsicher, aufgeregt und verwirrt gewesen, dass ich emotional gar nicht in der Lage gewesen war, mich mit meiner eventuellen Augenschwäche zu beschäftigen. Jetzt inspizierte ich Bernhards dezenten Hinweis auf meine galoppierende Altersweitsichtigkeit und befürchtete ein hämisches Grinsen von Carsten. Doch sein Gesichtsausdruck verriet keine Spur von Schadenfreude. Ich setzte mir das rote, mit passenden Strass-Steinen verzierte Brillenmodell auf die Nase. Carsten strahlte mich an und äußerte trotz eigener Brille und klarer Sicht anerkennend: »Die steht dir aber gut!«

»Ich muss mir das selber mal angucken«, erwiderte ich, stand auf und ging ins Bad. Carsten folgte mir. Wir drängelten uns vor dem Badezimmerspiegel, und ich stellte nicht nur widerwillig fest, dass mir meine Brille wirklich gefiel, sondern dass ich sogar das Kleingedruckte auf den Döschen und Tuben auf meiner Ablage lesen konnte.

»Wie spannend ist das denn! Endlich erfahre ich, was in den Faltencremes alles drin ist.«

»Jetzt kannst du auch das Kleingedruckte in Verträgen lesen. Unter diesen Bedingungen fällt ein Ehevertrag zwischen uns aus.«

Ups. Ehevertrag? Ich wusste mal wieder nicht, ob Carsten es ernst meinte oder ob er sich über mich lustig machte. Während wir, nebeneinander stehend, in den großen Spiegel über dem Waschbecken starrten, hatte mich mein schlechtes Botox-Gewissen sofort wieder im Griff. Meine Stirn schien mir mit 1,5 Dioptrien noch glatter zu sein als ohne Brille. Wenn Carsten jetzt doch was merkte? Warum nur hatte ich meinem Geliebten nicht gleich von meinem Botox-Eingriff erzählt? Fehlte mir das Vertrauen zu ihm? Als ich gerade mit meiner

Beichte beginnen wollte, trafen sich unsere Blicke im Spiegel, und Carsten stellte fest: »Was ich jetzt alles sehen kann. Und so scharf. Werde ich auch, wenn ich dich angucke!«
Mir fiel ein Stein vom Herzen. Carsten schien nicht zu merken, dass ich auf der Stirn blutjung aussah. Nicht ohne kleine innere Genugtuung nahm ich beim Blick nach rechts wahr, dass auch mein Märchenprinz schon ein paar Falten hatte. Ich lächelte mich im Spiegel erleichtert an, bis ich plötzlich durch meine neue Brille Härchen an verschiedenen Stellen meines Gesichts entdeckte, an denen ich vorher nicht mal Haarwurzeln vermutet hätte. Wo kamen die denn plötzlich her? Verunsichert tastete ich über meine Oberlippe und beschloss verärgert, diese Fusseln nicht als Damen-Barthaare zu akzeptieren. Das waren lediglich verirrte Wimpern.
Carsten stieß mit der Nase an den Spiegel.
»Guck mal, Tati, siehst du das? Ich habe überall Mitesser!«
Ich schaute ihn an, und tatsächlich: kleine schwarze Punkte an Carstens Kinn!
»Ja, sehe ich!« Ich nahm meine Brille ab und guckte wieder.
»Jetzt sind sie weg!«
»Oh je, ich muss dringend zur Kosmetik!«
»Geh zu meiner Kosmetikerin, die ist gut, vor allem beim Ausreinigen der Haut! Soll ich dir einen Termin machen?«
»Bitte, so schnell wie möglich! Ich möchte doch zu deiner Premiere gut aussehen.«
Carsten küsste mich dankbar auf meine glatte Stirn, zog mich in die Küche und reichte mir den Telefonhörer.
»Du hast es aber eilig. Sind doch noch zehn Tage Zeit!«
»Bitte, ruf an. Ich will die weghaben, die Dinger. Ich koche uns auch was ganz Tolles heute«, trieb mich mein Kosmetikfreak an. Ich wählte Pias Nummer.
»Hallo, hier ist Tatjana!«
»Na, du hast dich ja lange nicht gemeldet. Brauchst du einen Termin?«
»Jaha, aber nicht für mich, sondern für Carsten!«

»Ach, dann lerne ich deine Internetbekanntschaft auch mal kennen? Ist noch alles in Ordnung bei euch? Wann heiratet ihr?«

»An unserem dritten Kennenlerntag. Habe den Termin jedenfalls reserviert.«

»Und wie war der Antrag? Romantisch? Ist er auf die Knie gefallen?«

Wieder aufs Schlimme! Ich kannte Pia lange und gut genug, um bei meinen Kosmetikbesuchen oft auch über Privates zu reden. Darum war ich überzeugt, dass sie mir bei der Umsetzung der Idee, die mir gerade in diesem Moment durch den Kopf schoss, behilflich sein würde. Weil mein Botox-Verrat – trotz neuer Brille – doch nicht zur Sprache gekommen war, wollte ich zur Hochzeitsattacke übergehen: Carsten sollte sich von Pia zu einem entsprechenden Antrag überreden lassen. Ich ging mit meinem Telefon aus Carstens Hörweite ins Wohnzimmer.

»Pia, gut, dass du fragst. Das mit dem Heiraten ist so eine Sache. Er hat mich noch nicht gefragt. Aber vielleicht könntest du ihn bei der Behandlung ja irgendwie auf den richtigen Weg bringen!«

»Ich? Wie soll das denn gehen?«

»Das Wort ›Hochzeit‹ darf natürlich nicht fallen. Da weiß er gleich, dass du in meinem Auftrag handelst. Aber du findest doch mit Hilfe deiner Reiki-Weisheiten immer so schöne Worte!«

Pia beschäftigte sich schon seit langer Zeit mit Reiki. Bei jedem Besuch erzählte sie mir von ihrem Meister, ihren Kursen und der Energie, die Heilung bringt. Mir sind jegliche Esoterik und Placebo-Medizin suspekt. Scharenweise rennen Bekannte von mir zum Nadeln und zu osteopathischen Behandlungen. Mir fällt es schwer, in diesem Zusammenhang nicht an Quacksalberei zu denken. Beeindruckend fand ich allerdings, wie Pia mittels ihrer Weiterbildungen bei ihrem Reiki-Meister immer mehr zu sich selbst und zu innerer Ruhe

fand, dass sie Menschen gut analysieren und Probleme in besonderer Weise angehen konnte.
»Na ja«, überlegte Pia laut, »wir suchen beim Reiki ja auch nach Erleuchtung und Weisheit. Die Lehre sagt, dass Freiheit ohne Verantwortung zum Chaos führt!«
»Das klingt toll. Freiheit ohne Verantwortung. Ehe ist Verantwortung. Sehr gut!«
»Wenn wir unsere Emotionen meistern, führt uns das zur Tansformation!«
»Hä?!«
»Na ja, wir verwandeln Blei in Gold!«
»Pia, ich verstehe nicht, was du mir damit sagen willst.«
»Du kannst damit unnatürliche Emotionen wie Wut und Hass in natürliche Emotionen wie Liebe und Dankbarkeit verwandeln.«
Ich war mir nicht sicher, ob Carsten das verstehen würde.
»Pia, kannst du bitte nur das mit der Freiheit und der Verantwortung sagen? Das wird sicher reichen!«
»Ich geb mein Bestes, Tati. Schick ihn morgen gegen elf rum, ja? Und du lass für heute einfach deine Sorgen und deinen Ärger los.«
Ich legte erleichtert auf. Da mein Carsten ein pfiffiges Kerlchen ist, würde er mit Pias Hilfe vielleicht zum Nachdenken gebracht werden.
»Schatzi, morgen um elf bei Pia!«, flötete ich ihm liebevoll und siegessicher zu.
Am Tag nach seinem Kosmetikbesuch fragte ich ihn scheinheilig, wie es gewesen war. Mein Scharfseher antwortete: »Also, deine Pia ist ja ganz nett. Aber sie hat so komische Sachen erzählt.«
»Was hat sie denn gesagt?«
»Verstanden habe ich nichts Genaues. Auf meine Nachfrage meinte sie dann …«, Carsten verstellte seine Stimme, sprach eine Oktave höher und sah dabei verklärt in die Ferne, »dass sie mir gern Denkansätze geben möchte, die mich meine Le-

bensweise immer wieder in Frage stellen und mich erkennen lassen, was für mich persönlich wichtig ist und wo ich mir selbst im Wege stehe.«

Ich musste lachen, obwohl mein Plan augenscheinlich nicht aufgegangen war.

»Hat sie dir denn keine präziseren Tipps zu deiner Lebensweise mit auf den Weg gegeben?«, fragte ich sicherheitshalber noch mal nach.

»Nicht, dass ich wüsste. Außerdem ist meine Lebensweise komplett in Ordnung!«

»Tja, da fehlt dir eben das Reiki-Verständnis!«

»Hauptsache, die Pickel sind weg!«, bemerkte Carsten abschließend.

Halluzinationen und Verfolgungswahn

Von heute, einen Tag nach der Schleimbeutelkatastrophe, bleiben neun Wochen bis zum Abgabetermin der Unterlagen beim Standesamt, und wir haben noch nicht über die Hochzeit gesprochen. Im Moment hat mein Bräutigam auch ganz andere Probleme. Vielleicht täuscht sich Doktor Schulz ja auch, und Carsten ist schon morgen wieder gesund. Kann ja sein. Ich habe mir zum Tagesabschluss eine Tasse heißen Sänger-und-Redner-Tee mit Honig zubereitet, den ich in kleinen Schlucken trinke. Chica schnorchelt neben mir liegend und zuckt im Schlaf abwechselnd mit Ohren und Beinen. Ich greife ganz selbstverständlich nach meiner Lesebrille und setze sie auf. Vor mir auf dem Tisch liegt die Verpackung des Schmerzmittels, das Carsten heute vom Neurologen verschrieben bekommen hat. Ich fummle den Beipackzettel auseinander und lese, dass das verschriebene Arzneimittel zur Gruppe der Opioide zählt und ein rascher Wirkungseintritt Übelkeit und Erbrechen sowie Halluzinationen und Desorientierung begünstigt.

Opioide? Halluzinationen? Was bedeutet das? Muss ich jetzt bis zur Klärung der Diagnose mit einem Carsten klarkommen, der rosa Häschen sieht und debil grinst, weil der Rausch so schön ist? Ich ziehe kurzzeitig einen klärenden Anruf bei meiner Schwester in Erwägung, verwerfe den Plan aber schnell wieder. Alexandra hätte zwar das Fachwissen, würde mich aber trotzdem mit den schlimmsten Folgen dieses Schmerzmittels konfrontieren. Ich tippe mal auf Überdosierung mit Todesfolge. Warum neigt meine Schwester eigentlich immer zum Extremen? Die schärfste Story hatte sie sich mit ihrem Ex aus dem Netz, nicknamens »EQUIVOCAL«, geleistet.

***

Es war genau der Tag, an dem ich mich aufgrund der aphrodisierenden Wirkung des Vitamincocktails schon mittags an Carsten vergehen wollte.

Beim Mittagessen spürte ich, wie Carstens Kochkünste mein Herz zum Hüpfen brachten, und lächelte meinen Prinzen vielversprechend an. Weil weder meine beim Abräumen schwungvoll bewegten Hüften noch mein gieriger Blick ihn dazu animierten, mir meine Klamotten vom Leib zu reißen, um mich auf dem Küchenfußboden zu lieben, und er sich stattdessen mit einem feuchten Kuss auf die Stirn in sein Arbeitszimmer verabschiedete, plante ich nun aber für den Abend eine große Verführungs-Show.

Gerade träumte ich von wildem, lang anhaltendem und schmutzigem Sex, als ich unerwartet durch stürmisches Klingeln aus meinen einsamen erotischen Fantasien gerissen wurde. Als ich die Wohnungstür öffnete, stand dort wutschnaubend meine Schwester und wedelte mit einem Briefkuvert. Bei ihrem Anblick erstarb in mir jeder Gedanke an unanständige Liebesspiele. Ich erkannte bereits an Alexandras Gesichtsausdruck, dass größere Probleme gelöst werden mussten.

»Komm doch erst mal rein, Alu!« Ich zog sie hinter mir her in die Küche.
»Stell dir mal vor, hat doch dieser Blödbär von EQUI seine Anwälte auf mich gehetzt!« Alu riss ihre Augen voll Empörung so weit auf, dass sie so rund und durch ihre obligatorischen Augenschatten so schwarz umrandet wirkten, wie bei einem Plumplori. Plumploris sind eine Primatengattung, die in Südostasien und im Berliner Zoo lebt. Sie sind wie Alexandra nachtaktiv und haben große, kullerrunde schwarze Augen. Im Gegensatz zu meiner Schwester sind sie aber sehr langsam, ruhig und ausgeglichen.
Ich nutzte die kurze Pause, in der wir uns an den Tisch setzten, um meinen ersten Schock über diese Nachricht zu verarbeiten.
»Warum sollte er das tun? Er war doch derjenige, der nichts mehr mit dir zu tun haben wollte?«
Alexandra nestelte das Schriftstück aus dem Umschlag, faltete es auf und legte es vor mich auf den Tisch. »Das hier ist die Unterlassungserklärung, die soll ich unterschreiben, sonst wird's teuer für mich! Er behauptet, dass ich ihn willentlich und beharrlich verfolgen und belästigen würde und damit seine physische oder psychische Unversehrtheit unmittelbar bedrohen und schädigen könnte.«
Carsten betrat gerade meine Küche, um sich einen Kaffee zu machen. Er musste die letzten Worte meiner Schwester gehört haben, jedenfalls schaute er uns halb amüsiert und halb schockiert an.
»Hallo Schwägerin! Was ist passiert? Was hast du wieder Verrücktes gemacht?«
Alexandra antwortete auf Carstens Frage, während ich ihren Brief griff und versuchte, das Anwaltsdeutsch zu verstehen: »Ich habe ihm einfach klargemacht, was er für ein heimtückischer, hinterhältiger Typ ist!« Meine Plumplori-Schwester kniff bei diesem Satz die Augen zusammen und verwandelte sich in eine asiatische Hyäne.

»Hier steht aber, dass du es unterlassen sollst, seiner Freundin zu nahe zu kommen, ihn mit E-Mails und Telefonaten zu belästigen, und dass du nicht mehr vor seinem Haus parken sollst!«, mischte ich mich ein.
»Das ist mein gutes Recht. Ich kann parken, wo ich will!«
Ich las gerade, dass Alexandra ihm gedroht hatte, ein Plakat aufzuhängen, auf dem sie die Welt über seine Fremdgeherei informieren wollte und konnte nicht anders: Ich musste laut und hemmungslos lachen.
»Alu, du bist ein Stalker! Unglaublich!«, kreischte ich fast hysterisch. Carsten und meine Schwester schauten mich ganz überrascht an.
»Mensch, Alu! Ich denke, du bist drüber weg? Unterschreib den Mist, und lass den Mann einfach in Ruhe! Glaub mir, das tut dir gut!«
»Ich weiß ja. Aber ...«
»Mach es einfach, dann musst du dich nicht mehr aufregen!«
»Mhm, stimmt wohl. Es gibt wirklich noch genug andere Gründe, sich aufzuregen. Wenn ich nur an meine Station denke und die renitenten Insassen!«
»Sag mal, Alu«, wurde sie von Carsten unterbrochen, »was hast du heute eigentlich Schönes erlebt?«
Alexandra sah ihn hochgradig erstaunt an, man konnte ihr ansehen, wie es in ihrem Kopf arbeitete.
»Mhm, da muss ich erst einmal überlegen!«
Nach einer kurzen Pause sagte sie erleichtert: »Ich weiß es, ich weiß es! Ich hatte pünktlich Feierabend, bekomme gleich von Carsten etwas Leckeres zu essen, und ich habe mit Erik telefoniert.«
»Wer ist Erik?«, fragte ich erstaunt.
»Ein interessanter Mann aus dem Netz.«
»Kennst du den schon lange? Warum weiß ich nichts davon?«
»Ich hielt es nicht für wichtig, dir davon zu erzählen. Ist doch nur ein Mann für's Bett. Nichts Gefährliches!«

»Sicher?« Ich war skeptisch. Nach dem Dauertheater mit EQUI schwankte ich zwischen der Sorge, dass sie sich wieder irrational in einer Beziehung mit dem nächsten Falschen verhedderte, und der Freude darüber, dass Alexandra sich von diesem Erik und damit von der Stalkerei ablenken ließ.

»Ja, Tati, ganz sicher!«, beruhigte mich meine Schwester. »Ich habe doch aus meinen Erfahrungen gelernt.«

So richtig glauben konnte ich ihr das nicht. Ich hatte manchmal den Eindruck, dass sie schlecht behandelt werden wollte, weil sie sonst nichts zu meckern hätte. Je desinteressierter ein Typ ihr gegenüber war, umso mehr kämpfte sie um die angeblich große Liebe. Sie war doch früher nicht so verbissen gewesen, wenn es um Männer ging! Sie war es gewesen, die das Leben nicht so ernst genommen und nur das getan hatte, worauf sie Bock hatte. Sie war niedlich und entspannt, eben plumplorisch. Ganz im Gegensatz zu mir. Mein Anpassungsdrang, mein Anlehnungsbedürfnis und auch die von meiner Mutter kritiklos übernommenen Einstellungen zu Ehe und Familie führten in meinem Leben zu Seiltänzen und Gratwanderungen, die mich aufwühlten und unzufrieden werden ließen.

Jahrelang suchte ich nach dem Glück, welches den Vorstellungen meiner Mutter nahekam. Ich sträubte mich zwar gegen die finanzielle Abhängigkeit von anderen, vor allem von Männern, aber mit der seelischen Abhängigkeit war es eine andere Sache. Früher fiel es gerade mir im privaten Leben schwerer als meiner Schwester, mich in meiner eigenen Empfindungswelt zurechtzufinden. Das schien sich irgendwann in den letzten Jahren umgekehrt zu haben. Während Alexandra immer unsicherer wurde, fühlte ich mich im Laufe der Jahre immer wohler in meiner Haut.

Vielleicht war Alexandra ja auch schon in den Wechseljahren, überlegte ich. Sie ist zwar jünger als ich, aber es konnte ja trotzdem sein. Hatte Doro nicht gesagt, dass sich die Wechseljahre durch Non-stop-PMS bemerkbar machen? Das würde Alexandras permanente Wut und Aufregung erklären. Vor einem halben Jahr war es der Gedanke an EQUI, der meine Schwester zu hysterischen Schimpftiraden veranlasste, jetzt waren es die miserablen Pflegebedingungen, das politische System im Allgemeinen und im Besonderen und Carstens vermeintlicher Schlaganfall.

***

Ich genieße die Ruhe des frühen Oktobertages in meiner Küche bei einer Tasse Kaffee und vermeide jeden Gedanken an schwesterliche Untergangsprophezeiungen und meine Verunsicherung über die Nebenwirkungen von Carstens Schmerzmittel, dessen Packungsbeilage noch auf dem Tisch liegt. Der Rauch meiner Zigarette, den ich in regelmäßigen Zügen auspuste, und Chicas Schnarchen geben der Stille einen beruhigenden Rhythmus. In der Wohnung über mir rührt sich nichts. Kein Trappeln und Stampfen, keine Bässe aus der Musikanlage stören mein morgendliches Schweigeritual. Die vom Neurologen verschriebenen Tropfen müssen Carsten zu einem erholsamen Schaf verholfen haben. Zufrieden puste ich Rauchkringel zur Hängelampe über mir.
Plötzlich poltert es laut an meiner Wohnungstür. Ich stelle unsanft meine Kaffeetasse auf den Tisch, stoße mir beim Aufstehen den Oberschenkel an der Tischkante, Chica springt kreischend vom Sofa, und dann verheddern sich meine Füße im Gürtel meines Bademantels. Noch bevor ich die Tür erreiche, öffnet sie sich, und Carsten steht vor mir: mit einsteinmäßigem Strubbelkopf, leichenblass, mit fast apathischem Gesichtsausdruck.
»Um Gottes willen, Süßer! Was ist passiert?«
Carsten geht schweigend und gebeugt wie ein alter Mann, wobei er den Arm auf dem Kopf abgelegt hat, Richtung Küchensofa. Dann setzt er sich im Zeitlupentempo und starrt mich an. Ich traue mich nicht, irgendetwas zu sagen, und

habe das Gefühl, dass meinem kalkweißen Einstein Markerschütterndes widerfahren sein muss.

Nach gefühlten dreißig Minuten sagt er: »Ich bin nicht mehr Herr meiner Sinne!«

»Nun sag doch endlich, was los ist. Ich werde sonst verrückt vor Angst!«

»Dann wären wir schon zwei!«

Carsten atmet tief durch und berichtet. Er habe, als er morgens seine Küche betrat, ein Holzbrett mit haarfein geschnittenem Salat vorgefunden. Daneben lag eines seiner neuen 132-mal geschliffenen, skalpellscharfen Küchenmesser.

»Wie und wann solltest du das getan haben? Du kannst deine Arme doch gar nicht bewegen, geschweige denn so feinmotorische Arbeiten ausführen?«

Mein im Moment verhinderter Geliebter und Chefkoch kann sich an nichts erinnern. Er muss also im Schlaf von plötzlicher Kochwut überfallen worden sein. Wir schauen uns ratlos an. Mein Blick fällt auf den Beipackzettel des Medikaments.

»Jetzt weiß ich es: Dein Schmerzmedikament ist ein Opioid. Dieses Teufelszeug hat nicht nur angstlösende und euphorisierende Effekte, sondern kann auch zur teilweisen Ausschaltung des Bewusstseins führen!«

Carsten ist entsetzt: »Was da hätte passieren können! Mit einem scharfen Messer!«

Schon wieder ein schneidendes Argument für getrennte Betten, denke ich und hole sein Medikament, um es in den Müll zu werfen. Carsten nickt zustimmend. Ich will verhindern, dass sich mein Nachtkoch noch vor seiner vollständigen Genesung alle Gliedmaßen abschneidet. Er soll doch zur Hochzeit einsatzbereit sein und gut aussehen. Im Moment stiert mein bandscheibengepeinigter und amnesiegeschädigter zukünftiger Ehemann angstvoll und bewegungsunfähig vor sich hin. Weil meine Mama mich anständig erzogen und mir immer gesagt hat, dass sich eine Frau in der Ehe unterordnen, ihren Mann aufopferungsvoll lieben, ihn bekochen, waschen und die Sachen zurechtlegen muss, bereite ich uns ein kleines Frühstück zu. Carsten kaut wehleidig und wenig kommunikationsbereit auf seinem Brötchen herum, als wäre es aus Gummi.

»Ich glaube, es ist nicht gut, wenn du hier so schief rumhockst, Liebling!«, sage ich ziemlich fürsorglich, während ich den Tisch abräume und dann vorsichtig ein paar Krümel von seiner Joggingjacke sammle. Dann hole ich meine Gymnastikmatte, lege eine Decke und Kissen drauf und alles zusammen auf den Küchenfußboden, ungefähr dahin, wo ich Liebling am Abend des Unglücks aufgefunden hatte.

»Leg dich hierher. Das ist besser für deinen Rücken!«

Der Patient gehorcht, ich verwandle ihn wieder in eine Mumie und hoffe, dass ich mich mit meiner Fürsorglichkeit für seine Pflege meines durch Jazzdance malträtierten Hinterns vor ein paar Monaten erkenntlich zeigen kann.

Alle machen Yoga, ich hätte lieber Sex

Ich erinnere mich gern daran, wie lieb sich Carsten vor einem Dreivierteljahr um mich gekümmert hatte, als ich nach meiner vierten oder fünften Schnupperstunde in verschiedenen Dance-Centern, Ballettschulen und Tanzsportvereinen deprimiert nach Hause kam. Ich wollte endlich einen Kurs finden, der zu mir passt. Bisher waren in den vielen von mir getesteten Kursen entweder vor Coolness strotzende Milchgesichter gewesen oder sogenannte »Best Ager«, Angehörige der Silver-Girl-Fraktion, die noch ganz fit aussehen, sich aber wie Faultiere zeitlupenmäßig bewegen. Passgerechtes Training für ein aussortiertes Showgirl wie mich gab es scheinbar nicht. Ich hätte mich besser für die Illusionssportart Nordic Walking anmelden und mich an zwei Stöcken oder mit dem Rollator durch den Park Sanssouci quälen sollen, statt nach einem anstrengenden Tag eine Stunde »Jazzdance für Fortgeschrittene« auszuprobieren. Ich hatte mich von dem Schaufensterfoto des jungen, knackigen Trainers animieren lassen und hoffte auf die beim Sport freigesetzten Endorphine, von denen ich gehört hatte, dass sie jung halten und vor allem die Libido in Schwung bringen sollen.

»Und ans, zwoie, droie! Und ans, zwoie, droie!«, näselte der sexy Vortänzer namens Fernando und schwang dabei Arme und Beine im Takt. »Musst mache und gucke wie die Schpiers, Brigidde!«, rief er fröhlich, wackelte mit seinem Knackarsch und drehte die Handgelenke über dem Kopf. Ich mühte mich redlich, mit dem Po zu wackeln wie er. Ein Blick in den wandhohen Spiegel des Ballettsaales bestätigte meinen Verdacht, dass meine Bewegungen kaum denen des hüpfenden Schwaben vor mir und noch weniger denen Britney Spears' ähnelten. Meine Arme und Beine machten einfach nicht, was ich wollte. Ich bewegte mich wie ein Mehlsack und verrenkte mir überdies die Finger. Offensichtlich war Fernandos Choreografie für mich »nicht altersgerecht«, sonst hätten diese modernen Schritte bei mir nicht so saudoof ausgesehen.

»Muscht lächle, Mädel! Und ans, zwoie, droie! Achtung, komm neue Arm dazu!«

O nee, nicht noch mehr Arme, ich hatte schon genug mit meinen eigenen zu tun! Während ich mit meinen Körperteilen kämpfte, änderte Fernando die Bewegungsrichtung seines in coole Jogginghosen gehüllten Mittelkörpers und schwang die »Arm« nun in doppelter Geschwindigkeit. Dann stützte er den linken ein und spreizte den rechten wie eine Teekannentülle vom Körper ab.

»Und kleine Arm schwinge links, zwoie, droie!«

Mein Tanzlehrer tänzelte, sprang kraftvoll in die Höhe, ließ sich auf den Boden fallen, federte wieder hoch, trippelte auf den Zehen wie eine Elfe, stampfte und drehte sich abschließend wie mein »RG 28«. Das ist mein vierundzwanzig Jahre alter Mixer: original DDR-Design, aber im Gegensatz zu mir immer noch schnell wie eine Nähmaschine.

Endlich war die Musik vorbei. Ich hechelte wie bei einer Entbindung und fragte mich, was zur Hölle mich dazu veranlasst hatte, ausgerechnet heute Sport treiben zu wollen. Die Mädels links und rechts von mir, die ungefähr Flos Beuteschema entsprachen, kicherten. Ich hoffte nur, dass sie sich nicht über mich lustig machten. Mit meinem Ballettbody und den orangefarbenen Leggins aus alten Zeiten, als ich selbst noch Tanztraining gab und wir Titel von Michael Jackson, Madonna und Frank Sinatra vertanzten, passte ich schon optisch zwischen diese Hip-Hop-modischen Grazien wie Rumbalotte zur Techno-Disco.

Fernando strahlte uns mit breitem Lächeln an. Seine Haut glänzte vom Schweiß, sein zum Pferdeschwanz gezwungenes Kräuselhaar stiezte über den Ohren widerspenstig vom Kopf ab.

»So, Mädles, jetzt das Ganze nochomol, e bissele schneller!«, rief zu meinem Entsetzen unser schwarzer, schwuler und schwäbischer Tanzlehrer euphorisch. Er drückte die Play-Taste der Musikanlage, um uns ein weiteres Mal ohne klitzekleine Pause zu den Klängen von Brigidde zu hetzen. Mir und einer meiner jungen Leidensgenossinnen entfleuchte ein Stöhnen, das unserem Vortänzer mit Blick auf die sechzehnjährige, pubertätsverpickelte, adipöse Mitstöhnerin ein zickiges: »I hau scho viele Dürre sterba gseha, aber no koin Dicka blatza! Bewegt Eure Hinderdeile, hobb, hobb!«, entlockte. Fräulein Pubertätspickel machte dicke Backen, die anderen Elfen flatterten pflichteifrigst auf ihre Plätze. Um Fernandos Bösartigkeiten zu entgehen und wegen meines antiken Outfits verkrümelte ich mich unauffällig in die hinterste Reihe.

»Und ans, zwoie, droie! Und ans, zwoie, droie!«

Hoch, runter, auf's Knie, Arm links und rechts und vor, zurück, Rücken schmerzte, Knie brannten, Atmung schnappte. Wie ein Fremdkörper wankte ich zwischen den gut aussehenden Brigiddes immer in die falsche Richtung, bis mich das Moppelchen in die Waden trat und ich eine Hüpfpirouette mit finalem Sturz aufs Parkett legte.

»Zviel isch bittr im Alder, ond wenns Honig wär!«, ätzte Fernando tuntig, ohne auch nur eine Sekunde in seinen Handwedel- und Knackarsch-Drehabläufen innezuhalten. Eigentlich hätte ich sofort meinen Fuß mit einem gekonnten Spagatsprung in seine Nieren bohren müssen, dachte ich hasserfüllt. Mir fehlte leider die Kraft. Dabei hatte ich vor kurzem weder ein Koordinations- noch ein Konzentrations- noch ein Kraftproblem. Ich war im knappen Netztrikot und mit großen Federhauben über die Varietébühnen gewirbelt, wurde bestaunt und bewundert. Das war doch höchstens erst ... fünfzehn Jahre her. Doch schon. Mist!

Ich hechelte durch die dritte Wiederholung von Fernandos cooler Choreografie, meine Gesichtsfarbe glich der eines Feuerwehrautos, und mich beschlich das ungute Gefühl, dass gleich mein Kopf »blatze gönnde«.

»So, Mädles, jetscht machma Schtretsching!« Die Stimme unseres schwäbischen Flummis überschlug sich fast vor Freude, während ich auf dem Boden sitzend nach Luft rang.

»Du hangaschd dô, wia dr Spatz am Scheißheisle!«, kommentierte er prompt meinen kleinen Schwächeanfall. Dann lief er mit abgespreiztem Teekannenarm dreimal wippend im Kreis, wie ein Hund, der sich sein Plätzchen sucht, um dann elegant in den Schneidersitz zu gleiten. Er grätschte die Beine, forderte uns mit einem Kontrollblick in den Spiegel auf, es ihm gleichzutun, und federte mit seinem Oberkörper nach vorn.

»Und reschts, zwoie, droie! Und linksch, zwoie, droie! Und nach vorn, zwoie, droie!«

Zum ersten Mal an diesem unbefriedigenden Jazzdance-Nachmittag war ich glücklich über mein Spiegelbild. Geradezu stolz blickte ich auf meine fast im Männerspagat gespreizten Beine. Vor Freude bog und stretchte ich mich mit

Elan in alle Richtungen und konnte mich gar nicht sattsehen an den anderen, jungen, aber steifen Möchtegern-Hüpfern. Wie verbogene Drahtbügel versuchten sie, ihre Körper in die vorgegebenen Richtungen zu quälen. Nur der vollschlanke Pubertätspickel hatte keine Mühe, denn sein Bauch berührte den Boden ohnehin. Als ich mit meinem Kinn fast das Parkett antippte, warf ich Fernando stolz einen »Auch im Alder geht noch einiges«-Blick zu, den er mit einem »Des isch no nia nix gwä«-Blick quittierte, um sich dann mit dem gesamten Oberkörper zwischen seine Beine auf den Schwingboden zu pressen! Boah, war der gelenkig! Sofort versuchte ich aufzuholen; drückte, quetschte und federte mit großer Wucht und einem süffisanten Lächeln in Richtung des Angeber-Schwaben. In der nächsten Sekunde spürte ich ein 32-mal geschliffenes China-Messer in meinem Hintern. Unbeschreibliche Schmerzen setzten dem Oberkörperpresswettbewerb von meiner Seite ein jähes Ende. Mein zur Grimasse verzerrtes Gesicht und mein lautes Stöhnen ließen das Fernando im »Schtretsching« innehalten. Es kroch auf allen Vieren zu mir.
»Hascht Kreizweih?«
Ich funkelte ihn wütend an. »Ne, ich bin mopschfidel, verschtescht?« Fernando zog sein schwarzes Näschen kraus und schaute mitleidig, fast weinerlich.
»Du hast keine Schuld!«, murmelte ich versöhnlich, als der Schmerz nachließ. »Es geht gleich wieder!«
Ich schraubte mich in eine aufrechte Haltung und zog vorsichtig mein Knie Richtung Bauch. Die verletzte rechte Pobacke schmerzte nur noch wenig. Höchstens wie ein dreimal geschliffenes Kartoffelmesser.
»Dud's noch arg weh?«
Die Augen aller Kursteilnehmerinnen waren auf mich gerichtet, und mir war nicht mehr nur meine Bekleidung peinlich. Ich hätte vor Scham in den Boden versinken wollen. Mein bescheuerter Ehrgeiz machte mich zur Witzfigur! Ich straffte die Schultern: »Nein, gar nicht. Ist alles wieder gut!«

Mit einem »Na denn. Ischt sowieso schon neizeah Uhr durch! Bis näschte Woch! Widdrsäa, Mädles! Ade!« verschwand unser Sklaventreiber aus dem Ballettsaal. Ich folgte ihm erhobenen Hauptes. Nur raus hier. Nie wieder Jazzdance für Fortgeschrittene!

Ich zog mich gar nicht mehr um. In meinem hinterfränkischen Tanzfetzen hinkte ich zum Auto und fuhr nach Hause.

Carsten hörte sich geduldig meine Fernando-Schimpftiraden an und schmierte mir fürsorglich meinen Hintern mit Mitteln ein, deren Geruch mich an Pflegestufe III erinnerte. Ich war ihm so dankbar dafür, wie ich es eigentlich nur bei einem Heiratsantrag sein wollte.

Und schlägt der Po auch Falten

Es ist erst elf Uhr vormittags. Von draußen dringt kaum Licht in meine Küche, in der wir uns gemeinsam einsam und sehr schweigsam vor dem Fernseher langweilen. Während ich auf die Mattscheibe starre, lasse ich meinen Gedanken freien Lauf. Carsten liegt als blasse Mumie vor mir auf dem Küchenfußboden und ist dankbar, dass er in meiner Nähe sein kann. Nach seinem nächtlichen Schneidemesser-Erlebnis hat er nicht mal mehr ein geeignetes Schmerzmittel, und die Zeit bis zum MRT-Termin und damit bis zur endgültigen Diagnose scheint nicht zu vergehen. Die zwei Tage seit dem Riesling-Unfall fühlen sich in ihrer Dauer an wie ein halbes Leben.

Bei Mumien-Carstens Anblick regt sich in mir tiefes Mitleid. Dass sich in mir nur selten sexuelles Verlangen regt, wundert mich aber nicht erst seit gestern. Ich wundere mich schon, seitdem ich irgendwo gelesen habe, dass wir Frauen in der Mitte des Lebens erst so richtig scharf werden. Wissenschaftler wollen herausgefunden haben, dass sich Frauen ab vierzig im Würgegriff ihrer Hormone befinden. Natürlich hat sich im Laufe der Jahre auch bei mir etwas geändert: Der Sex ist schöner, entspannter und befriedigender als früher, aber ich kann eine ausufernde, unersättliche Libido vor den Wechseljahren nicht bestätigen. Ich verspüre – entgegen allen wissenschaftlichen Verlautbarungen – viel seltener den körperlichen Drang nach unbedingter sofortiger Befriedigung.

Trotzdem würde ich niemals öffentlich zugeben, dass ich nach sportlichen Aktivitäten lieber in eine Schlaf-Apnoe verfalle, als wild durch die Betten zu hüpfen, und dass ich mich eher für einen ausgiebigen Fernsehabend entscheide, statt meinen Carsten hopsgeil zu überfallen.

Würde ich diesen Umstand mit meinen Freundinnen diskutieren, würden die mich schief angucken und behaupten, sie trieben es noch täglich, da bin ich mir sicher, was mir wiederum sofort das Gefühl der Unzulänglichkeit gäbe. In meinem gesamten Umfeld wäre Mama wahrscheinlich die Einzige, die für mich Verständnis hätte – theoretisch. Denn praktisch verbietet sich jedes Gespräch mit ihr über diese Problematik.

Viel wichtiger scheint mir im Moment die Frage, welche Folgen mein nachlassender sexueller Appetit auf das Objekt meiner seltener werdenden Begierde hat. Würde Carsten, wenn er sich nicht mehr ausreichend begehrt fühlt, meinen Namen auf seiner Heiratskandidatinnen-Liste streichen?

Ich überlege, dass die Natur die Sexualität an den menschlichen Bedürfnissen vorbeikreiert hat: Erst darf man nicht, dann weiß man zu wenig, dann hat man keine Zeit, und am Ende ist man zu alt, um sich sexuell vergnügen zu wollen.

In meiner frühen Jugend war mir, mangels einschlägiger Erfahrungen, manchmal eine Migräne lieber als Sex. Ich erinnere mich, was ich oft zu meinem damaligen Freund gesagt habe, wenn er mit mir schlafen wollte: »Wenn ich heute mit dir ins Bett soll, versprichst du mir aber, dass wir hinterher was Schönes machen!« Trotzdem habe ich ständig und in-

stinktiv körperliche Nähe gesucht, wusste aber damals nicht genau, warum.
Ich erinnere mich, wie ich, Anfang der Achtziger, achtzehnjährig und wie von Sinnen, per Bahn zum Ort der Stationierung meines damaligen, seinen Grundwehrdienst bei der NVA absolvierenden Freundes in den tiefsten Spreewald gefahren war. Wie ich wegen mieser Verbindungen eine ungemütliche Übernachtung auf dem Bahnsteig in Lübben auf mich genommen hatte, nur um einen sonnigen Tag lang meinen Soldaten in furchtbar riechender Uniform in den Arm zu nehmen und anschließend meinen nackten Hintern im Kornfeld von Mücken attackieren zu lassen.
Wenige Jahre später erfuhr ich erst, dass die Natur auch für Frauen die Möglichkeit eines Orgasmus bereithält, hatte aber als junge, berufstätige Mutter keinen Nerv und keine Zeit für libidinöse Handlungen. Ich ließ die unfachmännischen Bemühungen meines Partners geschehen und dachte dabei über die Versorgungslage im Konsum nebenan nach; überlegte, ob im Milasan-Bananen-Zwieback-Brei wirklich Bananen sein könnten und ob ich die schmutzigen Baumwoll-Windeln auskochen oder doch in den Vollautomaten mit 90 Grad Höchsttemperatur werfen sollte.
Noch später, als sich mein Kind zum Studium verabschiedete, ich endlich ausreichende Erfahrungen mit meinen körperlichen Reaktionen und sexuellen Möglichkeiten hatte, war erstmalig kein Mann an meiner Seite, und HIV-Viren zwangen zur Vorsicht bei der Internet-Partnerauswahl. Jetzt, wo sich nicht nur eine berufliche, sondern auch eine seelische und partnerschaftliche Zufriedenheit in meinem Leben eingestellt hat, ist mein Geliebter krankheitsbedingt eine Mumie, und mein Körper versagt mir immer öfter lustvolle Gefühle.
Ich möchte erst gar nicht darüber nachdenken, was die Wechseljahre mit meiner Libido machen werden! Natürlich beteuert meine Frauenärztin Frau Doktor Ziesche, dass man auch während und nach den Wechseljahren, unter der Vor-

aussetzung regelmäßigen Trainings, Sex haben kann. Nicht, dass ich ihre Aussage bezweifeln würde. Aber was heißt hier KÖNNEN, ich muss es ja auch noch WOLLEN. Da hat die Evolution bei mir eindeutig versagt!

Chica hat sich an die Mumie gekuschelt, und erleichtert höre ich Carstens Schnorcheln. Er schläft. Das ist ein gutes Zeichen. Ich dusche schnell, aber ich fühle mich immer noch schlapp. Ein müder Blick in den Spiegel verrät mir, dass ich auch so aussehe. Mein blasses, leicht pickliges Gesicht und die tiefen, schwarzen Augenschatten könnten die Vermutung hervorrufen, ich hätte in den vergangenen drei Wochen unter Tage gearbeitet. So sieht man also aus, wenn der Partner, mit dem man sein ganzes Leben verbringen möchte, plötzlich krank wird und alles aus den Fugen gerät. Der Anblick wird auch durch meine glatte Stirn nicht besser.

Während ich nach meinem Slip greife, riskiere ich ein Auge auf meinen nackten Körper. Oh je! Ich sollte diesen blöden Ganzkörperspiegel abschaffen. Wer ist das denn? Ich? Ich sehe aus wie ein chinesischer Faltenhund. Bin zwar viel dünner als der, aber zu viel Haut habe ich auch. Sogar wenn ich mir die sogenannten »unsichtbaren« Slips überstreife und egal wie locker der Schlüpfergummi ist, die Bauchhaut hängt immer drüber. Ich sehe aus, als hätte ich einen viel zu großen Overall an. Mir fehlt die Unterpolsterung zum Ausfüllen desselben. Ich presse meine Arme an den Oberkörper, und sofort bilden sich kleine, unschöne Fältchen am Bizeps. Bäh! Ich kann mit der Selbstkasteiung immer noch nicht aufhören und mache den bösen und schon oft ausgeführten Test: Ich winke meinem Spiegelbild zu. Es ist wie immer in der letzten Zeit, meine Oberarmhaut schlackert mehr als meine Hand. Gut, ich habe nicht die von Doro angekündigte, wechseljahrsbedingte Kastenbrotfigur. Noch nicht. Mit Brille kann ich meine Taille erkennen. Ich ziehe den Bauch ein, strecke die Brust raus und bin schon zufriedener mit meinem Anblick. Dann halte ich die Arme so, als hätte ich Rasierklingen in den

Achseln und beuge die Knie leicht. Das Kinn schiebe ich vor und schätze mich in dieser Körperhaltung auf Mitte dreißig. Truthahn-Hals und kleine Fältchen: alles weg. Ganz ohne Photoshop. Nur die ersten Cellulite-Dellen am Po, die an einen Hagelschaden erinnern, bleiben. Ich habe gelesen, dass achtzig bis neunzig Prozent aller Frauen ab vierzig darunter leiden. Trotzdem. Den Anblick kann ich keinem zumuten. Nicht Stringtangas, sondern Maxi-Slips sind ab sofort die von mir favorisierte, Dellen abdeckende Höschenform. Möglichst ohne Gummi.

Ich streife mir Jeans und Pullover über und seufze. Wir Frauen haben es nicht leicht. Kürzlich musste ich mir von meinem Kumpel Ronny sagen lassen: »Tati, du hast die Haut einer achtjährigen ... Apfelsine!« Er kann es sich leisten, denn Männer haben keine Cellulite.

»Weil es scheiße aussieht!«, meint Ronny. »Oder hast du schon mal einen Bierbauch mit Dellen gesehen?« Für Ronny ist Biertrinken alkoholische Schönheitschirurgie.

Auf der anderen Seite könnte die Natur es absichtlich so eingerichtet haben, dass wir Frauen im Alter dank eines schwachen Bindegewebes schneller zerfallen als die Männer, damit wir froh darüber sind, dass wir nicht mehr WOLLEN, auch wenn wir könnten.

Nicht bummeln, fertig werden!

Vierzehn Tage des angespannten Wartens auf den MRT-Termin, der uns Aufklärung über Carstens wahren Krankheitszustand bringen wird, liegen hinter uns. Ich kann es kaum erwarten, denn ich fühle mich von der Ungewissheit gestresst. Ungefähr so wie meine Mama, wenn sie sich an einen neuen Partner von mir gewöhnen muss, oder wie Flo, wenn er Packungsbeilagen von Medikamenten liest. Es waren aber nicht die kleinen Hilfestellungen für meinen Patienten oder die Rennerei nach wirksamen Schmerztabletten und nicht einmal der von mir nur widerwillig übernommene Küchendienst und mein selbstgekochtes Essen, was die letzten Tage unerträglich werden ließ. Nichts hat mir so viel Kraft geraubt, wie die Sorge um Carsten, der sich mit der Angst vor irreparablen körperlichen Schäden mühsam durch jeden einzelnen Tag schleppte und mich überhaupt nicht mehr an ein lustiges Erdmännchen erinnert. Erdmännchen stehen oft auf zwei Beinen, um die Umgebung zu beobachten – Carsten steht weder aufrecht, noch hat er irgendein Interesse an seiner Umgebung. Wenn ich mir allerdings vergegenwärtige, dass er im Moment am liebsten allein in seiner Wohnung hockend seine Wunden leckt, erkenne ich doch typisches Erdmännchen-Verhalten. Die gehören nämlich zu den Mangusten, die der Familie der Schleichkatzen zugerechnet werden, und Katzen, das weiß ich von Chica, suchen sich ein ruhiges Plätzchen, wenn sie krank sind, oder spüren, wenn es zu Ende geht.

Ich glaube nicht, dass dieses Verhalten darauf zurückzuführen ist, dass Männer sensibler und empfänglicher für die Signale ihres Körper sind; ich glaube, sie präsentieren sich vor den Weibchen nicht gern als schwächliche Jammerbolzen. Was habe ich mich in den letzten Tagen darum bemüht, Carstens Verhalten zu verstehen. Ich war so untypisch fürsorglich und liebevoll und erntete dafür dennoch böse Mumien-Blicke und gelangweilte Mauligkeit. Auch Chicas Anwesenheit konnte nicht verhindern, dass ich die letzten Tage und Abende in meiner Küche als Isolationshaft empfand.

Darum hatte ich mich für den gestrigen Abend mit meinen Freundinnen verabredet. Seit über zehn Jahren treffe ich mich mehr oder weniger regelmäßig mit Lachmöwe Doro, der männerhassenden Anka, mit der sparsamen Petra und der schönen Single-Suse. Ich liebe diese ungezwungenen Abende, an denen wir über fast alles reden können, was wir an anderer Stelle niemals zugeben würden. Stundenlang quatschen wir über alle möglichen Probleme, tauschen delikate Erlebnisse und unsere Ansichten dazu aus. Ich vermute mal, dass Frauen so etwas auf der Suche nach sich selbst einfach brauchen: den Austausch und Abgleich von Auffassungen und die Korrektur alter Annahmen durch neue Sichtweisen.

Ich tratsche nicht nur mit meinen Freundinnen beim Kaffee. Ich plaudere mit Zuschauern nach meinen Comedy-Vorstellungen, diskutiere mit Kumpel Ronny, quatsche mit meiner Schwester Alexandra und unterhalte mich bei einem Glas Wein eine ganze Nacht lang mit meinem Carsten. Wir Frauen brauchen permanente Kommunikation. Manche Männer glauben, die weibliche Spezies ändere während dieser Gespräche wieder und wieder ihre Meinung. Aber das scheint nur so. Wir ändern nicht ständig unsere Meinung, sondern wir entwickeln immer neue Meinungen aus unserer ersten Meinung, während wir etwas erzählen. Das ist bei uns Frauen einfach so. Wir wissen immer erst, was wir gedacht haben, wenn wir gehört haben, was wir gesagt haben. Das verunsichert Männer natürlich. Die wissen dann gar nicht, welches Problem sie für uns Frauen lösen sollen, wenn sich die Problemlage ständig ändert.

***

Ich freute mich riesig, meiner Pflegestation und dem darin vor sich hin leidenden, unkommunikativen Patienten entfliehen zu können, und machte mich gestern Abend auf den Weg in die Cuhibar. Ich brauche nur wenige Minuten zu Fuß in Potsdams Stadtzentrum. Ich schlenderte am zunehmend verfallenen ehemaligen Hans Otto Theater in der Zimmerstraße vorbei und ließ unter meinen Füßen das Herbstlaub rascheln. Nur fünf Minuten später betrat ich die kleine Bar, deren Wände mit Bildern und Zeitungsausschnitten aus Kuba bestückt sind. Die Cuhibar ist ein kleines Stück Süden im kalten

Deutschland. Carsten und ich hatten sie nach unserer Kuba-Reise vor zwei Jahren entdeckt und sind seitdem Stammgäste mit eigenem Bild an der Wand.
Ich war wie immer die Erste unserer Mädelsrunde und setzte mich an den Tisch, direkt unter das Foto von Carsten und mir in einem offenen Mercury, 57er Baujahr. Der Blick auf das Foto spülte mir sofort wehmütige Erinnerungen an unseren ersten gemeinsamen Urlaub in die Augen. Heulsuse, beschimpfte ich mich. Der Kloß im Hals blieb. Wir waren damals so glücklich und gesund! Sommer, Sonne, Endorphine!
Ein harter Schlag auf die Schulter weckte mich aus meinen Träumen. Die sparsame Petra war nach mir die Zweite, die sich zum Tratschabend unserer Mädchengruppe einfand. Wir kennen uns schon ziemlich lange. Sie hat mit mir zusammen BWL studiert. Petra trug Jeans und T-Shirt und wirkte ein wenig verwirrt. Eigentlich wie immer.
»Was ist los, liebste Freundin? Stress im Amt?«
»Ich komme gerade von meiner Schwiegermutter!«
Damit war mir alles klar. Die Mutter von Petras Lebensgefährten war seit über zwanzig Jahren ihr Lieblings-Aufreger. Trotzdem kümmerte sie sich, solange ich denken konnte, um die alte Dame und ärgerte sich nach jedem Besuch über deren Boshaftigkeiten.
Kaum war das Wort »Schwiegermutter« über Petras Lippen gekommen, stand Lachmöwe Doro am Tisch und kicherte.
»Hahahaha, Schwiegermutter, ich wäre froh, wenn ich eine hätte!«
»Na, dann fang mal mit der Suche an, bevor du in die Wechseljahre kommst!«, erwiderte ich frech und hatte unser Vitamincocktail-Gespräch im Hinterkopf.
Petra hatte keine Zeit, unsere Sticheleien zu verstehen, denn auch meine alte Jazzdance-Freundin Suse trudelte ein.
»Hallo Mädels! Alles schick?«
Suse war auf jeden Fall schick. Ihre langen blonden Haare waren toll frisiert, sie trug als Einzige von uns einen Rock

und wirkte sehr feminin. Immer wenn ich Suse treffe, frage ich mich, warum gerade sie seit einem Jahr unbemannt durchs Leben geht. Sie ist so eine taffe, tolle Frau, die in ihrem Beruf als Dolmetscherin doch bestimmt viele und interessante Männer trifft.

Anka kam wie immer als Letzte angehetzt. Mit ihr war unsere Runde vollständig. Ich freute mich, dass sie überhaupt dabei sein konnte. Irgendwie hat Anka immer zu tun. Womit? Keine Ahnung! Obwohl ich sie schon genauso lange kenne wie Flo, mit dem sie zusammen die Schulbank gedrückt hatte, werde ich nicht schlau aus ihr. Seit ihr Mann sie nach knapp zwanzig Jahren Ehe verlassen hat, ist sie manchmal himmelhoch jauchzend und vernascht einen Kerl nach dem anderen, beim nächsten Treffen kann sie keinen Mann in ihrer Nähe ertragen. An diesem Abend ließ ihr Gesichtsausdruck auf letztere Gemütsverfassung schließen.

»Na, Anka, sind heute wieder alle Männer Schweine?«

Doro brachte die Fragen aller auf den Punkt.

»Mir gehen diese Typen alle auf den Geist, weil sie ständig und schmierig buhlen und grapschen wollen«, stöhnte sie. »Ich kann keinen Mann mehr sehen und suche auch nicht mehr. Schnauze voll!«

»Ich weiß ja nicht, wen du so triffst; ich wünschte mir jedenfalls manchmal mehr sexuellen Einsatz von der männlichen Spezies!«

»Ach, Doro, komm du erst einmal in mein Alter!«

Anka fing schon wieder mit diesem leidigen Thema an. Das ärgerte mich. Warum musste man ab vierzig alles, was im Leben nicht ganz geradeaus läuft, mit dem Älterwerden in Verbindung bringen?

»Hör auf!«, zischte ich, »Ich kann das nicht mehr hören: ›mein Alter‹! Vor kurzem hast du, liebe Anka, noch die wildesten Abenteuer in Hotelzimmern erlebt. Wie kannst du so plötzlich gealtert sein, wenn du vor zwei Monaten noch jung und lüstern warst? Blödsinn!«

Alle am Tisch, außer natürlich Anka, grinsten bei der Erinnerung an ihr Treffen mit einem Wildfremden im Hotel. Zum Schach spielen, mit verbundenen Augen. Pro rausgeworfene Figur musste ein Kleidungsstück fallen. Beide setzten Zug um Zug, bis sie nackt und gierig übereinander herfielen. Danach hatte sich Anka wieder angezogen, ohne auch nur einmal den seidenen Schal gelüftet zu haben, und war gegangen.

»Welch' erfindungsreiche Liebe. Man kann sündigen, ohne gesündigt zu haben, und man gibt sich hin, ohne sich wegzuschenken«, hatte sie uns bei unserem nächsten Treffen schwülstig zugeraunt.

»Sag mal, Anka«, fragte Doro, »hast du den Typen eigentlich wiedergetroffen oder wenigstens mit ihm telefoniert?«

»Nein. Will ich auch gar nicht«, bellte Anka heiser. Das Thema war für unsere todesmutige Verführerin abgeschlossen. Doro dagegen zappelte schon ungeduldig auf ihrem Hocker, um ihre Geschichte loszuwerden.

»Hab ich euch schon von dem Schweizer erzählt, mit dem ich mich getroffen habe? Aus dem Netz? Hahahaha! Ganz zähklebrig, das erste Date. Der redete nur von Kunst und Literatur, und ich langweilte mich zu Tode. Schweizer sind so langsam!« Doro gackerte so laut, dass wir die Aufmerksamkeit anderer Gäste auf uns zogen.

»Und im Bett? Auch zähklebrig?«, fragte ich.

»Jahahahaha! Erst ist gar nichts passiert. Er war völlig emotionslos. Ist mit mir spazieren gegangen und hat von Kunst erzählt. Und als sich der Abend dem Ende neigte, fragt der doch plötzlich, ob ich jetzt über ihn herfallen wolle. Hahahaha!«

»Du hast ihn mit zu dir genommen?«

»Jahahaha! Als ich mich auszog, war er überrascht, dass ich ja doch keine Hängebrüste hätte!«

»Was?«

»Na ja, wenn ich hochgeschlossen trage, sieht mein Brustansatz etwas tief aus!«, freute sich Dolores und sagte mit einem Blick zur Langzeitbeziehungs-Petra: »Aber bei mir steht noch alles!«

Wir bogen uns vor Lachen.
»Aber der Höhepunkt kommt noch. Beim Sex. Der war sooooo langsam. Mir taten schon die Beine weh«, stöhnte Doro. Um ihre Qual zu illustrieren, spreizte sie die Beine und rieb an den Innenschenkeln. »Und dann habe ich zu ihm gesagt: ›Bummel nicht, fertig werden!‹«
Wir lachten und kreischten hysterisch um die Wette. Nur Petra saugte missmutig an ihrem Drink und machte ein Gesicht wie beim Besuch im Pflegeheim. Ich versuchte, sie in unsere Gesprächsrunde zu integrieren.
»Und du, Petra? Du sagst ja gar nichts?«
»Was soll ich denn zum Thema Männer sagen? Ich lebe seit knapp zwanzig Jahren mit meinem zusammen, da hat man andere Themen. Über meine Tochter kann ich etwas erzählen, wenn ihr Lust habt.«
Alle meine Freundinnen – außer Doro, die Jüngste im Bund – haben bereits erwachsene Kinder, die sich aus unseren Haushalten weitestgehend verabschiedet haben oder gerade dabei sind, es zu tun: Petras Tochter studiert in England, meine Tochter macht gerade ihren Bachelor in Amsterdam, Suses Sohn weilt derzeit in Australien, und Ankas blitzgescheite Tochter macht gerade ihr Abitur. Nach traurigen Ablöseprozessen und anfänglichen Sehnsuchtsanfällen sind wir jungen Mütter froh und glücklich, die Sache mit dem Kinderkriegen damals so früh hinter uns gebracht zu haben. Trotzdem hat der Auszug meiner Tochter mir das eigene hohe Alter bildhaft vor Augen geführt.
»Meine Tochter hat mich vergangene Woche dazu überredet, mit mir zu einem Konzert von Tokio Hotel zu gehen!«, holte mich die Stimme meiner Freundin in die Gegenwart zurück. Ich stellte mir vor, wie die missmutige Anka mit ihrer pubertierenden Tochter nächtelang auf dem Bürgersteig campiert hatte, nur um in der ersten Reihe stehen zu können, während Anka berichtete, wie sie versucht hatte, sich mit Jeansjacke und Basecap zu tarnen, um nicht als älteste Konzertbesu-

cherin beim Einlass mit einem Präsentkorb überrascht zu werden.

»Ach Mädels, wenn ihr wüsstet, wie peinlich mir das alles war«, wehklagte sie in der Erinnerung an ihren steifen Nacken, der jeden noch so kurzen Blick auf die Bühne verhindert hatte. Um nicht wieder Migräne zu bekommen, hatte sie sich zur entspannten Konzertteilnahme einen erhöhten Platz gesucht. Der einzige, der zur Verfügung stand, war das in der Mitte des Saales stehende Podest, auf dem die Technik-Crew aufgebaut hatte. Anka ignorierte in ihrer Not alle Absperrungen und Security-Leute und kletterte auf ihren altersgerecht ausgesuchten Standort.

»Das Peinlichste aber war, dass mich die ungefähr zwanzigjährigen Security-Jungs genau beobachteten, aber nichts sagten. In ihren Blicken konnte ich Mitleid, aber auch Achtung vor dem Alter ablesen!«

Anka tat tief erschüttert.

»Wieso Achtung vor dem Alter?«, fragte Doro schelmisch grinsend in die Runde. »Als ob Verwelken eine Leistung wäre!«

Alle Frauen am Tisch konnten aus vollem Herzen lachen. Nur eine nicht: ich. Komisch. Meine Freundinnen gingen scheinbar offen, unkompliziert und ganz selbstverständlich mit dem Altern um.

»Apropos Kinder. Ist es nicht toll, dass unsere bereits aus dem Haus sind?« Petra hob ihr Glas; wir taten es ihr nach. »Prost, Mädels, wir sind jung genug, um das Leben noch richtig zu genießen.«

»Genau, kein schlechtes Gewissen verbietet uns wegen mangelnder Kinderbekümmerung diese wunderbaren Abende!«, freute sich Doro. Wir stießen auf unsere Freiheit an.

»Aber Sorgen machen uns die Kinder immer noch!«, meinte Suse nachdenklich.

»Natürlich machen sie uns Sorgen, weil wir als Strohmütter nichts anderes zu tun haben, als uns Sorgen zu machen.

Meine Mutter macht sich um mich ja auch noch Sorgen«, gab ich zu bedenken.

»Obwohl du schon selbst fast Oma sein könntest«, stichelte Doro. Wie fies meine beste Freundin sein konnte!

»Mein Sohn will heiraten!« Bei dem Satz von Suse wurde mir schlagartig klar, warum sich unsere blondgelockte Schönheit den ganzen Abend kaum zu Wort gemeldet hatte.

»Jetzt schon? Mit achtzehn?« Petra war entsetzt. »Wen denn?«

»Mein lieber Sohn eröffnete mir vor ein paar Tagen, dass er sich nach dem Diplom erst mal in Australien einen Job suchen will«, begann Suse ihre Leidensgeschichte.

»Dafür braucht er eine Arbeitserlaubnis, und dafür wiederum fehlen ihm ja wohl gewisse Voraussetzungen!«, warf Anka tröstend ein.

»Das habe ich ihm auch gesagt, aber er hat zu meinem Entsetzen geantwortet, dass er eine Genehmigung erhielte, wenn er und seine Sophie heiraten! Und da mein Sohn mit Kritik, wie auch immer vorgebracht, und Zweifeln an seiner Kompetenz nicht umgehen kann, knallte er nach meinen Einwänden den Hörer auf! Ich habe eine Nacht lang nur geheult – und dann gedacht, was soll's. Es ist sein Leben. Und es geht mir dabei gar nicht darum, dass er so weit weg von uns leben möchte.«

»Sondern?«, fragte Petra unsere traurige Freundin.

»Es sind ganz einfach die Umstände, die ich nicht verstehe und die mich verzweifeln lassen. An dieser Sophie ist einfach nichts interessant: eine kleine, recht verfettete Veganerin, langweilig und auch nicht reich! Das einzig Angenehme: Sie raucht und trinkt nicht. Aber deshalb muss man doch eine Frau nicht lieben. Zumindest nicht, wenn man einigermaßen bei Verstand ist.«

»Kinder sind eben nicht nur ein Trost für das Alter, sondern auch ein Mittel, es schnell zu erreichen«, sagte Doro und schaute aufmüpfig in die Runde. »Wisst ihr, was mir

auffällt, wenn ich euch so anhöre? Seit ihr die vierzig überschritten habt, leidet ihr unter permanentem PMS! Ihr wisst schon: prämenopausales Syndrom! Da möchte ich ja glatt Mitte dreißig bleiben, wenn sich danach alles nur noch um langweilige Beziehungen und die Abneigung gegen Männer dreht. Ihr wirkt auf mich, als müsstet ihr mal wieder so richtig durchgeb…«
»Doro, untersteh dich weiterzusprechen!« Ich hielt ihr, obwohl ich derselben Meinung war, den Mund zu.
»Aber du hast recht. Wehe, irgendeine von euch sagt heute noch ein Wort übers Alter oder die Wechseljahre!«, drohte ich. Wir stießen mit Caipi an und widmeten uns den Rest des Abends weniger anstrengenden Themen.

***

Die Ablenkung gestern hat mir richtig gut getan. Trotz des Caipirinha-Konsums bin ich heute frisch und entspannt aus dem Bett gekommen, habe mich sogar dabei ertappt, dass ich beim Chica-Füttern fröhlich vor mich hin summte. Als ich Carsten vorhin einen Kaffee ans Bett brachte, habe ich trotz seines übermüdeten und gequälten Anblicks nicht eine Spur des Paternoster-Syndroms verspürt. Ich habe das gute Gefühl, dass es für Carsten und mich nach dem heutigen MRT-Termin bergauf gehen wird.
Nachdem mein krankes Erdmännchen und ich heute Vormittag die Bilder vom MRT in der Hand hielten, fuhren wir sofort zu Doktor Schulz. Jetzt sitze ich allein im Wartezimmer. Carsten wurde vor fünf Minuten in den Behandlungsraum gerufen.
Alles wird gut, denke ich im mittagspausenleeren Wartezimmer. Gleich kommt Carsten mit einer unkomplizierten Diagnose aus dem Sprechzimmer des Neurologen und beendet die Horror-Pflegezeit der vergangenen vierzehn Tage, die nicht nur jeglichen sexuellen Kontakt, sondern auch sonstige

körperliche Nähe verhinderte und mich zum Kochen zwang, eine Tätigkeit, die ich hasse und nur rudimentär beherrsche. Dass die von mir kreierten Gerichte bei Carsten nicht zu Mangelerscheinungen und Magersucht geführt haben, ist verwunderlich.

Ich starre auf das Bild mit den bunten Dreiecken, Quadern und Punkten, das in fast jedem mir bekannten Hotelzimmer die Wände verziert und in dem ich mein emotionslos wirkendes Gesicht erkennen kann. Ich bin aber nicht emotionslos, in meinem Inneren brodelt es. Ich bin gerade erbost darüber, dass ich in dem bekloppten Rahmen aussehe wie früher meine Mutter, wenn sie mich mit meinen Missetaten konfrontieren wollte. Ich drehe mich weg und suche nach Ablenkung. Warum stehen in diesem Wartezimmer zwanzig Stühle? Wenn die alle mit Patienten besetzt wären, würde der Letzte doch mehrere Tage warten, bis er drankäme! Vielleicht ist, weil niemand direkt neben einem Fremden sitzen möchte, immer ein Stuhl zum Freilassen dazwischen, gewissermaßen als Leerzeichen.

Eine Bahnhofsuhr neben dem Hotelbild zeigt zwölf Uhr. Das leise Ticken ist das Einzige, was ich hören kann, weil kein Ton aus dem Behandlungszimmer zu mir dringt, obwohl ich schon mehrmals mein Ohr an die Tür gedrückt habe. Das Schlüsselloch ist mit Papier zugestopft. Ich laufe wie ein Tiger hin und her, bleibe dann am Fenster stehen. Die dichte, dunkelgraue Wolkendecke lässt nur wenige Sonnenstrahlen durch, die die wenigen Blätter an den Bäumen vor der Praxis nicht ganz so vertrocknet erscheinen lassen. Es ist Mitte Oktober, und schon jetzt scheint es, als neige sich der Herbst seinem Ende entgegen. Eben war doch noch Frühling, denke ich.

Früher war ich jünger

Im letzten Frühling strotzte ich wie die Natur vor Kraft und war voll aufgeregter Vorfreude auf meine neue Comedy-Show. Es gab Tage, da sprudelten die Ideen nur so aus mir heraus, ich war kreativ und zuversichtlich, an anderen Tagen wollte ich alles hinwerfen und auf keinen Fall jemals allein auf der Bühne agieren. Selbst ausgesucht hatte ich mir diesen Weg ohnehin nicht. Meine Bühnenpartnerin hatte sich überraschend von mir getrennt, und mir blieb nichts anderes übrig, als die Flucht nach vorn anzutreten. Mit über vierzig findet man so schnell keine Anstellung, und meine drei Fernsehsendungen im Jahr hätten mir nicht einmal das Dach über dem Kopf finanziert. Also nahm ich all meinen Mut der Verzweiflung zusammen und stürzte mich in das Projekt Solo-Comedy. Die letzten Tage vor meiner Premiere waren für mich wie eine Fahrt im Segelboot bei hohem Wellengang. Zwei Tage vor dem Premierentermin ging es mit gesetztem Fock steil bergauf.

Ich hatte Gisi gebeten, in meiner Küche einen Blick auf meine Show zu werfen. Gisi ist weder Kulturfachfrau noch in mich verliebt, und das schienen mir bessere Voraussetzungen als bei Carsten dafür zu sein, dass meine Freundin wie ein ganz normales Publikum auf meine »One-Night-Stand-up-Comedy« reagieren könnte. Mir fehlte nach den Monaten der ausschließlichen Beschäftigung mit diesem Thema jegliche Distanz. Meine Unsicherheit ließ sich gar nicht mit Worten beschreiben: Dieses erste Soloprogramm konnte mein beruflicher Neuanfang oder mein persönliches Waterloo werden.

Als Gisi bei mir klingelte, hatte ich schon alle Requisiten in die Küche geräumt und mein Kostüm angezogen. Ich trug für die Show schwarze Netzstrumpfhosen, in der Fernando-Tanzschule erworbene Tanz-Pumps und ein sexy kurzes, rotes Kleid. Es hatte, wie alle meine Bühnenklamotten, ein tiefes Dekolletee und war mit Strass-Steinen besetzt. Alle

Problemzonen waren dank der erfahrenen Kostümbildnerin gut verdeckt. Nur mein Gesicht nicht. Die Strass-Steine glitzerten gegen meine verschlafene Knautschzone und die in alle Richtungen abstehenden Haare an.

»Na, Tati, hast wohl 'ne wilde Nacht gehabt!«, begrüßte mich meine alte Freundin.

»Leider nicht. Konnte schlecht schlafen, hatte zu viele nervende Gedanken im Kopf, warum ich kaum noch wilde Nächte habe!«

»So ist das nun mal. Früher war das Eins-zu-drei-Verhältnis andersrum!«

»Hä? Was meinst du?«

»Na, früher konnten wir drei Tage Party machen und brauchten nur einen Tag zur Erholung, heute ist es umgekehrt!«

»Ich brauche gar keine Party mehr, um das Gefühl zu haben, mich ausruhen zu müssen!«

Gisi grinste, und ich erinnerte mich an die ausufernden Trinkgelage bei ihr und Rudi. Damals studierten die beiden noch, und wir waren Nachbarn. Meine wenige Monate alte Tochter wurde in der Babytasche auf dem Küchentisch abgestellt, und wir machten die Nacht zum Tag. Trotzdem war ich früh fit zum Windeln, Fläschchen Geben und Spielen.

»Nun hab dich nicht so!«, unterbrach Gisi meine wehmütigen Gedanken. Gisi hatte gut reden. Sie ist etwas älter als ich, aber aktiv wie ein Leistungsportler. Sie verbringt nicht nur jedes Wochenende als leidenschaftliche Großmutter mit ihrem Enkel, sondern geht auch jeden Tag arbeiten, macht regelmäßig Yoga und renoviert nebenbei ihr Haus. Sie ist ein Macher. Gegen sie fühlte ich mich an diesem Tag wie ein schwerfälliger Mistkäfer.

»Wenn ich daran denke, wie ich Mitte der Neunziger nicht nur täglich acht Stunden im Potsdamer Kabarett gearbeitet, mein Kind allein großgezogen, an den Wochenenden mit Tanzauftritten dazu verdient und dreimal in der Woche das

aktuelle Magazin im Stadtfernsehen moderiert habe, frage ich mich, wie ich das geschafft habe«, jammerte ich deshalb.
»Heute ist es doch nicht anders«, erwiderte Gisi. Ich vermutete, dass sie mich aufheitern wollte, um die Probe nicht zu gefährden.
»Du arbeitest immer noch ständig. Egal wann ich anrufe; du hast keine Zeit. Weil du gerade schreibst, probst, akquirierst, organisierst, auftrittst, Büroarbeiten erledigst, Gesangsunterricht nimmst, Fernsehsendungen moderierst oder Sport machst. Weißt du eigentlich, wie lange wir nicht mehr zusammen in den Urlaub gefahren sind, nur weil du immer arbeiten musstest?«
Ich war verblüfft. Vielleicht nahm ich mich ja selber falsch wahr? Vielleicht war ich ja doch keine von fossilen Brennstoffen getriebene Dampfmaschine, sondern ein antriebsstarkes Raketentriebwerk! Diese Vorstellung stimmte mich sonnig. Dermaßen motiviert konzentrierte ich mich auf mein Programm. Mein Publikum saß direkt vor mir auf dem Sofa: Chica schlafend und Gisi sehr aufmerksam mit staunenden, weit aufgerissenen Augen.
Ich spulte meinen Text, ohne zu stottern, wie ein kontinuierlich schnurrender Elektromotor ab, sang mit Nachdruck und hüpfte in meinem Küchen-Probenraum enthusiastisch herum, bis die teure Versandhaus-Hängelampe über dem Tisch zu schaukeln begann. Nach dem letzten Lied drückte ich die Stopp-Taste des CD-Players und setzte mich Gisi gegenüber an den Tisch. Gespannt wartete ich, was sie mir gleich sagen würde.
»Entschuldige bitte, dass ich nicht gelacht habe.« Gisi wirkte irgendwie fassungslos auf mich. Mein Herz klopfte bis zum Hals, als ich fragte: »Und?« Meine Stimme klang heiser. Sie schwieg. Ängstlich und gespannt wünschte ich mir, dass sie weitersprechen würde. Ich war überzeugt, dass sie nur vorgab, nachzudenken, um möglichst schonende Worte für mich zu finden.

Dann hüstelte sie, spannte mich mit einer erneuten Kunstpause auf die Folter und sagte anschließend sehr bedächtig: »Dieses Programm ist richtig gut. Ich hatte große Angst, dass du es allein nicht auf der Bühne schaffst. Aber jetzt weiß ich, dass ich mir keine Sorgen machen muss. Das bist du, Tati. Gratuliere!«

Jetzt war ich fassungslos und erleichtert und gerührt. Ich drückte meine Freundin dankbar. Für ihr Lob und dafür, dass sie sich Zeit genommen hatte.

Kaum war Gisi auf dem Heimweg, wich meine Euphorie der altbekannten Unsicherheit. Ich wusste nun zwar, dass die Show meiner Freundin gefiel, aber was würden all die anderen Zuschauer sagen, die mich bisher als Kabarettistin nur als Duo erlebt hatten. Würde ich deren Erwartungen erfüllen? Wie würden die Veranstalter und Chefs der Kleinkunstbühnen reagieren? Würden sie in mein Können vertrauen und mich auch solistisch engagieren? Oder würde ich schon im nächsten Monat meine Lebenshaltungskosten nicht mehr bestreiten können? Mein Wankelmotor arbeitete auf Hochtouren.

Nachdem ich Carsten von der Gisi-Probe und meinen trotzdem ständig anklopfenden Ängsten erzählt hatte, küsste er mich auf die Stirn.

»Tati, warum freust du dich nicht einfach?«, fragte er mich. »Du weißt doch, dass Grübeleien das Leben nur unnötig schwer machen. Glaub an dich. Ich mache das doch auch!«

Ich strahlte meinen Gläubigen dankbar an. Da war er wieder – mein Traummann. Verständnisvoll und stark. Carsten war meine Kraftmaschine. Meine Wärmekraftmaschine. Er konnte meine Selbstzweifel mit einem fröhlichen, warmen Lächeln wegwischen. Einfach so.

Ich genoss ihn, meinen Mann, wie er plauderte, lachte und mich in den Arm nahm! Ich schmolz an diesem Frühlingsabend dahin wie ein Brennstab. Nach einem von Carsten kredenzten perfekten Energiespender in Form eines Salates auf Himbeerdressing und gebratener Gänseleber fühlte ich mich völlig zufrieden, entspannt und weich. Ich spürte die Synchronität unserer Herzen, unsere Antriebe klopften im gleichen Takt. Ich schaute Carsten verliebt an und spürte das vertraute heiße Kribbeln im Bauch. Meine Glühkerzen beschleunigten den Kaltstart. Carsten küsste mich fordernd auf den Mund. Unsere Brennkammern waren über dieselbe Welle mechanisch gekoppelt. Wir flogen mit Turboprop und hatten alles um uns herum vergessen. Danach schliefen wir ein, aneinandergekuschelt und sorglos. Bis zum nächsten Morgen standen alle Gleich-, Dreh- und Wechselstrommotoren still.

***

Ich erinnere mich, dass am Vormittag des nächsten Tages, ich probte gerade, das Telefon klingelte. Flo.

»Hallo, Tati? Ich wollte schnell mal mit Mandy auf einen Kaffee vorbeischauen!«

Eigentlich wollte ich sofort wieder auflegen. Flo lud sich immer in den ungünstigsten Momenten ein. Nach einer kurzen Schrecksekunde entschied ich aber, über Flos Premierenproben-Ablenkungs-Anruf froh zu sein. Außerdem peitschte mich die Neugier. Hatte er gerade Mandy gesagt? Wer sollte das denn sein.

»Heißt dein Blondchen nicht Katie?«

»Ach, hab ich dir noch nicht erzählt? Mit Katie ist es vorbei.«

»Warum? Die war doch auch nicht schlechter als alle anderen.«

»Die hatte ein zu breites Becken«, erklärte Flo freimütig.

Männer! Da musste er erst dreimal mit ihr schlafen, um dann festzustellen, dass ihm der Hintern zu fett war. Vielleicht sollte ich ihm meinen Optiker empfehlen.

»Was ist denn nun? Wir stehen schon vor deinem Haus!«, drängelte der blinde Frauenaufreißer durchs Telefon.

»Na, dann kommt hoch.«
Diesmal also Mandy. Ständig stellte uns Flo sein jeweils neuestes Objekt der Begierde vor und benutzte uns als Jury. Auch wenn ich so argumentationsstark wäre wie Dieter Bohlen, würde es mir nicht gelingen, ihn von seinem nächsten Fehlgriff abzuhalten, denn in dieser frühen Veliebtheitsphase war Flos Kopf blutleer. Wäre ich wie meine Mutter, hätte ich mich mit dem Argument verweigert: »Ich will mich nicht schon wieder an die Nächste gewöhnen.« Obwohl ich natürlich nie so ein männerverzehrendes Luder war wie Flo ein Frauen ausnutzender Stelzbock, empfand Mama meinen »Männerkonsum« als eine schlimme Form von »Tierquälerei«, obwohl ich ihr im, wie ich finde, akzeptablen Abstand von ungefähr vier Jahren immer höchstens einen frischen LABV, also Lebensabschnittsbevollmächtigten, vorgestellt hatte.
Es klopfte an meiner Wohnungstür.
»Ist offen!«, rief ich aus der Küche und fummelte dabei die Kaffee-Pads in die Maschine.
»Carsten kommt auch gleich runter. Habe ihm Bescheid gesagt!« Ich drehte mich um, und vor mir stand Flo. Er hielt seine neue Blondine am Oberarm fest und erweckte damit den Eindruck, er habe sie unter Androhung von Strafe zum Kaffeeplausch mit seiner Ex gezwungen. Frischling Mandy trug die zu stark blondierten, schulterlangen Haare offen und war ganz in Rosé gewandet. Der lange, weite Rock umspielte ihr ausladendes Becken, ein Knopf der bunten Bluse drohte in Brusthöhe der Spannung nachgeben zu wollen, und ihre Ballerinas waren extrem abgetragen.
Als Carsten sich zu uns gesellt hatte, berichtete Flo, der fast auf Mandys Schoß saß, von seiner großen Liebe zu dieser außergewöhnlichen Frau, die bei seinen schleimigen Schmeicheleien verklärt auf Flos gegelte Stehhaarfrisur starrte. Carsten und ich verstanden uns ohne Worte und tauschten den »Außergewöhnlich wie eine Fließbandproduktion«-Blick. Mandy schwieg und lächelte Flo hypnotisiert an.

»Wir werden gemeinsam in die Karibik reisen.« Flo platzte gleich vor Stolz. »Tati, kannst du uns bitte deinen Kreuzfahrt-Katalog borgen?«
»Wie lange kennt ihr euch?«, erwiderte ich knapp.
»Eine Woche. Aber ich wusste schon nach wenigen Sekunden, dass Mandy die Frau meines Lebens ist!«, flötete mein Noch-Verlobter.
»Unglücklicherweise hab ich den Katalog verborgt«, log ich und lächelte Flo treuherzig an.
»Zum Glück ist bis Dezember noch ein bisschen Zeit«, griff Carsten in das Gespräch ein und kniff mich dabei ins Knie. Ich verstand. Carsten wollte seinen Kumpel vor falschen Entscheidungen und hohen Kosten bewahren.
»Aber lass dir nicht zu viel Zeit mit dem Katalog. Wir sind auf die Schulferien angewiesen, und da sollte man rechtzeitig buchen!«, drängelte Flo unbeirrt weiter.
»Bist du Lehrerin?«, fragte ich Mandy, die mir nicht gerade wie die Inkarnation zerebraler Agilität erschien.
»Nein, aber meine Tochter geht seit diesem Jahr in die Schule!« Flo grinste wie ein Honigkuchenpferd. »Ich habe Mandy und ihre kleine Prinzessin eingeladen!«
»So, so, kleine Prinzessin!«, wiederholte ich nachdenklich.
»Ich habe mir schon immer eine Tochter gewünscht! Hatte ich das nicht erzählt?«
Hatte er nicht. Sein Sohn ist erwachsen, und als Flo und ich noch liiert waren, war ein weiteres Kind nie ein Thema gewesen. Irgendjemand musste ihn am Kopf verletzt haben, sonst hätte er nicht so einen Sums dahergeredet. Carsten kniff mich in stiller Empörung schon wieder ins Knie. So war es jedes Mal: Zuerst wurden die Mädchen beeindruckt, mit dem Mercedes kutschiert, in teure Restaurants ausgeführt, und es wurden Karibik-Pläne gemacht. Kurze Zeit später beklagte er sich bei uns über mangelnde Kommunikation, zu stark ausgeprägte Beckenregionen und die zu großen finanziellen Erwartungshaltungen seiner Internetbekanntschaften.

Am Tisch breitete sich eine unangenehme Sprachlosigkeit aus. Da mir zu so viel Verblendung auch nichts mehr einfiel, erwähnte ich, dass ich noch zu arbeiten hätte. Probe und so. Carsten stand dankbar auf. »Na dann!« Er lächelte unsere Turteltäubchen mit solch einer Herzlichkeit an, dass sie den Rausschmiss als pure Freundlichkeit interpretieren mussten. Flo drückte und herzte uns, und Mandy reichte uns zur Verabschiedung ihre feuchte Hand.

Schon in der Tür stehend, zog Flo seine pink gekleidete Flamingo-Barbie ganz dicht neben sich. Sie war zwar sichtbar nur halb so alt, aber ungefähr genauso groß wie ihr neuer Geliebter. Dann reckte sich unser gemeinsamer Freund, nahm eine übertrieben aufrechte Körperhaltung ein und fragte: »Sagt mal, geht das so mit der Größe?«

Nach dieser Frage war mir endgültig klar, dass Flo oberhalb des Halses unter starker Mangeldurchblutung litt.

Ich zog Carsten am Ohr und raunte ihm zu: »Jetzt ist Flo komplett durchgeknallt. Der denkt doch nur noch mit seinem ...!«

Carsten hielt mir den Mund zu und flüsterte zurück: »Sei doch froh, dass er überhaupt denkt!«

Flos fragendem Blick, mit dem er unsere »Stille Post« verfolgt hatte, begegnete mein Carsten mit einem undurchschaubaren Grinsen.

»Machs gut, du Liebesschuft!«

Wir winkten unserem verwirrten Freund fröhlich hinterher und schlossen schnell die Wohnungstür, weil wir unsere Schadenfreude nicht länger verbergen konnten.

* * *

Als der Liebesschuft samt rosaroter Mandy endlich gegangen war, verbat ich mir jeden weiteren Gedanken an sein Liebesleben. Ich hatte in den Tagen vor meiner Premiere keine Zeit für die Auseinandersetzung mit Größenunterschieden, weder auf körperlicher noch auf geistiger Ebene. Ich musste

zur Generalprobe aufs Theaterschiff. Meine Schwester hatte sich bereiterklärt, mir bei der Lichtregie zu helfen.
Alexandra wartete sicher schon. Ich freute mich, sie zu sehen. Seit sie nicht mehr in Potsdam lebte, waren unsere schwesterlichen Zusammenkünfte viel seltener geworden. Früher trafen wir uns fast täglich, suchten gemeinsam im Internet nach Männern, besuchten Veranstaltungen und diskutierten stundenlang bei Kaffee und Zigaretten in einer unserer gemütlichen Küchen. Ihr Umzug nach Berlin ein Jahr zuvor hatte mich traurig gemacht. Ihre Begründung, aus unserem schönen Potsdam wegzuziehen und unseren großen Freundeskreis zu verlassen, erschien mir fadenscheinig und zwanghaft. Alexandra hatte gesagt, sie wolle endlich wieder »unter Leute« und außerdem dahin ziehen, wo sie Arbeit fände. Meiner Ansicht nach zog es sie einzig und allein und unbedingt in die Nähe ihres verrückten Lovers. Wahrscheinlich hatte sie geglaubt, all ihre Beziehungsprobleme mit dem Umzug lösen zu können. Alexandra fand zwar tatsächlich in ihrem Kiez eine Arbeit in einem Pflegeheim, wurde aber genauso schnell mit der Unzuverlässigkeit und Untreue ihres Geliebten konfrontiert.
Ich packte nach Flos Spontan-Casting schnell meine Sachen für die Probe zusammen und fuhr zur Alten Fahrt. Dort lag das Theaterschiff ganz still und einsam in der nachmittäglichen Frühlingssonne auf der Havel. Der alte, rot-weiß-schwarz gestrichene, ehemalige Lastenkahn war vor fünfzehn Jahren liebevoll zu einem Theater umgebaut worden. Ich stieg die steile Treppe zur Kneipe hinunter, durchquerte sie und öffnete schwungvoll die Tür zum Bühnenraum. Alexandra hatte es sich bereits rauchend auf einer Bank gemütlich gemacht.
Mein Veranstaltungstechniker Tino lief hektisch durch den mit Scheinwerfern beleuchteten Theatersaal im Schiffsrumpf, richtete Lampen und fummelte an seinem Pult.
»Hallo, Tino!«

»Hallo, Tati! Ich brauch noch Zeit!«

Der wegen seiner Größe immer leicht gebeugt gehende, eher wortkarge Tino kletterte auf eine Leiter, schaute noch einmal prüfend den A4-Zettel in seiner Hand. Ich nahm an, dass darauf der von mir entworfene Technik-Ablauf stand, den ich ihm gestern noch per E-Mail zugesandt hatte.

Alexandra begrüßte mich mit einem Wortschwall, dem ich entnehmen konnte, dass ihre Stalkerei keine rechtlichen Folgen gehabt hatte. Dann verkrümelte ich mich in die Garderobe, sortierte meine Kostüme und zog mich um. Es schien mir wichtig, einmal im Kostüm auf der Bühne zu üben, um bei der Premiere nicht von kratzenden Armbändern oder zu engen Schuhen abgelenkt zu werden.

Während Tino verschiedene Lichteinstellungen programmierte, testeten Alexandra und ich, vor welchem Vorhang das Rot meines Kleides am besten zur Geltung kam, und entschieden uns für den silbernen.

»Guck mal, Tatjana, hast du dir das Licht für den ›Tiescher‹ so vorgestellt?«, fragte Tino. Der »Tiescher« ist mein absolutes Lieblingslied, welches ich unbedingt auch in meinem Soloprogramm singen wollte, obwohl es bereits Bestandteil anderer Programme gewesen war. Die Bühne war dafür in rotes Licht gehüllt.

»Genauso, Tino, das scheint mir erotisch genug zu sein! Und wie ist das Spiellicht?«

Tino schob an den Reglern, und schon stand ich in sonnengelbem Licht.

»Du weißt ja, lieber Tino, du musst das Licht so einstellen, dass ich mindestens zehn Jahre jünger wirke«, zitierte ich eine Textpassage aus meiner Show. Tino antwortete ungewohnt schnell: »Tut mir leid, Tati, geht nicht. Rauputz wirft nun mal Schatten!«

Alexandra lachte ein tiefes, böses »Hohohoho!«, und ich lächelte schmallippig mit. Tino hatte es gerade nötig, auf mein Alter anzuspielen! Ihm hatte Doktor Neubauer erst kürzlich

eine Verkalkung des Schultergelenks diagnostiziert, die normalerweise nur bei Frauen ab fünfzig auftritt.
Nach zehn Minuten starteten wir den Durchlauf. Meine Schwester saß mit Lesebrille und kleiner Lampe im sonst dunklen Zuschauerraum. Von Tino sah ich nur den Kopf, weil der Techniker versteckt hinter einem Vorhang am Ende des Saales stand, oberhalb dessen nur, wie im Kasperletheater, sein Gesicht und die verkalkte Schulter zu sehen waren.
Ich spielte eine Szene nach der anderen. Nach jeder einzelnen diskutierten wir Licht- und Toneinstellungen. Ich sah Alexandra zwar an, dass sie keine Einwände gegen meine Darbietung hatte, aber um sicherzugehen, fragte ich in jeder Pause, die Tino zum Nachregeln benötigte, wie es ihr gefiele. Sie antwortete erst freundlich, dann mit rollenden Plumplori-Augen, später schien sie genervt.
Als wir nach zwei Stunden alles durchexerziert und eingestellt hatten, nahm sie mich beiseite.
»Tati, kannst du mir erklären, woher deine Unsicherheit kommt? Du stehst jetzt seit über sieben Jahren auf Kabarettbühnen und weißt, wie es geht. Wovor hast du plötzlich Angst?«
»Wieso plötzlich? Ich hatte und habe immer Angst!«
»Das ist ja komisch. Ich habe das nie bemerkt. Ich dachte immer, du seist selbstsicher und hättest dein Leben komplett im Griff!«, wunderte sich meine Schwester.
Ich staunte selbst, dass ich diesen Eindruck vermittelt hatte, und versuchte zu erklären, woher meine Unsicherheit rührte.
»Wenn mich die Umstände nicht gezwungen hätten, allein auf die Bühne zu gehen, wäre ich niemals auf diese absurde Idee gekommen. Ich bin mir überhaupt nicht sicher, ob ich komisch bin, ob meine Stimme gut klingt und ob ich die Bretter, die die Welt bedeuten, überhaupt ausfülle!«
Alexandra war ehrlich überrascht und sah mich mitfühlend an.

»Ach Tati, die Show wird sicher gut!«, ermunterte sie mich, um im nächsten Moment sofort die Krankenschwester raushängen zu lassen. »Du solltest heute aber unbedingt früh ins Bett gehen und jede Aufregung vermeiden. Sonst bekommst du wieder Migräne oder Blasenentzündung. Pass auf dich auf, schon wegen unserer genetischen Vorbelastung durch Papa. Du weißt doch: Schlaganfall-Gefahr!«

Es hätte mich auch gewundert, wenn meine Schwester ausnahmsweise einen ausschließlich positiven Blick aufs Leben gehabt hätte.

Natürlich war ich – wie immer nach unseren schwesterlichen Gesprächen – nach ihrer Aufzählung wenig erfreulicher Unpässlichkeiten nicht wirklich entspannt, und das gute Gefühl bei der Probe wich einer inneren Unruhe, die sich zu einem Orkan im Magen-Darm-Trakt steigerte. Trotzdem nahm ich meine Krankenschwester in den Arm. Es war ja lieb, dass sie extra aus Berlin angereist war, um mich bei der Lichtregie zu unterstützen.

Nach drei Stunden war die Generalprobe beendet, und ich verabschiedete mich von Alexandra und Tino. Ich wusste, dass ich in etwas mehr als vierundzwanzig Stunden wieder hier sein würde und dann vor Publikum zeigen musste, dass ich mir Texte und Abläufe nicht nur merken, sondern diese auch spielen konnte.

Verdammt, ich schieb dich, ich schieb dich nicht

Durch das Fenster des Wartezimmers von Doktor Schulz beobachte ich ein braunes, knittriges Blatt, welches Richtung Erde segelt. Es scheint windstill zu sein, so gerade, wie es zu Boden fällt. Dort bleibt es neben vielen anderen braunen, alten Blättern liegen. Ich komme ins Grübeln. Biologen be-

trachten die Farbänderung der Blätter im Herbst, also den Abbau des Chlorophylls als Entgiftungsprozess des Baumes. Bei uns Menschen ist das wohl anders. Wenn wir alt und knittrig werden, Haare und Zähne verlieren, geht das nicht mit einer Entgiftung einher, sondern mit der Vergiftung der Gedanken, wenn wir uns im Spiegel sehen. Nur bei Doro scheint das anders zu sein. Sie kann über ihr Spiegelbild am Morgen nach einer durchzechten Nacht lachen. Ich habe immer das Gefühl, allen gefallen zu wollen. Auch wenn ich – rein rational – weiß, dass das unmöglich ist, wünsche ich es mir tief in meinem Inneren doch. Den Leuten im Publikum oder meinen Freunden; ich fühle mich besser, wenn ich mit ihnen und ihren Auffassungen im Einklang bin. Ich freue mich, wenn sie mit mir lachen, meine Arbeit wertschätzen und mir vertrauen. Will ich deshalb von Carsten geheiratet werden, als Beweis dafür, dass er mich kompromisslos liebt? Vielleicht. Egal, Hauptsache heiraten! Zuversichtlich greife ich nach den bunten Zeitschriften auf dem Ikea-Tisch neben mir und widme mich dem neuesten Promi-Tratsch, als sich die Tür zum Behandlungszimmer öffnet.
Meine Selbsterkenntnisse sind in dem Moment unbedeutend, in dem Carsten hohlwangig, blass und augenschattig das Wartezimmer betritt. Er muss gar nichts sagen, sein Anblick geht mir an die Nieren, und der Schock, der sich in seinen Augen widerspiegelt, lässt mich sofort alle Hoffnungen auf eine baldige Genesung begraben.
»Ich habe einen schweren doppelten Bandscheibenvorfall am sechsten und siebten Halswirbel. Wenn das Taubheitsgefühl im linken Arm nicht in der nächsten Woche weggeht, muss ich operiert werden«, sagt der angststarre Carsten mit monotoner Stimme.
Meine rechte Hirnhälfte erfasst das Dilemma ganzheitlich und schickt mir eine Liedzeile von Mike Krüger. »Verdammt, ich schieb dich, ich schieb dich nicht!«, singe ich innerlich und kämpfe gegen mein Paternoster-Syndrom. Ich habe das

Gefühl, dass in meiner rechen Hirnhälfte Seifenblasen platzen, während die linke gleichzeitig den Ist-Zusand analysiert: Noch habe ich vier Wochen Zeit bis zur geplanten Liebesreise nach Hamburg, und weitere drei Monate bis zur Hochzeit. Selbst wenn ich meine nur marginal vorhandenen Pflegekompetenzen aktiviere, kann es sein, dass Carsten nicht rechtzeitig gesund wird.

»Heile, heile Gänsje, es is bald widder gut. Es Kätzje hat e Schwänzje, es is bald widder gut. Heile, heile Mausespeck, bis zur Hochzeit is alles weg.« Während ich Mamas Lied, das sie immer für mich sang, wenn ich als Kind krank war, vor mich hin summe, streichle ich Carstens rechte Hand, mit der er sich bei mir abstützt. Sagen kann ich nichts. Ich bin zu aufgewühlt. Verdammter Mist, fluche ich innerlich, den Tränen nahe. Bis heute war ich davon ausgegangen, dass mir mit Carsten so etwas nicht passieren könnte. Carsten wurde nie krank, jammerte und klagte nicht. Das fand ich großartig, denn mir fehlt der sonst so weit verbreitete weibliche Samariterkomplex.

Im Gegensatz zu anderen Frauen fühle ich mich nicht besser, wenn Menschen auf meine Hilfe angewiesen sind. Entweder leide ich zu sehr mit, oder mir fehlt das Pflege-Gen. Der einzige Vorteil eines kranken Lebensabschnittsgefährten hatte für mich bisher ausschließlich darin bestanden, die Vorherrschaft über die Fernbedienung zu gewinnen und in aller Ruhe »Nur die Liebe zählt« und »GZSZ« gucken zu können. Eine Beziehungsfortsetzung unter Pflegebedingungen hätte ich mir bei keinem meiner Ex-Lebensabschnittsgefährten vorstellen können. Gut, dass keiner meiner ehemaligen LAGs ernsthaft krank oder gar pflegebedürftig geworden war.

Und jetzt sitzt sogar ein doppelter Bandscheibenvorfall neben mir im Auto.

Auf der Heimfahrt über rutschiges Laub auf den Straßen klatschen Regentropfen im Rhythmus meines aufgebrachten Herzschlages gegen die Frontscheibe. Carsten atmet hörbar dagegen an, bevor er, den Blick in Fahrtrichtung, mit heiserer Stimme sagt: »Wir müssen noch bei der Apotheke vorbei und einen Termin bei Iris holen. Der Doktor hat mir Schmerzmittel und Physiotherapie verschrieben.«

»Ja, Liebling, machen wir.« Meine Stimme klingt, entgegen meinen Bemühungen, sie liebe- und verständnisvoll wirken zu lassen, so monoton und heiser wie seine. Carsten, der seinen linken Arm, wie immer in den letzten Wochen, auf dem Kopf abgelegt hat, versucht, mich mit seiner rechten Hand zu berühren, schafft es aber lediglich, mir kurz auf den Oberschenkel zu tippen.

»Tati, es tut mir so leid, dass ich dir so viel Arbeit mache, dass ich mich nicht um dich kümmern, ja nicht einmal mir selber helfen kann!«

Die tapsig-liebevolle Geste und das eben Gesagte erschüttern mich. Ein Gefühlswust aus Zukunftsangst, Mitleid und Mütterlichkeit befällt mich – heftig und unerwartet. Innerhalb einer Sekunde bin ich zu allem bereit.

»Das schaffen wir schon!«, krächze ich weinerlich und sehe mich mit Schwesternhäubchen und Locklederkittel bekleidet eifrig um sein Krankenlager wuseln. Ja, ich will ihm helfen und alles dafür tun, dass er bald wieder gesund wird, denn mir fällt siedend heiß ein, dass mein gequälter Patient, der sich im Moment der schwersten Krankheit seines Lebens Sorgen macht, dass er sich nicht um mich kümmern kann, mir im Moment meiner schwersten Krankheit gezeigt hat, was liebevolle Fürsorge bedeutet. Er hatte mich aufopferungsvoll betreut, bekocht und umsorgt, als ich wegen einer Operation ins Potsdamer Ernst von Bergmann Klinikum eingeliefert wurde. Deswegen und wegen unserer Hochzeit muss ich ihm jetzt auch zur Seite stehen. Allerdings wage ich zu bezweifeln, dass Carsten auf das Krankenhaus-Essen verzichten wird, wenn ich Selbstgekochtes mitbringe.

***

Es war im Juli des vergangenen Jahres gewesen, als meine Frauenärztin bei einer Untersuchung den Monitor mit dem Ultraschallbild meines Unterleibes zu mir drehte, auf einen großen weißen und runden Fleck deutete und zu mir sagte: »Frau Meissner, das muss weg!« Das Ausmaß der Angelegenheit begriff ich allerdings erst, als sie mit dem Krankenhaus telefonierte und für mich einen OP-Termin für die kommende Woche vereinbarte.

»Wenn Sie so schnell einen Termin vereinbaren«, fragte ich Frau Doktor Ziesche, »dann habe ich wohl Krebs?«

»Um das auszuschließen, Frau Meissner, lassen wir das lieber mal rausschneiden! Das wird minimalinvasiv gemacht, und wenn alles gutgeht, sind Sie nach drei Tagen wieder draußen und nach einer Woche wieder fit.«

Ich blieb nach dieser Eröffnung erstaunlich ruhig, verschob meine Auftrittstermine und fand mich pünktlich zur Voruntersuchung auf der gynäkologischen Station des Klinikums ein. Eine junge Ärztin bat mich, auf dem Frauenarztstuhl Platz zu nehmen, und als sie gerade die Diagnose meiner Frau Doktor Ziesche überprüfen wollte, betrat ein Arzt den Raum. Ich saß mit nacktem Unterkörper breitbeinig auf diesem Stuhl, und die junge Ärztin sagte plötzlich: »Hallo, Herr Oberarzt Heinrich, das ist schön, dass Sie hier sind. Da können Sie gleich mal einen Blick auf die Patientin werfen!« Doktor Heinrich blickte ein wenig abwesend zwischen ihr und mir hin und her. Ich hob resigniert die Hand und sprach ihn an.

»Hallo, Herr Heinrich. Sehr erfreut, Sie in dieser Situation kennenzulernen.«

»Ich kenne Sie bereits von der Bühne. Sie sind wohl immer gut drauf?«, befand er und untersuchte mich. »Da müssen wir wohl ran. Würden Sie sich morgen früh bitte nüchtern hier auf der Station melden?«

»Nichts lieber als das!«, heuchelte ich Fröhlichkeit, obwohl ich alles andere als gut drauf war.

Am nächsten Morgen wurde ich, in Thrombosestrümpfen und OP-Kittel, per Krankenbett Hunderte Meter durch lange Flure, Fahrstühle und über Baustellen bis in den Keller der Klinik geschoben, wo sich die OP-Säle befinden.
Kaum angekommen, wurde ich nackig gemacht und verkabelt. Während mir der Anästhesist eine Dröhnung in den Arm spritzte, erschien Doktor Heinrich mit Michael-Jackson-Mundschutz, beugte sich über mich und flüsterte mir »Mach mir den Tiescher!« ins Ohr. Dann war ich weg und erwachte erst wieder in meinem Krankenzimmer. Carsten saß neben dem Bett. »Da bist du ja wieder!«, freute er sich.
»Ich habe Hunger und muss rauchen!«, waren meine ersten Worte nach der Narkose. Im Kopf noch nicht ganz klar, duldete ich keinen Widerspruch, und so gab mir mein persönlicher Krankenpfleger Carsten eine Banane und besorgte einen Rollstuhl. Mit diesem schob er mich an die frische Luft, wo ich die erste Zigarette des Tages rauchen konnte. Ich war sehr stolz auf meine unkomplizierte Genesung, doch als ich, wieder im Zimmer, von Übelkeit gepeinigt die Toilette aufsuchen und mich übergeben musste, wurde mir klar, dass es doch keine so einfache Operation gewesen sein konnte. Immerhin hatten sie mir den Bauch aufgeblasen und dann durch einen größeren Schnitt endoskopisch einen Eierstock entfernt. Das hat mir Doktor Heinrich mittels bunter, während der OP aufgenommener Fotos meines Bauchraums später erklärt.
Trotzdem erholte ich mich dank Carstens aufopferungsvoller Fürsorge sehr schnell. Schon am dritten Tag war ich so gesund, dass mich das ständige Stöhnen meiner Bettnachbarin, die Krankengeschichten der anderen Patienten, das frühe Wecken und die lautstarken Bauarbeiten im Krankenhaus nervten. Dazu kam die Sommerhitze, die den Neubau zur Sauna werden ließ. Durch die geöffneten Fenster drang das Schreien und Kreischen von der Kinderstation. Der Höhepunkt des Unerträglichen aber war der männliche Besucher

meiner Bettnachbarin, der direkt vor der Toilettentür saß und mir in epischer Länge sein ganzes Leben erzählte. Ich wollte ihn nicht unhöflich unterbrechen, kam aber einfach nicht dazwischen. Dabei musste ich so dringend auf die Toilette. Als ich es nicht mehr aushalten konnte, flüchtete ich wortlos aus dem Zimmer und verschwand im Gästeklo. Ich wollte weg. Nach Hause. Zu dem besten Pfleger auf der ganzen Welt. Ich wartete also auf dem Flur, bis mir Herr Heinrich über den Weg lief. Dann baute ich mich vor ihm auf, so aufreizend, wie es in Jogginganzug, Miezekatzen-T-Shirt und Pantoffeln möglich ist, und argumentierte kompromisslos, bis er entnervt aufgab. Nur eine Viertelstunde später holte mich mein Liebster ab, und nach einem Tag unruhigen Wartens teilte mir Frau Doktor Ziesche mit, dass ich keinen Krebs hatte, es aber trotzdem gut wäre, dass das unnütze Zeug raus sei. Ich bräuchte es sowieso nicht mehr so dringend!

***

Nachdem der erste Schock über Carstens Bandscheibe überwunden ist, vereinbare ich einen Termin mit Iris für die Physiotherapie und sortiere alle verschriebenen Medikamente für die nächsten zwei Tage in Häufchen. Gerade habe ich mich mit meiner Rolle als aufopferungsvolle Pflegerin abgefunden, da ist Carstens – mich eben noch zu Tränen rührende – Hilflosigkeit einer renitenten Aufsässigkeit gewichen. Er lässt sich nicht ins Bett schicken und guckt mich grimmig an. Vielleicht fühlt er sich genauso unnütz wie mein entfernter Eierstock und deshalb schlecht. Aber muss mein blasser und ausgehungerter Cowboy mit seiner doppelten Bandscheibe deswegen wie ein angeschossenes Erdmännchen an seinem Schreibtisch sitzen und so tun, als ob er arbeiten könnte? Er legt mit theatralischer Geste den linken Unterarm auf den Kopf und bedient einhändig Maus und Tastatur.

»Was machst du da? Muss das denn sein?«

»Ja, ich bestelle mir jetzt einen richtigen Bürostuhl, der auf die Benutzung am Schreibtisch optimiert und höhenverstellbar ist. Außerdem brauche ich ein Board, um den Bildschirm auf Augenhöhe stellen zu können. Das muss jetzt alles rückenfreundlich werden.«
Ich erinnere mich an Reportagen über ältere Menschen, deren Wohnungen beim Auftreten von krankheitsbedingten Einschränkungen komplett altersgerecht umgeräumt werden, und ich stelle mir Carstens Arbeitszimmer mit Rollator in der Ecke, elektrischem Krankenbett unterm Fenster und neben dem Bett angebrachter Klingel vor, mit der ich im Fünf-Minuten-Takt aus meiner Wohnung nach oben geklingelt werde. Warum kann er sich nicht einfach hinlegen und ausruhen? Der Enthusiasmus über meine Krankenschwestern-Rolle löst sich in Luft auf. Ich kann mit der Ablehnung meiner mütterlichen Fürsorge nicht umgehen und entschließe mich spontan, die Prioritäten zu ändern und mich endlich wieder meiner eigenen Arbeit zu widmen.
»Kann ich dich allein lassen?« Es fällt mir schwer, nicht genervt zu klingen. Von meinem Pflegefall kommt ein knappes »Ja!«, und ich verschwinde beleidigt.
Kaum bin ich in meinem Arbeitszimmer, klingelt das Telefon. Mama ist dran und erkundigt sich nach Carstens Gesundheitszustand.
»Tati, du musst dich um ihn kümmern, sonst verlässt er dich. Das ist meine größte Sorge. Er ist doch noch bei dir?«
»Mama, im Moment kann Carsten gar nicht weglaufen. Du weißt doch, er ist krank.«
»Du solltest ihn mit Franzbranntwein einreiben. Das hilft!«
»Meinst du, Franzbranntwein hilft bei doppeltem Bandscheibenvorfall?«, reagiere ich zynisch auf ihren Vorschlag.
»Du trägst du jetzt eine große Verantwortung. Sag Carsten alles Gute von Papa und mir, ja?«
Ich verabschiede mich von Mama und lege auf. Ich bin wütend. Am liebsten hätte ich meinen Frust laut herausge-

schrien. Wieso muss ich eigentlich dankbar sein, dass Carsten bei mir bleibt? Warum ist es nicht umgekehrt? So wie sich der Patient heute verhalten hat, muss ich mich von meiner Lobhudelei »ein Mann wie Casanova und Witzigmann in einem« distanzieren. Carsten ist nicht nur maulig und krank, sondern leider auch nur wie ein normaler Mann. So!

Wenn Männer Bahnhof verstehen

Nach dem Telefongespräch mit meiner Mutter erinnere ich mich plötzlich an eine Situation vier Wochen vor der Premiere meines Soloprogramms. Ich war zu dieser Zeit innerlich total aufgewühlt, ich hatte unter anderem panische Angst, im letzten Moment von irgendeiner Krankheit heimgesucht zu werden. Früher hatte ich ja gedacht, dass ich vor Auftritten irgendwann mal routinierter und ruhiger werden würde, aber das Gegenteil war der Fall.

Als ich das allererste Mal in meinem Leben auf einer öffentlichen Bühne stand und mit meiner Ballettgruppe eine Polka tanzte, saßen meine Eltern und Großeltern im Publikum, und mir schlug das Herz bis zum Hals. Vor meiner ersten Kabarettpremiere litt ich unter Blasenentzündung, bei der Pilotsendung von »Tele-Bingo« für das MDR-Fernsehen und bei einem Casting für RTL unter Brechdurchfall. Was würde dieses Mal passieren, fragte ich mich, wenn ich zum ersten Mal im Leben allein auf der Bühne stand? Stimmversagen? Blackout? Blasenentzündung UND Brechdurchfall? Alles war möglich. Um ich mich am Tag der Premiere möglichst sicher zu fühlen und damit das Risiko kurzfristig auftretender Krankheitsattacken zu vermindern, hatte ich Carsten gebeten, der erste Zuschauer meiner neuen Show zu sein – noch vor Gisi. Ich wollte ihm das Einstudierte in meiner zum Probenraum umfunktionierten Küche an diesem Abend vorführen.

Am Vormittag rekapitulierte ich das Gelernte noch einmal. Die Balkontür stand offen, die Frühlingssonne bemühte sich nach Kräften um ein strahlendes Aussehen und ich mich um einen sauberen Gesang. Mit dem Rücken zu meiner Küchenzeile und Blick Richtung Sofa sang ich mich ein. »Lalalalalala! Mimimimimi! Dadadadadada! Malaga, malaga, malaga, malaga, malaga!« Ich schloss vorsichtshalber Küchenfenster und Balkontür, um die Nachbarn nicht zu erschrecken. Ich legte die CD mit den Halbplaybacks in den CD-Player und trällerte das erste Lied. Auf die Vortakte tanzte ich drei Charleston-Schritte, dann hob ich das Bein und drehte mich. Klappte!

»Kennen Sie nicht einen Herrn, der gut zu mir passt …!«

Ich tanzte und sang innerhalb von zwei Stunden alle Lieder des ersten Programmteils mehrmals durch, und ich weiß noch, dass ich mir auf einmal vorstellte, wie zufrieden meine Mutter über diesen Lerneifer gewesen wäre.

Nicht dass ich in der Schule schlecht gewesen wäre, aber es hatte immer eine Bessere gegeben. Wie hat es mich gequält, wenn meine Mutter nach jeder Klassenarbeit, die ich mit einer Zwei nach Hause brachte, fragte: »Und was hat Corinna?« Corinna hatte immer eine Eins, was mich völlig frustrierte. Als Lehrerkind hatte ich es nicht leicht. Ich kann mich nicht daran erinnern, dass mich meine Mutter mal mit einem Lob empfangen hätte. Stattdessen: »Und was hat Corinna?« In Erinnerung an meine Jugend und in dem Bestreben, mindestens so gut wie mein Kindheitstrauma, die perfekte und disziplinierte Corinna, zu sein, probte ich weiter an meiner neuen Show. Ich hoffte natürlich, dass Carsten von mir begeistert sein würde. Ich sah ihn schon mit strahlenden Augen und liebestollem Blick auf dem Sofa sitzen, wie er an den richtige Stellen lachte und beschwingt die Lieder mitsummte.

Gegen Nachmittag betrat mein Juror gut gelaunt die Küche und zog mit geheimnisvoller Miene einen zusammengefalteten Zettel aus seiner Hosentasche. »Tralalala!«, präsentierte er mir das von ihm entworfene Plakat zu meiner neuen Show. Es war sein erstes, vom Foto bis zum Design gestaltetes Werk. Ich faltete es auseinander und war begeistert. Auf dem Foto saß ich in der Badewanne, den Schaum über die intimen Stellen verteilt, und schaute überrascht. Quer über meinem Kopf stand in roter Schrift der Titel meines Programms. Alles so, wie ich es mir gewünscht hatte.

»Ist das schön, mein Süßer! Wie gut ich darauf aussehe!«

Begeistert erklärte mir mein Grafiker, wie oft er die Aufteilung umstellen, wie viel er nachlesen musste, um mit dem Computerprogramm zurechtzukommen, und wie schwer es gewesen war, meine abstehenden Haare auszuschneiden. Am Ende seiner Ausführungen bemerkte er stolz: »Ist dir aufgefallen, wie schön ich deine Falten retuschiert habe? Man sieht nichts!«

Ich schluckte und verzog den Mund zu einem angespannten Grinsen. »Ja«, sagte ich und versuchte ruhig zu bleiben. Bloß jetzt nicht wieder beleidigt sein, Tati. Das meint er doch lieb. Das ganze Plakat und die viele Arbeit daran sind ausschließlich Zeichen seiner Liebe! Mein Selbstberuhigungsversuch funktionierte nicht. Ich singe zwar auf der Bühne das »Faltenlied«, will aber zu Hause auf keinen Fall von meinem Freund auf etwaige Alterungserscheinungen hingewiesen werden. Super-Ausgangssituation für die Probe.

Carsten stand immer noch in der Tür.

»Sag mal, willst du erst essen oder zuerst proben?«

Wie konnte er jetzt ans Essen denken? War er gar nicht aufgeregt wegen meiner Vorführung?

»Ich möchte lieber erst die Probe hinter mich bringen«, sagte ich vorwurfsvoll.

»Na dann!« Carsten seufzte, griff zu Zettel und Stift und setzte sich aufs Sofa, während ich den CD-Player aufbaute und meine Küchenbühne mit den notwendigen Requisiten einrichtete.

Nach einer kurzen Konzentrationsphase und einem Blick in meine Aufzeichnungen legte ich los. Ich sang, tanzte und sprach fast ohne Unterbrechungen. Der Text saß. Dabei vermied ich es, Carsten anzuschauen. Ich hatte Angst, dass mich sein Gesichtsausdruck ablenken könnte. Trotzdem bemerkte ich, dass er nicht ein einziges Mal lachte und sich ununterbrochen Notizen machte. Nachdem mein letzter Ton verklungen war, setzte ich mich meinem ersten Kritiker gegenüber an den Küchentisch. Ich schnaufte ein bisschen. Carsten wühlte in seinen Unterlagen und sagte: »Na, Tati, da fehlt dir wohl ein wenig die Kondition, was?«

»Das wird schon noch«, beschwichtigte ich eher mich als ihn und konterte: »Aber mich interessiert eher, wie dir meine Show gefallen hat. Wie war's?«

Carsten schaute mich durch seine neuen Brillengläser ernst an und schien nach Worten zu suchen.

»Ich bin ja kein Profi auf dem Gebiet der Comedy, nur einfacher Zuschauer.« Das klang wie eine Entschuldigung für die geplanten Worte harter Kritik. Noch hoffte ich, dass mein kommunikationsstarker Carsten mich zuerst mit einem Lob besänftigen würde.

»Also, wenn du zum Beispiel sagst, du bist dünn, dann ist das nicht lustig. Du könntest ja sagen, du seiest so dünn, dass dir die Enten im Park beim Füttern das Brot zurückwerfen!«

Das sollte Carsten Bohlens erster Satz zur Beurteilung meines Meisterwerks sein? Schnippisch sagte ich: »Das ist lustiger, stimmt, aber du sollst mir was zum Gesamteindruck sagen. Hast du dich amüsiert, hast du dich unterhalten gefühlt? Wie klang die Stimme, wie gefallen dir die Tänze?«

»Das habe ich so genau nicht gesehen, ich musste mir doch Notizen machen!«, verteidigte sich Carsten.

»Du musst doch wissen, wie es dir insgesamt gefallen hat. Du solltest nicht in erster Linie den Text verbessern, das hier ist doch schon eine Stufe weiter«, blaffte ich ihn an. Wie sehr hatte ich mir gewünscht, dass er sich aufgrund meiner Show

noch mal in mich verliebte, dass er nach meinen erotischen Tänzen ganz wild darauf wäre, mich zu heiraten oder wenigstens Sex mit mir zu haben. Stattdessen knurrte er mürrisch: »Dann musst du das einem Dummen vorher sagen. Und außerdem: so ohne Kostüm in deiner Beulenhose! Wie du damit aussiehst. Da kann ich gar nichts toll finden.«
Er war sauer und ich stinksauer. Da fand mein Aushilfsregisseur also, dass ich Falten hätte, mir die Kondition fehlte und ich in meinem Hausanzug kacke aussah. Fehlte nur noch, dass er mich wie Mama fragte: »Und wie war Corinna?« Tolle Probe! Der Abend war gelaufen. Nach einem schweigsamen Abendessen setzte ich mich an meinen Text, und Carsten verabschiedete sich an seinen Computer. Damals fragte ich mich, ob es sein konnte, dass unsere Beziehung schon vor der Hochzeit auseinanderbröckelte.
Und weil ich einmal dabei bin, fallen mir weitere Verhaltensweisen von Carsten ein, die mich immer schon gestört haben. Wenn ich zum Beispiel aus heutiger Sicht daran denke, wie unmöglich männlich-ignorant Carsten damals mit Krankheiten umging, als er noch gesund war … Ha! Ich kann mich nicht erinnern, dass er jemals küchenpsychologisch über Partnerprobleme, über Patientenverfügungen und die Art, wie ich beerdigt werden will, mit mir hätte reden wollen. Meine Dauererkältung hatte er gar nicht erst ernst genommen.
Als ich damals das dringende Bedürfnis hatte, meine Chlamydien-Theorie mit jemandem zu besprechen, war ich die Treppen nach oben geeilt und hatte Carsten im Arbeitszimmer gefunden, am Computer sitzend und telefonierend. Mein damals noch gesundes und häufig steppendes Erdmännchen rollte mit den Augen: »Tati, ich habe zu tun. Und außerdem weißt du doch, dass mich Krankheiten nicht interessieren. Ich brauche keine Krankheiten, und darum bekomme ich auch keine!«
Damals fühlte ich mich von Carsten missverstanden und nicht ernst genommen. Im Prinzip sollte er mir einfach nur

zuhören und Trost spenden. Ich weiß noch, wie ich dachte: Die Herren der Schöpfung verdrängen so lange, bis es sie selbst erwischt, und dann haben wir Frauen sie am Hals! Ich ahnte natürlich nicht, wie schnell ich recht bekommen sollte!
Bei diesen Erinnerungen schreie ich den Telefonhörer lautlos an: »Siehst du, Mama, Carsten ist leider auch nur ein ganz normaler Mann, einer, der Frauen nicht versteht, wenn sie was sagen, und der alle wichtigen Dinge im Leben verdrängt. Carstens typisch männliche Verweigerungshaltung ist schon schlimm genug; dass er aber eine Etage über mir schlaflos und schmerzgepeinigt alleine in seinem Bett dahinvegetiert, empfinde ich als eine mittelschwere Beziehungskatastrophe. Hörst du, Mama? Weißt du überhaupt, dass ich ihm deshalb überhaupt nichts von Alexandras gesundheitlichen Problemen erzählt habe? Weil er nicht zugehört hätte!«
Ich starre auf das Telefon, das immer noch schwarz und still vor mir auf dem Schreibtisch liegt.
»Und weißt du was, Mama? Das Ärgerliche daran ist, dass ich mich ganz allein mit diesen ganzen Problemen auseinandersetzen muss. Ja, Mama, ich weiß, was du jetzt denkst. Ich muss dankbar sein, so einen Mann überhaupt abbekommen zu haben. So alt und faltig, wie ich bin!«

***

Die Sache mit Alexandra war ungefähr eine Woche nach Carstens Unfall passiert. Mein ehemaliger Traummann hatte sich bewegungsunfähig in seine Höhle verkrochen, während ich mich auf einen Besuch meiner Schwester freute, die an diesem Tag einen Termin bei unserer gemeinsamen Potsdamer Frauenärztin Frau Doktor Ziesche hatte. Vorher wollte sie bei mir vorbeikommen, um mir die Zeit bis zu Carstens MRT-Termin mit Quatschen, Rauchen und Kaffeetrinken zu verkürzen.
Doch als ich Alexandra die Tür öffnete und sie freudig be-

grüßte, bemerkte ich, wie schlecht meine Schwester aussah. Schwarze Augenschatten schimmerten durch ihr Make-up. Wahrscheinlich war sie vom frühen Aufstehen erschöpft, dachte ich, normalerweise hatte sie am liebsten Spätschicht.
»Aluchen, bist du müde?«, fragte ich.
Sie verneinte kraftlos, stellte ihre riesengroße schwarze Handtasche auf den Stuhl, holte die mit dampfendem Kaffee gefüllten Tassen an den Tisch und setzte sich aufs Sofa.
»Ich fühle mich schlapp«, sagte Alexandra traurig. Ich setzte mich neben sie und nahm meine beängstigend dünne Schwester tröstend in den Arm. Ihr Gesicht fühlte sich unnatürlich warm an.
»Hast du Fieber?«, fragte ich erschrocken.
Sie zuckte matt mit den Schultern. Ich holte das Fieberthermometer und schob es ihr rigoros und keinen Widerspruch duldend unter den Arm.
»Du hast wohl doch noch ein paar Pflegequalitäten entwickelt?«, fragte meine Schwester erstaunt. Das Thermometer piepte, sie zog es unter ihrem Arm hervor, schaute drauf und murmelte: »39,2 Grad!«
Sie riss die Augen weit auf. »Hoffentlich habe ich mir im Krankenhaus keine resistenten Bakterien eingefangen!«
»Was heißt das?«
»Das heißt, dass du auch gefährdet bist!« Trotz des bedenklich hohen Fiebers wühlte Alexandra hektisch, fast wütend in ihrer überdimensional großen Handtasche, förderte eine Spraydose zutage und begann mein Sofa, auf dem sie gerade noch gesessen hatte, einzusprühen.
»Das ist Desinfektionsmittel. Wenn ich MRSA habe, na dann gute Nacht!«
»Masern? Du?«
»Nein, MRSA, das ist ein besonders aggressiver Staphylokokken-Stamm!«
»Was sollen die denn mit dir machen, diese Staphyloschlagmichtot?«

»Die sind tödlich. Gegen die hilft auch kein Antibiotikum! Nichts.«
»Ach du Schreck. Und so was habt ihr auf eurer Station?«
»Natürlich nicht, das wäre ja schlimm!«
»Alu, mach mich nicht verrückt! Du gehst gleich zu Frau Doktor Ziesche, die wird dir sagen, was du wirklich hast!«
Ich gab Alexandra eine Tablette gegen das Fieber, die sie ohne Widerrede schluckte. Gegen Mittag machte sie sich auf den Weg zu Frau Doktor Ziesche mit dem Versprechen, mich gleich anzurufen, sobald sie wusste, was los war.
Ich blieb mit der schnorchelnden Chica, der Angst um meine Schwester und dem Wissen, diese nicht mit Carsten teilen zu können, in meiner Küche zurück.

***

Drei Tage später rief Alexandra zurück.
»Tati, ich bin's. Alu!«
»Warum meldest du dich erst so spät? Wie geht es dir? Was sagt Frau Doktor?«
»Frau Doktor Ziesche hat eine Unterleibsentzündung diagnostiziert, und der Zahnarzt, bei dem ich eben auch noch war, eine Vereiterung des Kiefers!«
»Oh je! Woher hast du das denn alles?«
»Ich weiß es noch nicht. Frau Ziesche sagte, dass ich vielleicht zu viel gearbeitet und mich zu sehr aufgeregt habe und dass mein Körper jetzt nach einer Auszeit schreit!«
Ich fühlte meinen Puls, fasste mir an die Stirn und hörte in mich hinein. Trotz meines eigenen, pflegebedingten Erschöpfungszustandes schien mein Körper noch zu funktionieren.
»Und was hat das mit den Entzündungen zu tun?«
»Deshalb rufe ich ja so spät an, weil ich erst mit den ganzen Befunden zu meinem Hausarzt gehen und klären lassen wollte, was ich genau habe!«

»Was sagt der Hausarzt? Lass dir doch nicht alles aus der Nase ziehen!«

»Ich bin ein bisschen schlapp. Das Fieber hält sich zwar in Grenzen, aber nachdem er alle anderen Ursachen ausschließen konnte, hat mir mein Hausarzt gesagt, dass dieses andauernde Fieber ein massiver Hinweis auf meine kranke Seele wäre, und dann hat er mich zum Psychologen überwiesen.«

»Ach du Schreck!« Ich war sprachlos und hörte verblüfft zu, was mir meine Schwester zu erzählen hat. Der Zusammenbruch ihres Immunsystems hatte Alexandra so erschreckt, dass sie sich klaglos um einen Termin bemüht hatte. Früher hätte sie jeden Besuch einer psychologischen Praxis abgelehnt. Ich weiß noch, wie sie sich damals bei unserer Mutter beschwert hatte, weil ich ihr empfohlen hatte, professionelle Hilfe wegen ihrer Trennungskrisen in Anspruch zu nehmen. »Stell dir mal vor, Mama«, hatte sie geschimpft, »Tatjana will mich zu einem Klapsdoktor schicken. Der hat doch auch bloß keine Ahnung!« Das wurde mir beim wöchentlichen Mutter-Tochter-Telefonat sofort vorgeworfen. Ich verstand die Psychologen-Panik meiner Verwandtschaft nicht, wussten sie doch, dass ich bereits Anfang der Neunziger die Hilfe des russischen Psychologen Pawel in Anspruch genommen und wie sehr er mir geholfen hatte.

Psychomarathon und Häufchenbildung

Ich hatte Pawel, der noch zu DDR-Zeiten aus der damaligen UdSSR nach Potsdam gezogen war, vor ungefähr fünfzehn Jahren durch die Empfehlung eines Freundes kennengelernt. Daran, dass ich Pawels Hilfe in Anspruch nehmen musste, war Ingo Schuld. Ingo, der Mann, mit dem ich den Mauerfall erlebte, der seine hundert D-Mark Begrüßungsgeld noch am Tag der Auszahlung an polnische Hütchenspieler verlor und der mich später wegen einer blöden Blondine sitzen ließ. Das Ingo-Desaster ereilte mich völlig unerwartet. Bis dahin hatte immer ICH meine Beziehungen beendet. Es traf mich wie ein Keulenschlag. Ich war zutiefst verstört, heulte, tobte und rief jeden Abend eine andere meiner Freundinnen an. Ich werde es Gisi nie vergessen, dass sie noch nachts um eins zu mir eilte, weil ich ihr am Telefon mitgeteilt hatte, dass ich den Schmerz nicht mehr aushielte. Ich hätte jede Tablette geschluckt, wäre bis ans Ende der Welt gepilgert und sogar wieder in die Kirche eingetreten, nur damit dieser schmerzhafte Trennungsteufel nicht mehr an mir nagte. Nachdem eine komplette Blondierung meiner dunkelbraunen Haare und unsägliche Mengen von Johanniskrautkapseln meine Symptome nicht milderten, ging ich zu Pawel. Damals war er mein Rettungsanker. Nach einem 24-Stunden-Psychogespräch, begleitet von Heulkrämpfen, Figurenmalen und erwachsenen und kindlichen »Ichs«, entließ er mich. Mir schwirrte der Kopf. »Du darrrfst keine Errrwarrtungs-Chaltung haben!«, gab er mir eindringlich und mit russischem Akzent auf den Weg. »Entwederrr man passt zusammen oderr nicht. Dann musst du dich trrrennen!«

Ich bemühte mich fortan, nicht mehr an Männern herumzuzerren oder sie verändern zu wollen. Manchmal gelang es besser, manchmal schlechter, meistens gar nicht. Wie sehr mir Pawel geholfen hatte, wusste meine Schwester natürlich, trotzdem hatte sie psychologische Hilfe immer abgelehnt. Bis heute.

»Weißt du, Tati, ich glaube jetzt, wo mein Körper quasi kollabiert, kann ich mir selber wirklich nicht mehr helfen. Ich bin auch zu müde und zu schwach. Nachdem ich bei mehreren Therapeuten war, hatte ich bei dem letzten Glück. Und das Schönste daran ist, ich kann den Psychologen sogar leiden!«

»Das freut mich für dich. Du klingst auch optimistisch, das ist gut!«

Natürlich konnte ich Alexandra in dieser Situation nicht

auch noch mit Carstens Krankheit belasten. Darum legte ich ohne einen Hinweis auf meine Probleme den Hörer auf und hoffte, dass die regelmäßigen Besuche meiner Schwester bei ihrem Seelenklempner hilfreich sein würden. Von meiner Männerhasser-Freundin Anka weiß ich, dass nicht alle Therapien wirklich zum erhofften Ziel führen. Vor ungefähr einem Jahr hatte sie mich aufgeregt angerufen.

»Stell dir mal vor, Tati, mein Mann hat mich betrogen.«

Ich kam gar nicht dazu, sie mit anteilnehmender Empörung zu trösten. Sie sprach ohne Luft zu holen weiter und berichtete, dass sie mit ihrem Mann nach seinem Geständnis zur Eheberatung gegangen sei. Dass ihr Gatte nach zwei Sitzungen keinen Sinn mehr in der Therapie gesehen hatte, war für Anka damals noch kein Problem.

»Ich suche jetzt ohne ihn, aber mit professioneller Hilfe, nach Erklärungen für seine Depressionen, weißt du? Da gibt es Gründe in seiner Kindheit und in meiner auch.«

Mir kam das alles sehr bekannt vor. Nachdem ich damals Hals über Kopf mit Flo zusammengezogen war, wurde mein Spätverlobter irgendwie ulkig. Er erschien mir plötzlich unkommunikativ und ignorant. Nicht im bösartigen Sinn, sondern so, als könnte ich, wenn ich mich nur anstrengen würde, bei ihm einen Schalter umlegen, ihn »reparieren« und auf diese Weise in eine aufmerksame Plaudertasche verwandeln. Da mir weder Monologe zum Thema Liebe und Sex noch hysterische Anfälle inklusive zerbrochenen Geschirrs den Weg zu Flos Schalter wiesen, wollte ich den Ursachen auf den Grund gehen.

Als Erstes rief ich Ronny an und fragte ihn von Frau zu Mann um Rat.

»Weißt du, Ronny, vielleicht hatte Flo ja eine schwere Kindheit und ist deshalb so ignorant«, sagte ich eingedenk der Freudschen Theorie der in der frühen Kindheit außer Kontrolle geratenen triebhaften Wünsche und Fantasien, die bei Flo zu meinem Leidwesen insgesamt nur wenig ausgeprägt waren. »Na klar, Tati! Schwere Kindheit, weil er im Kindergarten im Kollektiv kacken musste, oder warum?«, verscheißerte mich mein Männer-Versteher Ronny. »Das Problem ist doch, dass ihr Frauen das Problem habt, immer alles bis ins Detail ausdiskutieren zu müssen! Da vergeht uns Männern einfach jede erotische Regung!«

Weil meinem Kumpel Ronny damals – wie auch meinem Bandscheiben-Patienten heute – jedes Verständnis für küchenpsychologische Zusammenhänge fehlte, schleppte ich Flo, wie Anka später ihren Mann, zur Partnerschaftsberatung, mit dem Ergebnis, dass ich begriff, dass jeder für seinen eigenen Schalter verantwortlich ist. So simpel und klar wie diese Erkenntnis war, trennten sich Flo und ich infolge der Therapie. Anka hingegen glaubte trotz Therapie noch lange an ein Happy End mit ihrem Gatten und wurde darüber zur verbitterten Männerhasserin.

Dank meiner eigenen Erfahrungen mit Therapeuten bin ich heute der Überzeugung, dass meiner Schwester geholfen werden wird, weil sie endlich verstanden hat, dass man seelische Probleme genauso ernst nehmen sollte wie körperliche. Aber wer hilft meiner Seele? Alexandra ist krank, Carsten, der ja leider doch nur ein richtiger Mann ist, auch, und Mama ist froh, wenn ich die Verantwortung für alle beide übernehme.

***

Ob Carsten immer noch am PC sitzt und altersgerechte Büromöbel bestellt? Ich schaue über meinen Schreibtisch hinweg aus dem Fenster. Es ist erst sechzehn Uhr, und trotzdem dämmert es schon. Der Regen hat nachgelassen. Ein Schwarm Spatzen fliegt aufgeregt im Kollektiv von den Ästen der mitten auf dem Hof stehenden kahlen Birke und setzt den Bewegungsmelder in Gang. Das Licht über der Toreinfahrt geht an und spiegelt sich in den schlammigen Pfützen. Leichter Wind kräuselt die Wasseroberfläche. Die Hoflampen-Spiegelung erinnert mich an ein digitales Fernsehbild mit schlechtem Empfang, wenn das Bild in kleinen Vierecken verschwimmt. Genauso holprig und ungeordnet sind meine Gedanken: Psychosomatische Krankheiten – kapitulierende Schwester – körperlicher Zusammenbruch – vorfallende Bandscheiben – plötzliche Ehekrisen – männerhassende Anka – nachlassende Sexualität. Was hat das alles miteinander zu tun, und warum passiert es gerade jetzt? Weil wir alt werden?

Auf dem Monitor meines Computers, auf den mein Blick fällt, schiebt sich gerade das von Carsten gestaltetete, faltenretuschierte Plakat meines Comedy-Programms »Meissners Sexgeschichten« in den Vordergrund. Mein mit Photoshop gebügeltes Gesicht wirkt, je größer es wird, umso bedrohlicher auf mich. Bevor es wie eine Seifenblase zerplatzt, um dem nächsten Bild Platz zu machen, prangt das Wort »SEX« in großen Lettern auf dem Bildschirm. Blubb und weg!

Ich gebe den Versuch, mich meiner eigentlichen Arbeit zu widmen, auf, fahre den Computer herunter, räume noch ein paar Papiere hin und her, lösche das Licht im Arbeitszimmer und gehe zu Chica in die Küche.

»Na, mein Chicilein, soll Mama dir Futter geben?« Ich schlurfe zum Küchenschrank, nehme Futter raus und fülle es in Chicas Fressnapf unter dem Küchenfenster. Ich hole Brot aus dem Brotbehälter und Butter und Wurst aus dem Kühlschrank. Mein Pflichtbewusstsein zwingt mich, meinem renitenten Kranken Abendbrot zuzubereiten, obwohl mich Ankas Erfahrungen mit ihrem Mann, an die ich wieder denken muss, an der Sinnhaftigkeit dieses Vorsatzes zweifeln lassen. Wie sehr hatte ich damals nach unserem Telefongespräch gehofft, dass ihr Mann mit ihr zusammenbleiben würde, obwohl er auf Montage arbeitete und von einer ausgefüllten Partnerschaft schon damals keine Rede mehr sein konnte. Wenige Wochen nach der Aufdeckung der Schandtat stellte ihr untreuer Gatte die Erfüllung seiner ehelichen Pflichten

gänzlich ein. Ja, er sprach bei seinen Wochenendbesuchen kaum noch mit ihr.
Als sie ihm kurz vor Weihnachten das Ultimatum stellte, entweder sein Verhalten zu ändern oder zu Weihnachten zu bleiben, wo der Pfeffer wächst, ließ er sich nicht mehr blicken. Anka saß mit ihrer Tochter allein unterm Weihnachtsbaum. Nach fast zwanzig Jahren Ehe ging ihr Mann ohne jede Erklärung. Anka war verzweifelt, wollte wissen, mit wem er sie betrogen hatte, bezahlte einen unfähigen Privatdetektiv und war hinterher genauso schlau wie vorher. Sie weinte oft, und wir machten uns alle Sorgen um sie.
Mir fallen einige Beispiele langjähriger Ehen ein, die sich einfach in Luft aufgelöst haben. Weil die Kinder aus dem Haus gehen? Weil Karriere auf dem Höhepunkt und nicht mehr steigerbar ist? Weil sich die Wiederholungen im Leben häufen oder die Libido nachlässt?
Irgendwie komisch. Egal ob Mann oder Frau; viele suchen mit vierzig nach neuen Herausforderungen und träumen vom Auswandern nach Portugal wie Rudi und Gisi oder versuchen junge Frauen zu beeindrucken wie Flo. Andere wiederum bekommen Depressionen, werden krank oder lassen sich scheiden.
Mit mir scheint das Schicksal in der Mitte des Lebens etwas ganz Besonderes vorzuhaben: die Hochzeit mit einem maulfaulen und permanent meckernden Bandscheibenvorfall!
Nachdem ich widerwillig und wortkarg Carsten zum Abendbrot Rührei kredenzt, sein Bett aufgeschüttelt und den Fernseher für ihn in die richtige Position geschoben habe, verlasse ich ihn umgehend wieder, um ermattet und einsam auf dem Küchensofa meine eigenen Wunden zu lecken. Ich würde mich gern entspannen, kann aber nicht. Ohne Ablenkung liegen meine Nerven blank, mein Puls zuckt im Rhythmus von Techno-Musik. Bummbummbummbumm. Ich grüble, ob ich Carsten verzeihen, mein Pflege-Gen aktivieren, mich für einen Kochkurs anmelden und anfangen sollte, für einen

Treppenlift zu sparen. Nö! So viel Großherzigkeit will ich mir heute nicht mehr zumuten. Warum auch?
Ich schalte den Küchenfernseher ein und streichle zur eigenen Beruhigung das weiche, dicke Fell der neben mir hockenden Chica. Ich drücke den Programmknopf der Fernbedienung – überall Werbung. Pfffff. O ja, ich wollte mir doch ein Glas Wein genehmigen. Das habe ich in meiner Aufregung schon wieder vergessen. Vorher gebe ich Chica frisches Futter in den Napf, nehme ein Glas aus dem Schrank, trage es zum Kühlschrank, hole die bereits geöffnete Flasche Wein heraus und schenke mir ein Glas ein.
Kaum sitze ich wieder in meiner Fernsehposition, sehe ich, dass das Weinglas noch auf dem Kühlschrank steht. Ich stehe wieder auf, stolpere über die Katze und hole das Glas. Wäre Alexandra hier, würde sie sofort Demenz diagnostizieren. Wieso bin ich so vergesslich? Zum Beispiel fällt mir schon seit einer ganzen Weile auf, dass ich Menschen vergesse oder sie nicht wiedererkenne. Nach fast jeder Veranstaltung – ob in Wittenberg, Eisenhüttenstadt, Leipzig oder Treuenbrietzen – steht irgendeine fremde Frau oder ein mir unbekannter Mann vor mir, sie gemahnen an Urlaube vor zwanzig Jahren in Bulgarien, waren Leipziger Kommilitonen aus Parallelseminargruppen, haben sich mit mir ein Zimmer im Internat geteilt oder erinnern an die gemeinsame Kindheit in Bötzow. Noch erstaunter war ich, als mich meine Mutter bei einem Telefongespräch nach dem Namen meiner Französischlehrerin fragte, denn ich wusste nicht mal mehr, dass ich in der Schule überhaupt Französisch gehabt hatte.
Dass mein Kurzzeitgedächtnis auch nicht funktioniert, vertusche ich mittels Häufchenbildung im Flur. Für jeden Tag der Woche gibt es ein Häufchen mit Sachen oder Unterlagen, die ich jemandem zurückgeben oder aufs Amt oder sonst wohin mitnehmen muss. Aber auch Carsten scheint von galoppierendem geistigen Abbau gepeinigt zu sein. Er schreibt sich alle zu erledigenden Aufgaben auf kleine Zettel, die er zur Er-

innerung so auf den Fußboden in seiner Wohnung legt, dass er immer an ihnen vorbeigehen muss. Dass er ebenfalls an Gedächtnisschwund leidet, macht die Sache für mich nicht leichter, aber erträglicher. Hoffentlich kommt es nie so weit, dass Carsten eines Tages »heute Sex« auf einen seiner Zettel schreibt, und hoffentlich lege ich mir nicht irgendwann mein gold-rotes Mieder zur Erinnerung in den Flur.

***

Ich sitze auf dem Sofa und halte das Weinglas fest in der Hand, um das Trinken nicht zu vergessen. Die Werbung geht mir auf die Nerven. Ich schalte zum werbefreien öffentlich-rechtlichen Fernsehen um. Auch Werbung. Unglaublich! Eine grauhaarige Schönheit preist eine Creme gegen Altersflecken an. Im nächsten Spot freut sich Opa über seinen neuen Treppenlift, im darauffolgenden ist Oma von der neuen Haftcreme für die Dritten total überzeugt. Ich bin fassungslos! Da wird doch mit meinen ureigenen Ängsten gespielt! Kein Wunder, wenn einen die Angst vor Alter und Krankheit übermannt! Bei der Werbung gegen Haarausfall ab vierzig, der anhand eines Diagrammes wissenschaftlich untermauert wird, greife ich mir panisch ins Haar. O Gott! Wie soll ich mich denn jung und frisch fühlen, wenn für Granufink, große Windeln und Klosterfrau Melissengeist (»Zittern dir die Hände meist, nimm Klosterfrau Melissengeist!«) geworben wird.
Ich habe mich gerade eingefürchtet in die Welt der Treppenlifte und der Blasenschwäche, da folgt der nächste Schlag der Werbeindustrie: Man erinnert mich an meine Vergesslichkeit, die ich gerade vergessen hatte, und teilt mir mit, dass ich Konzentrationsverstärker einnehmen soll. Ja, bin ich denn hier nur von Alterswahnsinnigen umgeben? Wo leben wir denn? In einem Land voller Rentner? Und dafür zahle ich GEZ-Gebühren? Vielleicht sollte ich zur ARD umschalten? Zapp! Ja, endlich keine Werbung, sondern eine Reportage über Hunde.

»Guck mal, Chica, das ist interessant und beruhigend«, sage ich zu meiner Katze. Chica thront mit Rotznase auf ihrem Lieblingsplatz, meinem alten, großrädrigen Teewagen rechts neben mir, und schnieft. Ich putze ihr die Nase.
»Mein Baby, bist du so krank? Soll ich dich kraulen. Mhm, mein Mausebärchen?«
»Aua, aua!« Chica quietscht maulig und guckt desinteressiert.
Die Fernsehkamera verfolgt eine stolze Pudelbesitzerin auf einem Feldweg.
»Mach fein Käckchen, Meiner!«, säuselt sie sächselnd ihrem Riesenpudel zu. »Mutti macht dann weg, 'ne?« Ich bin erstaunt. Wie komisch manche Menschen im Alter werden, denke ich. So ein Gedöns um Hunde. Die behandeln ihre Haustiere wie Menschen.
Ich schenke mir noch einen Schluck Wein ein. Als Trost und gegen alle Sorgen, Ängste und Enttäuschungen. Ich bin mittlerweile so frustriert, dass mein Gedächtnis mir selektiv die unangenehmen Ereignisse der letzten Monate präsentiert. Ja, ich bin enttäuscht: vom Leben, von Carstens Ignoranz und seinem Rücken, von Alexandras Kiefer und ihrer Gebärmutter und jetzt auch noch vom Fernsehen.
Heute Abend gab es nicht mal eine dieser Realitysoaps, die mir das Elend fremder Menschen vor Augen führen, damit ich mich besser fühlen kann. Wie intelligent wäre ich mir vorgekommen beim Anblick eines versoffenen Familienvaters, der seine Lieben in die Obdachlosigkeit trinkt und keinen Satz geradeaus sprechen kann; wie jung würde ich mich fühlen angesichts seiner ungepflegten, sinnlos kreischenden Gattin mit fettigen Haaren und verwatzter Dauerwelle namens »Chantal Korsorske (43)«. Carsten hätte wie immer beim Anblick solcher Protagonisten gesagt: »Zum Glück sind die diesmal nicht aus dem Osten!«
Ich mache den Fernseher aus.
»Prost Chicilein!« Chicilein scheint an meiner Gemütslage

nicht interessiert. Sie schläft. Ich leere mein Glas und schlurfe, von allen frohen Gedanken und liebenden Menschen und Tieren verlassen, ins Bett.

Altes Eisen oder Edelstahl

Seit Carsten krank ist, ist es jeden Morgen dasselbe: Kaum schlage ich die Augen auf, hat mich meine melancholische Stimmung voll im Griff. Eine Woche nach Carstens Bandscheiben-Diagnose bei Doktor Schulz mache ich mir immer noch Sorgen um ihn. Als Kind hatte ich wahrscheinlich neun Mal Angina im Jahr und habe trotzdem keinen Gedanken daran verschwendet, dass ich NICHT wieder gesund werden könnte; sogar bei meiner Unterleibs-OP im vergangenen Jahr war ich mir völlig sicher, nur wenige Tage später wieder auftreten zu können. Der Anblick meines blassen Erdmännchens jedoch raubt mir jeden Glauben an eine schnelle Genesung. Stattdessen assoziiere ich mit Bandscheibenvorfall irreparablen körperlichen Niedergang, der Carsten direkt ins Pflegeheim führen wird.
Ich bin bereits seit einer halben Stunde wach, wälze mich jedoch jetzt erst lustlos aus dem Bett und trotte ins Bad. Während ich mir die Zähne putze, schaue ich in den Spiegel, und meine Stimmung verschlechtert sich um weitere hundert Prozent. Ich ziehe mir den Hausanzug mit dem ausgeleierten Hinterteil an, um mich noch älter und hässlicher fühlen zu können, gebe der maunzenden Chica frisches Futter und rufe Carsten in seiner Wohnung an. Während das Freizeichen im Hörer erklingt, höre ich Schritte in der Küche über mir. Trapp, trapp, trapp, traaaap, polter!
»Ja?«
»Guten Morgen! Wie geht es dir? Wie hast du geschlafen?«, frage ich desinteressiert.

»Ganz gut.« Carstens Antwort ähnelt stimmlich einem Stöhnen.
»Soll ich dir Frühstück machen?«
»Hab mir schon Kaffee gekocht. Das reicht mir. Kümmere dich mal wieder um deine Arbeit, ja?«
»Mach ich. Ruf an, wenn du was brauchst!«
Eigentlich bin ich hocherfreut, dass ich dem Pflegealltag kurzzeitig entrinnen kann, lasse das Gefühl der Erleichterung aber nicht zu. Ich baue den Laptop in meiner Kuschelküche auf und rufe antriebslos meine E-Mails ab. »Pling«, macht mein Laptop und zeigt mir neue Mails im Postfach an. Eine sticht sofort heraus. Unter »Betreff« steht: »Ihre S-U-C-Bewerbung«. Endlich habe ich eine Antwort auf meine Anfrage beim Stand-up-Club. Juchhu! Ich bemerke verwundert, dass ich mich freue, obwohl ich doch gerade erst festgestellt habe, in welch schlechter Stimmung ich bin. Mit einiger Anstrengung ärgere ich mich aber gleich wieder, weil ich mich daran erinnere, wie oft ich schon auf Antworten gewartet habe. Wie oft ich Mitteilungen, Briefe und Bewerbungen an Veranstalter, Fernsehsender oder Kollegen geschickt habe; wie oft ich schon zu Castings eingeladen war und darauf keine Reaktion und keine Antwort erhielt. Ich halte diese Feigheit, eine Absage zu formulieren, für respektlos. Wenn die wüssten, wie schwer mir die sogenannte Akquise fällt, wie ich darunter leide, mich anpreisen zu müssen, würden sie sich wahrscheinlich sofort dafür entschuldigen, mich einfach ignoriert zu haben!
Vor einigen Wochen hatte ich mich also beim »Stand-up-Club« beworben. Ich wollte mir damit den großen Wunsch erfüllen, am Ort meiner schönsten Jugenderinnerungen zu gastieren. Genau dort, auf einer Bühne im Keller des größten Revuetheaters Europas, hatte ich vor fünfundzwanzig Jahren zusammen mit zwei Kolleginnen den Erfolg einer BC-Einstufung, der zweitbesten aller möglichen Bewertungen für Profitänzer, gefeiert. Wir hatten uns unter dem Namen

»Cora-Showdancers« dem Showtanz à la Jackson und Madonna verschrieben und unsere Tänze einer Prüfungskommission präsentiert. Damals durfte man als Künstler nur arbeiten, wenn man sich einer Jury von Fachleuten stellte, die dann entschied, ob man die sogenannte »Pappe« bekam, die auch gleich das mögliche Honorar festlegte.

Bei der Idee, mich bei den neuen Mietern, dem »Stand-up-Club«, zu bewerben, trieb mich vor allem die Hoffnung auf das nostalgische Gefühl an, welches sich auf dieser Bühne einstellen würde. Ich stellte es mir schön vor, noch einmal in der Garderobe der ehemaligen »Cabaret Revue« zu sitzen und mich zu erinnern: an unsere Aufregung, an den Geruch nach Schminke und Schweiß und an das Gewusel der vielen Tänzer aus ganz Ostdeutschland, alle auf eine gute Beurteilung hoffend, in den Gängen hinter der Bühne.

Nach der erfolgreichen Premiere meiner eigenen Comedy-Show in diesem Jahr hatte ich mir die Programme meiner Kollegen dort angesehen und war zu der Überzeugung gekommen, dass ich mit meinem Programm dort genauso gut hinpasste wie all die anderen Comedians, die dort auftraten. Meiner vor wenigen Wochen abgeschickten Bewerbung hatte ich neben einem Schreiben eine DVD mit Ausschnitten aus meiner Show beigelegt.

Heute habe ich endlich die Antwort-Mail im Posteingang. Ich freue mich und öffne aufgeregt diese wichtige Nachricht. Schon nach wenigen Zeilen wird mir klar: Es ist eine Absage!

Jetzt nicht ärgern, du hast doch nicht wirklich an eine Zusage geglaubt, beruhige ich mich zweckoptimistisch. Ich kann auch ohne den »Stand-up-Club« leben, sage ich mir. Gut sogar. Alexandra hatte es gleich geahnt, als sie mitbekam, dass ich mich dort beworben hatte.

»Die lassen doch keinen in ihre Klüngelwirtschaft rein. Tati, mach dir keine Hoffnungen, sonst bist du hinterher nur enttäuscht!«

Ich? Hoffnung? Enttäuschung? Niemals! Ich bin durch und durch realistisch! Ich kann damit umgehen. Was sollte auch diese Gefühlsduselei. Von wegen noch mal auf der Bühne meiner jugendlichen Erfolge stehen. Sentimentaler Blödsinn! Todesmutig lese ich:

Sehr geehrte Frau Meissner,
herzlichen Dank für Ihre Bewerbung. Ich habe mir ihre DVD heute angesehen und muß ihnen leider mitteilen daß das die Themen die sie in ihrem Programm behandeln nicht das ist was ich für unsere Club Mix Show Suche. Das Thema Singels, Partnersuche, Männer und Frauen ist über die Jahre bereits in so vielen Facetten und Formen behandelt worden daß mich kaum eine Pointe überraschen kann.
Blablabla ...

Ich bin nicht sauer, gar nicht. Wie könnte ich mich aufregen, ich Dummerchen! Gibt ja schlimmere Schicksale. Bandscheibenvorfälle zum Beispiel. Kann doch schon froh sein, wenn Fachkräfte wenigstens antworten. Tralalalala! Aber vielleicht sollte sich die Dame mal mit der deutschen Sprache und Rechtschreibung befassen, ehe sie eine Absage erteilt. Ich drucke das Schreiben aus, und es bereitet mir große Genugtuung, die Fehler rot anzustreichen.
So, so! Das Thema Männer und Frauen überrascht die Dame nicht mehr? Was macht sie dann eigentlich, wenn sie meinen Kollegen zusieht? Denn einige von ihnen füllen ganze Olympiastadien mit Männern und Frauen, nur weil sie über Männer und Frauen reden. Und zwar ausschließlich!
Ich bin stocksauer, als mir plötzlich klar wird, dass diese Kollegen mindestens zehn Jahre jünger sind als ich und ihr Publikum auch. Ha! Da isses wieder: das Altersproblem! Wenn man, wie ich, die Kernzielgruppe am hinteren Ende schürft, ist das wahrscheinlich für so angesagte Comedy-Schmieden nicht attraktiv, nicht mal OHNE Fernsehkamera. Tja, ich ge-

höre nicht in die »Generation iPod«, nicht mal mehr in die »Generation Golf«. Eigentlich klar, dass sich die Kernzielgruppe nicht für die Sorgen eines Botox-Fehlversuches der »Generation Volksempfänger« interessiert.
Und ich bin doch deprimiert. Früher war das alles so einfach! Was ich auch erreichen wollte, es hat funktioniert. Rezitationsfähigkeit, etwas Talent, dazu ein bisschen zur Schau getragene Selbstsicherheit und ein faltenfreies Gesicht – zack!, war ich Moderatorin. Kontinuierlich ging es bergauf: vom Stadtfernsehsender über TV-Berlin und zwei eigene Shows bis zum MDR und zur Glücksfee-Karriere. Lief alles wie ein Länderspiel!
Das erste Mal wurde ich stutzig, als mich eine Produktionsfirma anrief und sagte: »Frau Meissner, Sie sind jetzt siebenunddreißig und passen genau in unser Konzept. Wir suchen nämlich für eine Sendung ältere Moderatoren. Möchten Sie zu einem Casting kommen?«
Älter? Mit siebenunddreißig? Damals konnte ich darüber noch lachen! Seit ich die vierzig überschritten habe, komme ich mir wie ein um Almosen bettelnder Amateur vor. Ich habe das Gefühl, auf der Stelle zu treten. Allerdings ist das Treten viel anstrengender als vor zwanzig Jahren, weil ich bei sportlicher Betätigung jetzt schneller in den Schnappatmungsmodus verfalle. Das Alter ist eben nichts für Weicheier. Ich bin doch aber nicht alt! Alt-Sein ist relativ. Ich rufe meine Schwester an.
»Alu, sie haben abgesagt. Sie wollen mich nicht im ›Standup-Club‹«, jammere ich in den Hörer und erwarte, dass Alexandra mir mit »Das hab ich dir gleich gesagt!« weiter die Laune verderben wird.
»Tati«, antwortet sie stattdessen, »sei nicht traurig. Immer wenn sich eine Tür schließt, gehen zwei andere auf!«
Ich glaube, mich verhört zu haben. Sollte die psychologische Behandlung bei ihr so schnell zu derartigem Optimismus geführt haben? Großartig! Da kann ich mich mit ihr sicher

auch über Carstens Bandscheibenvorfall unterhalten, ohne dass mir Alu seine Einweisung in ein Hospiz nahelegt.
Ihre gute Laune nutzend, frage ich deshalb: »Hör mal, Schwester, ich habe eine ganz andere Frage. Ab wann muss man denn bei einem Bandscheibenvorfall operieren?«
»Wer hat einen Bandscheibenvorfall?«
»Carsten! C7!«
»Bist du sicher? Haben sie schon ein MRT gemacht?«
»Natürlich haben sie. Seitdem weiß ich, was Pflege bedeutet. Jeden Tag Frühstück ans Bett, Katzenwäsche, anziehen und Abtransport meines schmerzgekrümmten und unfreundlichen Kranken zur Physiotherapeutin. Ich bin völlig gestresst. Je liebenswürdiger ich mich kümmere, desto mehr nerve ich meinen Pflegefall, und je mehr er leidet, desto heftiger macht sich das Paternoster-Syndrom bemerkbar. Weißt du, Alu, Carsten ist fix und alle, seit der Arzt ihm sagte, dass es ein großer Vorfall sei und eine Operation wahrscheinlich unumgänglich ist. Ich kann nicht mehr!«, sprudelt es aus mir heraus. Ich hoffe auf Alexandras Mitleid, ohne Hinweis darauf, dass das Leben tödlich sein könnte.
»Du musst dich um ihn kümmern! Ich dachte, du liebst ihn so sehr!«
»Du hörst dich an wie Mama. Immer muss ich mich um alle kümmern: um dich, um Carsten und um mich selbst ebenfalls. Warum seid ihr euch alle so sicher, dass ich dazu in der Lage bin? Und was soll ich machen, wenn er jetzt auch noch operiert wird?«, frage ich fast weinerlich. Prompt habe ich wieder die alte Alu am Hörer.
»Das ist nicht ungefährlich. Bei solchen Operationen muss besonderes Augenmerk auf das Rückenmark und die Nervenwurzeln sowie auf die Organe des Halses gerichtet werden, da Verletzungen dieser Strukturen zu sehr ernsthaften Störungen bis hin zur Querschnittslähmung führen können!«
Ich bin einfach zu schwach und zu ängstlich, um gegen Ale-

xandras düstere Zukunftsvisionen anzukommen. Am liebsten würde ich mich an einen sonnigen und weit entfernten Ort beamen, weg von Krankheit, Angst und Stress.
»Sag doch bitte mal was Positives, ja?«, wimmere ich in den Hörer.
»Was soll denn an einem Bandscheibenvorfall positiv sein? Wenn du wüsstest, was bei mir auf Station so abgeht, da würde dir auch nur Negatives einfallen!«
Ich kann nicht mehr und lege auf. Prompt klingelt es wieder.
»Hallo Tati? Ich bin's noch mal. Ich muss dir etwas sagen!«
Alexandra klingt jetzt genauso niedergeschlagen, wie ich mich fühle.
»Ja?«
»Mein Psychologe hat mir gesagt, dass unsere Sitzungen nicht ausreichen, um mich zu kurieren. Ich leide an einer schweren Depression. Burn-out. Alle Symptome stimmen: meine negativen Gedanken, meine Sucht nach Anerkennung, die mich zum Stalker gemacht hat, meine Ängste, meine Verwirrung und meine Vergesslichkeit. Alles genauso, wie es in jedem Medizinbuch geschrieben steht.«
Mein Paternoster-Syndrom meldet sich. Mir wird schwindlig. Noch eine Schwerkranke in der Familie. Auch wenn ich im Moment nicht weiß, wie ich das alles meistern soll, diktiert mir mein Unterbewusstsein die nächste Frage.
»Kann ich dir irgendwie helfen?«
»Im Moment nicht. Ich fahre nächste Woche los.«
»So schnell bekommst du einen Platz?«
»Ja, es muss wohl dringend sein. Ich weiß es schon ein paar Tage. Habe mich nur nicht getraut, darüber zu sprechen. Es war mir unangenehm, zuzugeben, dass ich mein Leben nicht mehr im Griff habe.«
Nach dem Gespräch bin ich mit meinen Nerven am Ende. Ich nehme Chica, die wie so oft direkt vor mir neben der PC-Tastatur sitzt und um Aufmerksamkeit buhlt, auf den Arm und heule in ihr weiches Fell. Ich denke an den schmerzgepei-

nigten Carsten über mir, an meine traurige Schwester und an das schlechte Essen, das ich heute Abend kochen werde. Zehn lange Minuten kann ich mich einfach nicht beruhigen, obwohl ich genau weiß, dass mir Selbstmitleid nicht weiterhelfen wird. In meiner Verzweiflung rufe ich Mama an.

»Tati, schön, dass du dich meldest. Wie geht es Carsten?«

»Nicht so gut!«, schniefe ich in den Hörer.

»Weinst du, Kind?«

»Ist schon gut, Mama, ich bin nur ein wenig verschnupft«, lüge ich.

Als Mama merkt, dass ich über Carsten und seine Bandscheibe nicht reden will, wechselt sie das Thema und beklagt sich, dass sie von meinem Vater schon wieder zu einer Party gezwungen wurde.

»Weißt du, Tati, wenn ich einmal da bin, unterhalte ich mich mit den Leuten und frage sie aus. Ich interessiere mich für Menschen. Aber warum organisiert dein Papa ständig Partys, wenn er sich für die Gäste nicht interessiert?«

Diese Worte sind Wasser auf meine Mühlen. Bestätigen sie mir doch, wie kompliziert und desinteressiert Männer sind.

»Ja, Mama, so sind wir Frauen eben. Papa ist aber ein Mann. Obwohl ich das weiß, habe ich mich genau deswegen auch schon über ihn geärgert. Weißt du, wenn ich ihm etwas von mir erzähle, will ich gar nicht unbedingt, dass er dazu ein Statement abgibt, aber dass er zuhört und sich für mich interessiert!«, gebe ich meiner Mutter recht und rechne fest mit ihrem Verständnis. Stattdessen geht Mama sofort in die Verteidigungsposition und widerspricht ihrer gerade eben selbst geäußerten Aussage vehement.

»Nein, Tati, Papa interessiert sich doch. Besonders für seine Kinder!« So ist das in langjährigen Ehen: über den Partner schimpfen, um ihn im nächsten Moment wieder zu verteidigen. Nachdem wir uns verabschiedet haben, denke ich darüber nach, wie anders als ich Mama das Verhalten ihres Mannes interpretiert. Ich frage mich, ob die Ehe meiner El-

tern deswegen schon über vierzig Jahre hält, weil meine Mutter, wenn es hart auf hart kommt, sogar Papas männliches Desinteresse positiv umdeutet? War es diese, ihre Art zu denken, die es ihr ermöglichte, meinen Vater zu lieben trotz seiner Herzkrankheit und seines damit verbundenen uneinsichtigen, pingeligen und manchmal sogar unfairen Verhaltens? Kann ich das auch? Kann ich Carstens Ignoranz unter völlig neuen Aspekten sehen?
Wenn ich ihn mit Mamas Augen betrachte, wäre seine Muffeligkeit nur eine männliche Spielart, von sich und seiner Krankheit abzulenken. Und sein Gesprächsverhalten, das ich bisher nach weiblichen Maßstäben negativ, nämlich als Problemverdrängung, wertete, ist in Wirklichkeit Ausdruck seiner Angst, dass mir irgendetwas passieren könnte, und das wiederum wäre ein Zeichen von Liebe. Zu mir!
Zum Beispiel müsste ich seine Antwort auf mein Angebot, beim Kochen sein Hilfskoch zu sein – damals, noch bevor er seine Bandscheibenbeschwerden hatte –, ebenfalls neu bewerten. »Nein, du störst mich nur!« bedeutet also nicht, dass er findet, ich sei ein miserabler Koch. Es heißt schlicht und einfach: »Ich liebe dich!« Sonst würde er auch meine für ihn derzeit zubereitete Schonkost ablehnen. Aber er isst sie. Aus Liebe! Danke, Mama!
Natürlich liebt mich mein Traummann, und deshalb beschließe ich, ihm ab sofort ohne Wenn und Aber zur Seite zu stehen. Bis er gesund ist und mich heiratet. Hoffentlich schaffe ich das auch: Arbeit, Haushalt und die Krankheitsfälle Carsten und Alexandra. Leicht würde es nicht werden. Zu meiner eigenen Ermutigung denke ich daran, wie ich im Frühjahr die Tage vor meiner Premiere, als mich Aufregung, Selbstzweifel und Versagensängste rund um die Uhr auf Trab hielten, durchgestanden hatte. Besonders der letzte Tag war eine Bewährungsprobe für meine Nerven gewesen.

***

Am Tag der Premiere war es in der Garderobe des Theaterschiffs ganz still. Noch hatte kein einziger Gast den angrenzenden Saal betreten. Im schummrigen Licht zweier Spiegelleuchten saß ich auf einem Sessel in der hintersten Ecke des mit Kostümen, Requisiten und technischem Zubehör vollgestopften Raums und versuchte mich zu beruhigen. Ich schloss die Augen und stellte mir vor, wie ich schwebend von oben auf mich drauf blickte.

Ich sah eine akribisch geschminkte Frau, im kurzen roten Kleid, deren – durch extremes Ausstopfen des BHs – hochgeschnallte Brüste gegen ihren schlanken Körper ungewohnt groß wirkten. Mein Körper vibrierte, das Herz klopfte wie wild in meinem Brustkorb. Ruhig atmen, Tati! Ein. Aus. Ein. Aus.

Das letzte Mal, dass ich so extrem aufgeregt war, war wohl kurz vor der Entbindung meiner Tochter gewesen, dachte ich.

Während ich die Geburt in Gedanken Revue passieren ließ, trällerte ich automatisch meine Stimmübungen: »Malaga, malaga, malaga!«

Ich erinnerte mich daran, wie ich schon am Morgen des Geburtstages meiner Tochter gespürt hatte, dass es an jenem Tag passieren würde. Ich war hinüber zu meiner Freundin und Nachbarin Gisi gelaufen und hatte hilflos, ängstlich und unsicher in ihrem Wohnzimmer gesessen. Da half es auch nicht, dass Gisi, damals schon seit knapp zwei Jahren selbst Mutter, beruhigend auf mich einredete, mir einen starken Kaffee kochte und mich dann mit ihrem alten Trabi über das Babelsberger Kopfsteinpflaster mit einhundert Sachen ins Oberlinhaus brachte.

»Kh, th, ph, kh, th, ph!« Ich fühlte, dass, wie damals, auch an diesem Tag nichts und niemand etwas gegen meine Aufregung tun konnte. Mit aufeinandergepressten Lippen prustete ich wie ein Pferd: »Brbrbrbrbr!« In zwei Stunden, so beruhigte ich mich, würde alles vorbei sein.

Nach der Premiere würde ich mich, anders als nach der Entbindung, besser fühlen. Ich entsann mich, dass Doro mir vor der Geburt immer von Müttern berichtet hatte, die ihre Entbindung als das Schönste und Beglückendste auf der Welt empfanden. Ich fand weder den Arzt, der, halb Mann, halb Bulldozer, auf meinem Bauch kniend, die Geburt zu beschleunigen suchte, schön noch die Schmerzen in irgendeiner Form beglückend.

Ich betrachtete mein ziemlich dick mit Schminke ausgespachteltes Gesicht im Spiegel der Schiffsgarderobe. Danach löschte ich das Spiegellicht, hopste durch die Garderobe und schlenkerte mit den Armen, beugte den Oberkörper vor und versuchte, meinen Kopf auf die Knie zu pressen, während ich sang: »La-la-la-la-la-la-la!«

Mein Herz raste immer noch wie ein ICE. »Mi-mi-mi-mi-mi-mi-mi!«, machte ich und hob das rechte Bein. Gleich beim ersten Lied war ein »Grand Battement« choreografiert worden. Und hoch das Bein. Fffff, aua! Ich streunte weiter wie ein Tiger durch die Garderobe und sang: »Mach mir den Tiescher, du Adonis. Oh, du Bild von einem Mann!«

Das Theaterschiff schlingerte durch die in den Saal strömenden Zuschauer, wie auch meine Stimmung zwischen Zuversicht und der Angst zu versagen hin- und herschwankte. Ich blickte auf den Schminktisch vor mir, auf dem verschiedene in Geschenkpapier gewickelte Päckchen lagen, Premierengeschenke für mich. Theaterleute sind abergläubisch. Genauso, wie man hinter der Bühne nicht pfeifen und auf ein »Toi, toi, toi« nicht »Danke« sagen darf, ist es auch verboten, Premierengeschenke vor der Vorstellung zu öffnen. Das bringt Unglück. Mein Blick fiel auf ein Kuvert, das zwischen den Päckchen lag und auf dem ich Carstens Handschrift erkennen konnte. Getrieben von Neugier und dankbar für die Ablenkung nahm ich schlechten Gewissens – ein Brief ist ja im strengen Sinne kein Geschenk – den Umschlag und öffnete ihn.

Meine liebe Tati!
Komm mit mir nach Hamburg und lass uns Deine Premiere zwischen Musical, Reeperbahn und festlichem Candlelight-Dinner feiern!
Toi, toi, toi für Dein erstes Soloprojekt. Ich bin stolz auf Dich, denn durch Dich habe ich einen Plan vom Glück, vom Leben und von der Liebe!
Dein Carsten

Das war er! Ganz sicher! Der Heiratsantrag, auf den ich so lang gewartet hatte! Jedenfalls fast. Im November sollte es so weit sein! Warum sonst benötigte Carsten so viel Vorbereitungszeit für eine Tour in den Norden, wenn er nicht etwas ganz Großes mit mir vorhätte? Ich wäre am liebsten laut jubelnd in den Saal gelaufen, ich hätte die ganze Welt umarmen wollen vor Glück. In Hamburg würde Carsten mir die Frage aller Fragen stellen, und ich hatte den Termin auf dem Standesamt nicht umsonst reserviert!
Die rote Lampe leuchtete. Das war mein Signal, dass es losging. Ich atmete einmal tief durch, trat nunmehr zusätzlich motiviert ins Scheinwerferlicht und führte im wahrsten Sinne des Wortes Freudentänze auf. Ich wusste zwar, dass alle Freunde und Bekannten, einige Pressevertreter und Veranstalter im Publikum saßen, aber ich nahm keinen von ihnen wahr. Ich war durch Carstens Liebesbrief so glücklich wie noch nie zuvor und fühlte mich wie auf Droge. Der Text saß, die Stimme funktionierte und vor allem: Carsten wollte mich heiraten – perfekt! Ich spielte hemmungslos und hochkonzentriert. Von weit her hörte ich das Lachen der Zuschauer. Die Zeit verging wie im Flug, bis die Vortakte des letzten Songs erklangen.
»Auf halber Strecke« von Ina Müller. Ich hatte dieses Lied ausgesucht, weil ich mich, meine Lebenssituation und meine Gefühle in diesen Worten wiederfand. »Auf halber Strecke … zwischen ersten Küssen und andauernd Blutdruck mes-

sen müssen. Kein sexy Ding mehr, aber Spaß daran wie noch nie!«

Obwohl ich die Coverversion schon unzählige Male geprobt hatte, die Worte immer und immer wieder gesungen: Heute, am Tag meiner Premiere, FÜHLTE ich, was ich sang. Jedes einzelne Wort drang in den hintersten Winkel meines Bewusstseins und erreichte mein Herz. »Nicht jung, nicht alt – irgendwie – so'n bisschen dazwischen.«

Der letzte schwermütige Ton des Cellos verklang, alle Scheinwerfer gingen aus. Black. Ich wischte mir verstohlen eine Träne aus dem Auge.

Als das Licht wieder anging, kochte der Saal. Die Leute klatschten, pfiffen und trampelten. Ich bekam am ganzen Körper Gänsehaut. Die meinten mich! Unglaublich! Zum ersten Mal im Leben hatte ich das Gefühl, dass kein Chef, kein Fernsehproduzent, kein Gönner oder Kollege den Applaus bekam, sondern ich: Tati, die Seiteneinsteigerein, die Macherin mit Angst vor der eigenen Courage, die Kabarettistin, die sich nie vorstellen konnte, allein auf einer Bühne zu stehen! Und ich stand in diesem Moment nicht nur auf der Bühne, ich stand auch zu dem, was ich sagte, spielte und darbot.

So ein Bühnenstück ist immer eine Gemeinschaftsproduktion, und darum überreichte ich nach der zweiten Zugabe allen, die an meinem Erfolg beteiligt waren, indem sie mir zur Seite gestanden und an mich geglaubt hatten, kleine Premierengeschenke: meiner Schwester, meiner Freundin Gisi, der Kostümbildnerin, Tino und natürlich Carsten, meinem Motor, Mutmacher und zukünftigen Ehemann!

***

Carsten und Alexandra waren damals für mich dagewesen, ganz selbstverständlich. Und auch wenn ich nach meiner aufopferungsvollen Kümmerung keinen Applaus erwarten kann, denke ich im Hochgefühl der Erinnerung an meine Premiere:

»Wenn du diese Bewährungsprobe bestanden hast, dann wirst du auch mit kranken Erdmännchen und Plumploris fertig.« Als Chica tonlos gegen meine sie fest umschlingenden Arme kämpft und sich in meinen Oberschenkel krallt, wische ich die letzten Tränen weg, schnäuze ins Taschentuch und entlasse die Katze auf den Fußboden, nicht ohne ihr vorher ebenfalls die Rotznase geputzt zu haben. Dann schließe ich die immer noch geöffnete und mich vom Bildschirm des Laptops hämisch angrinsende »Stand-up-Club«-E-Mail. In der Küche ist es ganz still, die durch die Fenster hereindringende herbstliche Düsternis wird von den beiden Pendellampen über dem Tisch weggestrahlt. Mit dem Herunterklappen des Computerdeckels sortieren sich meine Gedanken, als ob plötzlich eine unterbrochene Leitung auf Empfang gestellt wird. Ich lehne mich zurück und bin bereit, das Positive meiner Situation zu finden. Komm, Tati, denk nach. Lass dich nicht von überbordenden Gefühlen verwirren, ermahne ich mich. Konzentriere dich!

Mit Depressionen kann man leben. Wenn man sie rechtzeitig entdeckt und behandelt. Das weiß ich seit dem Tod eines sehr bekannten Sportlers. Während dieses Thema quasi vorher totgeschwiegen wurde, nahmen die Medien das Ereignis zum Anlass, jeden – ob er wollte oder nicht – über diese Krankheit zu informieren.

Bandscheibenoperationen führen nicht zwangsläufig in den Rollstuhl. Die Operationsmöglichkeiten haben sich im Laufe der Jahre verbessert. Bestimmt. Und wenn das so ist, kann ich mit Carsten auch glücklich werden.

Karriere um jeden Preis ist mir nicht mehr so wichtig. Eigentlich weiß ich das schon seit meiner Zeit beim Fernsehen, als ich »Delikat – das Quiz zum Osten« und »Tele-Bingo« moderiert habe und gleichzeitig auf verschiedenen Bühnen bis zu einhundert Comedy-Vorstellungen im Jahr spielte. Schon damals musste ich mir eingestehen, überfordert zu sein. Mir war alles zu viel, und ich versuchte kürzer zu treten und auch

mal »nein« zu einem Angebot zu sagen. Wahrscheinlich hat mich das – im Gegensatz zu meiner Schwester – vor einem Burn-out bewahrt. Seitdem ist mir klar geworden, dass ich mit weniger Arbeit weder verhungere noch unglücklich werde.
Graue Haare kann man färben, den eingeschlafenen Sexualtrieb wecken oder die freie Zeit mit anderen schönen Dingen ausfüllen; Falten kann man wegspritzen oder ignorieren.
Also Mama: Vorerst kein Grund zur Aufregung!

King of Placebo

Geht doch, Tati! Warum ich meine Ängste bis gerade eben in mich hineingefressen habe, statt wie sonst offen damit umzugehen – ich weiß es nicht. Eigentlich habe ich in meinem Leben bisher eher zu viel als zu wenig kommuniziert, habe mich in problematischen Situationen bedeutend besser gefühlt, wenn ich darüber reden und an den Erfahrungen meiner Freundinnen teilhaben konnte. Egal, ob es um sexuelle Erfahrungen ging, ob mich ein Lebensabschnittsgefährte verlassen hatte, ob ich Eingaben an Behörden schreiben musste – immer standen mir meine Freundinnen mit Rat und Tat zur Seite. Vor jeder großen Entscheidung, die ich treffen musste, habe ich mich mit anderen ausgetauscht oder mich in Zeitungen und Büchern informiert. Bei diesen Überlegungen wird mir plötzlich klar, was ich eigentlich sofort hätte wissen müssen: Mein hysterisches Selbstmitleid und die Angststarre, die mich an den Küchentisch fesselt, kann ich nur bekämpfen, indem ich mich informiere. Die Angst verfliegt im selben Maß, wie ich ihren Ursachen auf den Grund gehe, Umstände und Lösungsmöglichkeiten recherchiere.
Es ist erst 13 Uhr, und ich habe bis zum Abend genügend Zeit zur Angstbekämpfung. Also schubse ich Chica, die schon wie-

der auf meinem Schoß sitzt, weg, verzichte auf einen Anruf bei Flo, der sich angesichts meiner Probleme sofort wieder krank fühlen würde, kann Doro nicht erreichen, weil wahrscheinlich gerade wieder eine knapp Fünfzigjährige kurzfristig ihre letzte Chance auf eine Entbindung wahrnimmt, und entscheide darum, meinen Computer hochzufahren. Zuerst google ich den Begriff »Burn-out-Syndrom« und lese:

»Die charakteristischen Merkmale sind eine körperliche und emotionale Erschöpfung, anhaltende physische und psychische Leistungs- und Antriebsschwäche sowie der Verlust der Fähigkeit, sich zu erholen. Ebenso ist eine zynische abweisende Grundstimmung gegenüber Kollegen, Klienten und der eigenen Arbeit festzustellen. Burn-out ist nicht nur ein persönliches Problem des Betroffenen, sondern gefährdet aufgrund seiner ›ansteckenden Natur‹ das berufliche Umfeld.«

Eine Theorie sagt: »Nur jemand, der einmal entflammt war, kann auch ausbrennen!«

Ja, meine Schwester war ein entflammtes junges Mädchen. Im Gegensatz zu mir engagierte sie sich schon immer vehement und mit einer Spur von Wut und Aufregung für bestimmte, zumeist soziale Ziele. Sie arbeitete nahezu pausenlos oder erweckte zumindest den Eindruck. Später, als sie im Pflegeheim zu arbeiten begann, fühlte sie sich zunehmend unentbehrlich und verdrängte Misserfolge. Alexandras Erschöpfung und chronische Müdigkeit schob ich auf ihren stressigen Arbeitsalltag, ihre Internet- und Computeraktivitäten. Ihre Fressattacken und den Wunsch nach häufigerem Sex ordnete ich ihrer mir schon seit Jahren bekannten Lebenslust zu. Jetzt erst realisiere ich, dass ihre ununterbrochenen Meckereien und ihre permanente Schwarzmalerei genauso wie ihr Helfersyndrom Hinweise auf eine sich anbahnende Katastrophe waren.

Laut meiner Rechercheergebnisse ist das, was ihr der Psychologe vorschlug, die richtige Therapie. Sie soll zur Kur, und sie bekommt Tabletten. Was mich aber ganz besonders beruhigt, ist der Hinweis mehrerer Wissenschaftler, dass Angehörige und Freunde nichts gegen eine Depression machen können. Vor Erleichterung knutsche ich meinen neben mir schlafenden Stubentiger. Es ist ein schönes Gefühl, dass Alexandra von einem Psychologen Hilfe bekommt und ich nicht für die Krankheit meiner Schwester verantwortlich bin.

Siehste, Mama, ich muss mich gar nicht um alles kümmern!

Nach diesem Erfolg will ich wissen, was es außer einer Operation noch für Behandlungsmöglichkeiten bei einem Bandscheibenvorfall gibt. Ein Patient schreibt in einem Forum: »Ich muss sagen, jede Akupunktur-Behandlung war für mich eine große Erleichterung. Die Schmerzen ließen dank der vielen Nadeln auf meinem Rücken wirklich nach.«

Akupunktur? War das nicht so etwas Esoterisches wie Reiki? Soll ich Pia anrufen und fragen? Lieber nicht. Ich habe jetzt keine Lust, mit Pia über »Blei zu Gold machen« zu reden.

Stattdessen suche ich im Internet nach einem Heilpraktiker in Potsdam und werde fündig. Ganz in der Nähe in der Gutenbergstraße residiert Doktor Schröpf. Versuch macht kluch, hätte meine Oma gesagt. Darum ignoriere ich meine Vorbehalte gegen jegliche Form der Heilpraktikerei und rufe in Doktor Schröpfs Praxis an.

»Ja, Frau Meissner, Sie können gleich kommen. Eine Akupunktur-Sitzung dauert ungefähr eine halbe Stunde. Schon nach der ersten Behandlung werden Sie sich besser fühlen. Bitte bringen Sie 50 Euro mit!«, sagt mir eine routiniert klingende Dame. Erstaunlich, wie die Sprechstundenhilfe eine gute und eine schlechte Nachricht geschickt verpackt und seriös vorträgt.

Auch wenn Herr Schröpf mich zu schröpfen wünschte, ich werde Carsten auf jeden Fall dorthin schleppen, und ganz tief in meinem Unterbewusstsein hofft eine optimistische Tati wieder auf die schnelle Genesung ihres potenziellen Heiratskandidaten, auf einen Wochenend-Liebesausflug nach Hamburg und auf die Möglichkeit, ihre Spareinlagen nicht für den Kauf eines Treppenliftes verschwenden zu müssen. Ich fühle mich beruhigt, eine Möglichkeit gefunden zu haben, auch wenn sie mir noch so abwegig erscheint, und kann es gar nicht erwarten, Carsten von meinen Erkenntnissen zu berichten. Natürlich wohldosiert.

Ich werde ihm nicht sagen, dass ich an anderer Stelle Folgendes gefunden habe: »Wissenschaftliche Studien deuten darauf hin, dass die Effekte der Akupunktur wahrscheinlich auf dem Placebo-Effekt beruhen.« Ich glaube, mal gehört zu haben, dass man an die schmerzlindernde Wirkung von Akupunktur ganz fest glauben muss. Wie bei meiner Raucherentwöhnung vor zehn Jahren, als die Nadel hinterm Ohr überhaupt nicht half. Mein Glaube daran war sicher zu schwach. Schon deswegen werde ich meinem narkotisiert wirkenden Erdmännchen diese Geschichte vorenthalten, damit der Placebo-Effekt uneingeschränkt wirken kann.

Beschwingt laufe ich nach oben. Mein Bandscheibenvorfall liegt auf dem Wohnzimmerfußboden und starrt abwesend vor sich hin, als ich ihm die freudige Nachricht von dem für heute vereinbarten Termin beim Heilpraktiker überbringe. Wahrscheinlich sind es seine Schmerzen, die jede Freude, aber auch jeglichen Widerspruch verhindern und ihn mir bedingungslos folgen lassen. Ich muss meinem Kranken in die Jacke helfen und seine Schuhe zubinden, weil er seinen linken Arm fast gar nicht bewegen und nur auf dem Kopf tragen kann.

Pünktlich betreten wir die Praxis des Heilpraktikers und werden sofort in ein kleines Behandlungszimmer geführt. Doktor Schröpf, ein kleiner unscheinbarer Mann mit Brille, folgt uns. Als wir ihm die Röntgenbilder zeigen und die Situation schildern, hört er aufmerksam zu, fragt nach und scheint sehr interessiert. Mein Optimismus hält sich dennoch in Grenzen. Natürlich muss der Arzt nett und kompetent wirken, wir sollen die Sitzung ja auch teuer bezahlen. Allerdings scheinen Doktor Schröpfs Worte Eindruck auf Carsten zu machen.

Zum ersten Mal seit der Diagnose des doppelten Vorfalls und der Androhung der Operation vor sieben Tagen blitzt in den Augen meines zukünftigen Mannes Zuversicht.
Nach ausführlichen Erklärungen zu Behandlungskonzepten der traditionellen chinesischen Medizin, von Yin und Yang, zur Fünf-Elemente-Lehre und der Lehre von den Meridianen empfiehlt der Doktor, die zu behandelnden Stellen nicht nur zu nadeln, sondern auch zu schröpfen.
»Da das Schröpfen zu den ausleitenden Verfahren zählt, werden die ausgetretenen Bandscheiben geschrumpft!«, erklärt der Doktor. Carsten, der nicht auf dem Bauch liegen kann, wird nun mit freiem Oberkörper auf einen Hocker gesetzt. Schief und krumm, wie ein Häufchen Elend, sitzt meine Bandscheibe vor mir. Der Arzt bereitet die sogenannten Schröpfgläser zur Behandlung vor. Das sind rote, an dickeren, kurzen Glasrohren befestigte Gummibälle. Sie erinnern mich an Omas Klistierspritze, mit der sie mir als Kind, als Androhung Stuhlgang aktivierender Maßnahmen, die Nutzung des Töpfchens nähergebracht hatte. Hoffentlich ist das Vorhaben unseres Heilpraktikers sinnvoller als die Erziehungsmaßnahmen meiner Oma! Ehe er das Glas mit Unterdruck auf Carstens Rücken platziert, hackt er mit einem Hämmerchen auf die entsprechende Stelle. Die Haut wird dadurch mit kleinen Nadeln angeritzt.
»Durch die Verletzungen zieht der Unterdruck der Schröpfgläser das Blut verstärkt heraus. Es handelt sich hierbei um eine Art des Aderlasses. So wird eine Ab- bzw. Ausleitung von Schadstoffen über die Haut erreicht«, erklärt uns der Heilpraktiker und erhitzt die Luft in den sechs Schröpfköpfen durch einen in Äther getauchten Wattebausch, der angezündet wird. Dann setzt er jeweils drei davon links und rechts von Carstens Halswirbelsäule auf die Haut, die sofort durch den Unterdruck eine kleine Beule bildet. Zum Abschluss sticht er noch einige Akupunktur-Nadeln zwar zielgerichtet, aber in meinen Augen völlig durcheinander in den Rücken

seines Patienten. Carsten sitzt nach vorn gekrümmt auf seinem Hocker und sieht mit den symmetrisch ausgerichteten Gummibällen aus wie eine Echse. Seine Reptilienrücken-Gebilde füllen sich langsam mit Blut und einer wasserähnlichen Flüssigkeit. Als wir allein im Zimmer sind möchte ich von ihm wissen, wie sich das anfühlt.
»Es tut nicht weh, falls du das meinst. Aber irgendwie kann ich mir nicht vorstellen, dass es hilft!«, sagt Carsten erstaunlich gelassen. Ich bete zu allen mir unbekannten chinesischen Göttern und hoffe entsprechend des Yin-und-Yang-Prinzips, dass nach Schatten auch wieder Sonne kommt.
Mit einem »Plopp« fällt so ein Schröpfkolben auf die Erde und zerbricht in tausend Scherben.
»Vielleicht ist das ein Zeichen vom Chinagott oder von meiner Oma, die immer sagte, dass Scherben Glück bringen«, sage ich, während ich den unversehrten Gummiball von der Erde aufhebe. Carsten grinst, wenn auch gequält.
Zwanzig Minuten später schwebt der Doktor milde lächelnd in den Raum, schaut sachkundig und zufrieden auf die verbliebenen Schröpf-Dinger und entfernt sie vorsichtig.
Carsten erhebt sich von seinem Höckerchen, zieht sich einhändig, aber ganz allein sein Sweatshirt an und steht dann vollständig aufgerichtet vor mir. Der linke Arm hängt erstaunlich normal nach unten.
»Wie geht das denn?«, frage ich meinen eben noch gebeugten Kranken verblüfft. »Hast du keine Schmerzen?« Carsten bewegt vorsichtig seine Schultern und den Kopf.
»Doch, aber viel weniger!«
Wir vereinbaren gleich vier weitere Termine bei Herrn Schröpf und fahren nach Hause. Am Abend hilft mir Carsten sogar bei der Zubereitung des Abendessens und guckt schon wieder ein bisschen wie ein lustiges Erdmännchen.
Vor dem Schlafengehen geht mir durch den Kopf, wie unglaublich dieser Tag war! Ich bin aus meiner Lethargie erwacht, habe es geschafft, meine Probleme erstmalig aus

nützlicher Distanz zu betrachten, und mit der Hilfe von Doktor Schröpf habe ich erreicht, dass Carsten, würde er sich für die Rolle des »Glöckners von Notre Dame« bewerben, nicht mehr besetzt werden würde.

***

Euphorisiert durch Carstens so unverhofft gesteigerten Bewegungsradius, also seine Wandlung vom Faultier zum angetrunkenen Erdmännchen, will ich am nächsten Morgen mehr. Carsten, der mich heute früh beim Schlürfen seines von mir kredenzten Kaffees mit seinem Fünftagebart an ein Borstenmännchen erinnert, sitzt neben mir, als ich, süchtig nach weiteren Placebo-Effekten, im Internet unterwegs bin und im Zusammenhang mit »Rücken« auf den Begriff »Osteopathie« stoße. Ich lese auf dem Monitor, dass Störungen und Bewegungseinschränkungen des Bindegewebes und der Gelenke sowie Symptome an anderen Organen und Körperregionen durch diese alternative Behandlungsmethode beseitigt werden könnten. Da Carsten und ich in stiller Übereinstimmung morgens nie viele Worte machen, genügt ein kurzes »Willste?« meinerseits, das mit einem Nicken von Carsten bestätigt wird.
Dann wähle ich die Nummer meiner Physiotherapeutin Iris und erläutere ihr unsere Erkenntnisse. »Ich mache euch einen Termin bei Frank klar!«, verspricht Iris.
Während Carsten in seine Wohnung verschwindet, um sich ausgehfein zu machen, was in seinem derzeitigen Zustand fast eine Stunde dauert, nutze ich die Zeit, schon mal die Gästeliste für unsere Hochzeit zu notieren. Mit Familie, Freunden, Bekannten komme ich auf über einhundert Gäste. Oh je, das wird teuer. Aber schön. Versonnen kraule ich mein Katzentier und grinse wahrscheinlich wie ein Honigkuchenpferd, als der von Schröpf begradigte Carsten wieder die Küche betritt.

Schnell verstecke ich meine Notizen, ziehe mir meine Jacke über und binde meinem Kranken die Schnürsenkel zu. Hoffnungsfroh machen wir uns auf den Weg ins »Werner-Alfred-Bad«, wo die Behandlung stattfinden soll. Frank erwartet uns schon. Er ist beeindruckend groß und kräftig, sehr jung und zurückhaltend. Er nuschelt Begrüßungsworte und führt uns ins Behandlungszimmer. Wieder muss sich Carsten entkleiden. Ich helfe ihm, vor allem bei den Schnürsenkeln. Bücken kann er sich noch nicht. Frank betrachtet konzentriert und schweigsam Carstens Körper, brubbelt und hilft ihm auf die Liege. Carsten liegt auf dem Rücken und schildert unablässig seine Symptome; klagt über die Schmerzen, die sich auf der gesamten linken Seite seines Oberkörpers ausbreiten, berichtet von seinem Versagen beim Schuhezubinden und meckert über die Operationsandrohung des Neurologen.
Ich beobachte das Geschehen und kann mich des Eindrucks nicht erwehren, dass Carsten große Hoffnungen in den stillen Frank setzt. Das erstaunt mich, denn noch auf dem Weg hierher hatte ich Carstens Optimismus mit meinem angelesenen Wissen dämpfen müssen. Leider ist es nämlich so, dass die Schmerzbeseitigung mittels Osteopathie, also durch manipulative Behebung von »Fehlstellungen« der Wirbelgelenke, sämtlichem im zwanzigsten Jahrhundert erkannten Wissen über den menschlichen Organismus widerspricht.
Frank winkelt Carstens rechtes Bein an, lässt ihn das Knie gegen seine Hand drücken. Carstens Knie hält dem Druck stand. Dann fasst Frank ihn ans Handgelenk, wiederholt das Kniedrücken, und Carstens Bein klappt zur Seite weg. Es scheint fast, als wären die Kräfte aus seinem Oberschenkel durch den Griff zum Handgelenk entschwunden. Die gleiche Prozedur wiederholt der immer noch schweigsame Frank mit dem linken Bein.
»Was machen Sie da?«, frage ich verwundert aus meiner Ecke.
»Fsfs Faszien mhpf, Sehn, nrv brubbel!«
»Entschuldigen Sie, ich habe Sie akustisch nicht verstanden!«

Keine Antwort.
Frank drückt jetzt an den Rippen meines zukünftigen Mannes rum. Der guckt ihn irritiert an. Ich stehe auf und stelle mich auf die gegenüberliegende Seite der Liege direkt vor den Therapeuten.
»Und was machen Sie jetzt gerade?«
Unter Aufbietung aller konzentrativen Kräfte verstehe ich: »Zwerchfell, brubbel, schief, brubbel, Rippen zu weit auseinander. Alles runtergezogen, alles schief, brubbel!«
Eine weitere Nachfrage wäre mir jetzt peinlich, könnte unser jugendlicher Zwerchfellschieber doch glauben, ich sei alt und schwerhörig. Er greift jetzt mit Schmackes in Carstens Bauchraum, wühlt durch die Bauchdecke in den Gedärmen und rüttelt am Zwerchfell. Während Frank weiter schiebt und staucht und fummelt, nuschelt er: »Weil Ihr Mann immer krumm gelaufen ist, können dadurch Symptome an anderen Organen und Körperregionen ausgelöst worden sein. Durch geeignete Grifftechniken, brubbel, behandeln.«
»Wenn ich Sie richtig verstehe, ziehen Sie jetzt das Zwerchfell hoch, rücken die Därme nach, und dadurch wird er gerade und schmerzfrei?«
»Mhmpf!«
»Und was machen Sie jetzt an seinem Hals?«
»Brubbel!«
Ich gebe auf, verziehe mich in meine Ecke und beobachte, wie Brubbel-Frank die Sehnen links und rechts vom Kehlkopf massiert. Wozu muss ein Mann mit goldenen Händen deutlich sprechen können? Hauptsache, er macht es möglich, dass ich bald heiraten kann. Carsten liegt jetzt still und entspannt. Nach zwanzig Minuten Behandlung wird noch mal die Oberschenkel-Handrück-Nummer vom Anfang wiederholt, dann ist er fertig.
»Brubbel, Schnürsenkel, mhm zeigen!«, fordert er Carsten auf.
»Na ja, das kann ich eben nicht. Ich komme einfach nicht

mehr an meine Füße ran. Gucken Sie, wenn ich so mache ...«, Carsten will demonstrieren, wie eingeschränkt er in seinen Bewegungen ist, schiebt die Füße in seine Sportschuhe und bückt sich, »... komme ich nicht ra... ich komme ran!« Ungläubig bindet sich mein eben noch unbeweglicher Pflegefall beide Schuhe zu. Wir sind fassungslos. Dankbar lächelnd, und jetzt sind wir es, die verwirrt brubbeln, verabschieden wir uns von unserem Wunderheiler.
Auf dem Heimweg streichelt mich Carsten mit der linken Hand.
»Vielen Dank, meine Süße, du hast mich gerettet!«
»Nicht dafür! Das ist doch selbstverständlich, wenn man sich liebt!«
Ich fühle mich großartig. Nicht weil ich die richtige Idee hatte, sondern weil meine Krankenschwesternkarriere bald wieder beendet sein wird. Noch ein paar Tage, und mein Carsten wird wieder der Alte sein. Ich summe auf dem Nachhauseweg glücklich vor mich hin und träume von Hamburg und einer traumhaften Hochzeit ohne Rollstuhl, dafür mit Sex.

Hunde, die beißen, bellen nicht

Seit Carstens Spontan-Genesung schwirren mir lauter neue Fragen im Kopf herum: Wann wird mein Erdmännchen wieder zu sexuellen Handlungen in der Lage sein? Und wie schlimm ist es für ihn, dass wir so lange keinen Sex mehr miteinander hatten? Denn seit wir vor ein paar Wochen meinen Psychologen Pawel getroffen haben, bin ich total verunsichert, wie oft Männer in unserem Alter wollen und müssen. Ich hatte Pawel fast zehn Jahre nicht gesehen, als mich vor dem Thalia-Kino ein am Fahrrad hantierender Mann mit Brille und sparsamem, blondem Haarwuchs angrinste:
»Challo, Tatjana! Wie gehtt's?«

Die Stimme und der Akzent – das konnte nur Pawel, mein Psycho-Papst, sein.
»Hey Pawel, das ist Carsten, mein Liebster. Wie geht es dir? Was machen die Frauen?«, freute ich mich, ihn zu sehen.
»Och gutt! Ich habbe eine Frrreundin. Wir vögeln viel!«
Pawel guckte bei dieser Äußerung sehr ernst. Ich war verunsichert: Er scherzte nicht! Ich staunte nicht nur, dass er so unverblümt vor dem ihm fremden Carsten so etwas sagte, sondern auch, dass ihm diese Mitteilung so wichtig war, sie mir bei unserem ersten Wiedersehen nach so langer Zeit sofort mitzuteilen. Leicht verschreckt und deswegen etwas zu laut lachend erwiderte ich darauf: »Pawel, in deinem Alter? Wirst du nicht ruhiger?«
Humor ist die Höflichkeit der Verzweiflung. Mir fiel einfach nichts Besseres ein. Pawel schaute streng, mit fast unbeweglichem Gesicht über seine Brillengläser und sagte dann leichthin: »Entschuldige bitte, ich bin doch errrst 46!«
Bei der Erinnerung an diese Begegnung frage ich mich, ob Hunde, die bellen, auch wirklich beißen oder nur den »Macker« geben, und warum es für die meisten Menschen so bedeutsam ist ihre Potenz zu kommunizieren. Carsten bellt nicht so oft. Ich aber auch nicht.
Mit frisch gebrühtem Tee und Wurstschnittchen bewaffnet, verlasse ich meine Wohnung und Chica, um dem geschröpften und frisch ostheopatisierten Carsten Gesellschaft zu leisten und die sexuelle Frage ein für alle Mal zu klären. Er sitzt im Wohnzimmer vor unserem großen Plasmafernseher und schaut eine amerikanische Comedyserie. Als er mich sieht, bewegt er sich vorsichtig aus der horizontalen in eine sitzende Position. Ich stelle sein Abendessen auf den schwarzen Holzwürfeltisch, dessen Platte ich persönlich lackiert habe.
»Na, mein Krankes, wie geht's?«, frage ich ihn.
»Mhm! Ganz gut«, brubbelt mein heißhungriges Erdmännchen. »Aber danke!«
»Hast du einen Bürostuhl bestellt?«

»Mhm. Ich gucke gerade fernsehen. Ist ganz lustig«, brummt Carsten. Ich setze mich in »meine« Sofaecke und versuche, mich auf den für mich eher flachen und männertypischen Humor zu konzentrieren.
Der Hauptdarsteller, ein altersloser, permanent kurzbehoster Mann reißt eine Blondine nach der anderen auf. Über dieses, sich in jeder Folge wiederholende Klischee können Männer lachen. Ich nicht. Vor allem will ich mich jetzt unterhalten. Über Sex.
»Duhu, Süßer, Ronny hat kürzlich mal erwähnt, dass Sex im Alter weniger wichtig wird!«
»Wie spannend. Demnächst ruft er dich an, um dir mitzuteilen, dass der Papst katholisch ist!«, sagt Carsten leicht genervt und ohne mich anzusehen.
»Das hat er in der Rentner-Bravo gelesen.«
»Wo?«
»Er meint die Apothekenumschau, das sei die Bravo für Erwachsene.«
»Na klar. Das ist wahrscheinlich die einzige Bravo, bei der Doktor Sommer in der Geriatrie arbeitet. Ronny ist lustig.«
»Er schien glücklich zu sein, endlich schwarz auf weiß lesen zu können, was er schon lange ahnte.«
»Nun ist gut, Tati. Lass mich in Ruhe fernsehen, ja?«
Warum merkt Carsten nicht, worum es mir eigentlich geht? Ich habe dieses Thema angesprochen, um von ihm zu erfahren, wie zufrieden er mit unserem Sexualleben ist, damit ich weiß, wie zufrieden ich sein kann. Mein Kumpel Ronny nähert sich diesem Problem zwar scherzhaft, aber immerhin ehrlich. Und er scheint mit dieser Selbsterkenntnis ganz gut leben zu können, während die nachlassende Männlichkeit bei anderen Männern zu übersteigerter theoretischer Sexgier führt. Wie bei Ankas Mann, der seine Selbstbestätigung in einer Liebschaft suchte. Wenn Anka ihm libidinöse Handlungen abverlangte, regte ihn das nie zu sexuellen Höchstleistungen an, sondern führte zu Panikattacken, Schnapp-

atmung und Verweigerung. Aber so etwas würde kein Mann öffentlich zugeben. Oder?

»Duhu?«

»Ja!«

»Süßer, Mama hat früher immer gesagt: ›Pass auf Tati, Männer wollen nur das Eine!‹ Ist das bei dir auch so?«

»Bei mir musst du nicht aufpassen!«, brubbelt Carsten entnervt.

»Sei doch mal ernst. Mich interessiert das eben!«

»Tati, was sollen diese komischen Bemerkungen? Machst du mir etwa einen Vorwurf, weil ich im Moment krank bin und nicht nur ›das Eine‹ will?«

Carsten quält sich mühsam in eine Sitzhaltung, die es ihm ermöglicht, mich anzuschauen. Ich habe sofort ein schlechtes Gewissen, so beleidigt und verletzt, wie er mich ansieht. Wie soll ich ihm jetzt erklären, dass es mich gar nicht stört, keinen Sex zu haben, und dass genau das mein Problem ist.

Auf der einen Seite will ich nicht mehr so oft, auf der anderen Seite will ich aber, dass Carsten mich begehrt und sich trotzdem nicht ärgert, wenn ich nicht will. Eine unzerstörbare Erektion bei meinem Anblick ist für mich ein unumstößliches Zeichen dafür, dass ich geliebt werde. Dank Ronnys Offenbarung und eigener Erfahrungen ahne ich, dass diese schönen Zeiten vorbei sind; dass es die »Jungs« in der Mittlebenskrise mit uns Frauen, aber auch mit ihrer eigenen Libido nicht leicht haben. Dass sie mit nachlassendem Testosteronspiegel damit klarkommen müssen, dass ihr kleiner Freund nicht mehr auf Knopfdruck reagiert und dass sie sich morgens lieber noch mal umdrehen, statt mit der Liebsten zu kuscheln. Und wir Frauen haben es nicht leicht, weil wir die körperlichen Reaktionen unserer Männer neu einordnen und nicht im kausalen Zusammenhang mit unserem Äußeren oder der Liebe zu uns sehen dürfen. Das ist schwer. Aber vielleicht denkt Carsten umgekehrt genauso. Er starrt mich immer noch beleidigt an.

»Nein, Schatz. Ich mache dir keinen Vorwurf, weil du nicht immer nur ›das Eine‹ willst«, sage ich versöhnlich. »Ich möchte aber wissen, ob es dich stört!«

»Du machst dir unnötig Gedanken. Erinnerst du dich an unser erstes Date? Damals hast DU betont, wie wichtig dir Sex in der Beziehung sei. Und weißt du noch, was ich darauf antwortete?«

»Ja, du hast gesagt, dass Sex dir nicht am wichtigsten sei. Viel schöner wäre doch, wenn man sich gut unterhalten könne, miteinander lachen und gemeinsame Ziele verfolgen würde. Ich bin damals davon ausgegangen, dass du das nur gesagt hast, um bei mir zu punkten.«

»Nein, Tati. Ich habe genau das gesagt, was ich meinte.« Carsten legt sich wieder in eine bequeme Position.

»Schahatz. Darf ich noch eine Frage stellen!«

»Ja, aber mach schnell, die Werbepause ist gleich vorbei!«

»Liegt das an mir?«

»O Tati, darauf antworte ich nicht. Das ist mir zu blöd!«

Ich lehne mich zufrieden in meine Sofaecke. Carsten stört mein mangelnder libidinöser Enthusiasmus weder im kranken noch im gesunden Zustand, denke ich zufrieden. Am Ende haben Ronny und die Apothekenumschau recht; es wird einfach weniger, tut gar nicht weh und verhindert auch keine Ehe.

Hormonelle Schmerzbefreiung

Nach fünf Wochen sexueller Abstinenz hat die Placebo-Behandlung optimalen Erfolg gebracht. Carsten ist beinahe wieder gesund, und sein Heiratsantrag steht unmittelbar bevor. Es ist neun Uhr morgens, die Novembersonne lacht, und wir fahren gut gelaunt Richtung Hamburg. Wie lange habe ich mich auf dieses Wochenende gefreut, wie lange gebangt und gehofft, dass es auch wirklich stattfinden wird! Ich beobachte meinen dunkelblond gelockten, sonnenbebrillten Liebsten auf dem Fahrersitz unseres Autos. Noch legt er ab und zu seinen linken Arm zur Entspannung auf dem Kopf ab, aber er lenkt das Auto. Ein deutliches Zeichen für seinen voranschreitenden Genesungsprozess! Während der letzten vierzehn Tage war Carsten jeweils dreimal bei Frank und Doktor Schröpf zur Behandlung, ich habe ihn täglich, wie von Mama empfohlen, mit Franzbranntwein eingerieben, und jetzt ist er fast schmerzfrei. Seit einer Woche hat Carsten auch wieder das Regime in der Küche übernommen und trägt damit zur eigenen Gesundung bei. Ich bin optimistisch, dass er auch bald wieder für mich steppen wird.

Die letzten Wochen waren großartig. Wegen des Lichts am Ende des Tunnels. Jeder noch so kleine Fortschritt im Geradesitzen, jede zusätzliche Sekunde, die mein Patient ohne Arm auf dem Kopf verbrachte, und sogar die Lieferungen altersgerechter Sport- und Arbeitsmaterialien führten bei mir zu hysterischen Fröhlichkeitsausbrüchen. Wenn die Schmerzen des Partners, und damit die eigenen Zukunftsängste und der Druck der Verantwortung nachlassen, weiß man erst, wie gut man es vor dem Bandscheibenvorfall hatte. Ja, da bestätigt sich die Lebensweisheit, dass es dem Menschen erst so richtig schlecht gehen muss, bevor er seinen normalen Alltag zu schätzen weiß.

Meine Schwester ist seit einer Woche zur Kur, die sich als Rehabilitation für psychosomatische Störungen entpuppte. Noch haben wir nicht telefoniert, davon haben die behandelnden Ärzte abgeraten. Ich habe ein gutes Gefühl und hoffe, das bleibt auch nach der ersten Nachricht von ihr so. Dass sich Flo schon ewig nicht mehr gemeldet und uns keine neue Blondine vorgestellt hat, ist das Einzige, was mich ein bisschen wundert. Aber jetzt will ich mich auf unsere Liebesfahrt nach Hamburg und meinen Fast-Verlobten konzentrieren.

Carsten hat die CD von Peter Fox eingelegt und singt laut

mit: »Und am Ende der Straße steht ein Haus am See … tralalalalalalala … ich hab den Tag auf meiner Seite, ich hab Rückenwind! Ein Frauenchor am Straßenrand, der für mich singt.« Eine Oma steht an der Straße und wartet auf eine Lücke in der Autokolonne. Carsten hält an und winkt sie freundlich rüber. Ich könnte mich immer wieder in diesen zuvorkommenden und liebenswürdigen Mann verlieben!
Mein Herz schlägt gleich drei Takte schneller, als wir den Ortsteil Bornstedt passieren. Hier auf dem Krongut habe ich das Hochzeitszimmer für den 23. Januar reserviert. Direkt nach unserem Kurzurlaub werde ich die Papiere einreichen, und dann steht der Hochzeit nichts mehr im Wege. Für heute Abend habe ich mir mein kleines Schwarzes, das neue rotgoldene Mieder und die halterlosen Strümpfe in den Koffer gepackt. Ich will meinen Traumprinzen nach seinem Antrag standesgemäß belohnen. Hamburg, wir kommen! Grrrrrrr!

***

Dass Carsten trotz seiner Abneigung gegen alle Bühnenstücke und Filme, in denen gesungen wird, Karten für das Musical »Dirty Dancing« organisiert hat, ist ein großer Liebesbeweis. Oh ja, Hamburg hat für mich etwas wunderbar Verruchtes und Verbotenes. Das wird mich heute erotisch inspirieren. Ich blinzle optimistisch in die tiefstehende Sonne.
»Geht es dir gut? Meinst du, dass es deine Bandscheibe zulässt, dass wir heute ein erotisches Abenteuer wagen?«, frage ich sicherheitshalber nach. Carsten bewegt vorsichtig seine Schultern und grinst.
»Wenn ich mich nicht so doll bewegen muss, wird's gehen!« Ich grinse zurück. »Ich war schon immer für die Frauenbewegung!«
Unser Hotelzimmer in der Schäferkampallee ist einfach, aber gemütlich. Ich sortiere meine Cremedöschen und Tuben, Haargel und -spray auf das Fliesenregal vor dem Spiegel des

Bads. Beim Blick auf die der Größe nach sortierten Schönheitsutensilien stelle ich argwöhnisch fest, dass mich die Ordnungswut meines Vater, die ich stets verachtet habe, nicht nur jetzt, sondern schon seit einigen Jahren wie ein Virus befallen haben muss. Wozu habe ich mir eigentlich ein Leben lang Mühe gegeben, anders zu sein als meine Eltern!

Nachdem alle anderen Klamotten so im Schrank verstaut sind, dass mein Papa seine Freude daran hätte, verstecke ich mein Carsten-Überraschungs-Liebesmieder in der leeren Waschtasche.

Anschließend schlendern Carsten und ich zur U-Bahn, fahren zum Jungfernstieg, bummeln durch die Altstadt und genießen bei einer Hafenrundfahrt das herrlich sonnig-kalte Wetter; wir staunen über die alten und neuen Häuser der Speicherstadt und fühlen uns fast wie in Venedig. Noch im Hafen gönnen wir uns die leckersten Fischbrötchen, die wir seit langem gegessen haben, bevor wir zu einer kleinen Mittagsruhe im Hotel aufbrechen. Carsten möchte sich vor dem Theaterbesuch ein wenig entspannen. Dafür habe ich nicht nur wegen seiner zwar heilenden, aber sich immer noch bemerkbar machenden Bandscheibe großes Verständnis, sondern auch, weil ein wichtiger Abend vor uns liegt. Carsten ist sicher ganz kribbelig vor Aufregung. So einen Heiratsantrag macht man ja nicht alle Tage. Die Mittagsruhe ist eine gute Gelegenheit, um zu vermeiden, dass am späteren Abend Müdigkeitsattacken den Sex verhindern könnten, aber auch um Carsten den letzten eventuell vorhandenen Zweifel an seiner Entscheidung, mich zu heiraten, zu nehmen! Ich stimme ihm freudig erregt zu.

Nachdem ich, zurück im Hotel, geduscht habe, betrete ich in Mieder und halterlosen Strümpfen das mit Vorhängen verdunkelte Hotelzimmer. Carsten liegt mit geschlossenen Augen, ohne Zudecke und nur mit einem Slip bekleidet auf dem breiten Bett. Ich entzünde die mitgebrachten Teelichter auf dem Nachttisch und lege mich vorsichtig neben meinen Geliebten. Der schlägt die Augen auf, erfasst im Bruchteil einer Sekunde die Situation und grinst lüstern.

»Was für eine schöne Idee!«, sagt er, hebt vorsichtig, sich auf dem rechten Arm abstützend, seinen Oberkörper und spitzt die Lippen. Ich küsse ihn schmatzend.

»Und jetzt? Wird es denn gehen?«, frage ich. Es ist mindestens schon fünf Wochen her, seit wir das letzte Mal miteinander bäuchelten, was sich durchaus in der Heftigkeit meiner körperlichen Reaktion bemerkbar macht.

Ich beuge mich über ihn und pule liebevoll in seinem Nabel nach den Fusseln, die sich darin immer verstecken. Ich hatte noch nie Fusseln im Bauchnabel. Ist wahrscheinlich ein rein männliches Phänomen. Carsten missfällt diese unerotische Aktion. Er hält meine Hand fest und zwingt mich, ihm in die Augen zu schauen.

»Wenn du so weiter machst, können wir nie ausprobieren, ob es wieder geht. Vielleicht solltest du erst einmal an den unverletzten Stellen in der Mitte meines Körpers handeln!«

»Da gibt es aber nicht mehr viel zu tun, Schatz!«

Schatz nickt, sichtlich stolz geschwellt. Bei dem Versuch, mich auf ihn zu legen, stöhnt er laut auf.

»Warte, ich muss mich anders hinlegen. Hilf mir mal!«

Unter seinen Anweisungen staple ich die Kissen, um seinen Oberkörper zu erhöhen, stütze ihn rechts und links mit den Federbetten ab und versuche, mich ganz behutsam unter Küssen und mit sanftem Streicheln aller unversehrten Körperregionen in Stellung zu bringen.

»Wie erregend ist das denn!«, flüstert mir mein plötzlich hormonell Schmerzbefreiter ins Ohr. Die nächsten Minuten kann ich nur fühlen und genießen: heftig und schnell, aber schön! Trotzdem bleibt nicht viel Zeit zum Nachkuscheln. Wir müssen los. Ich ziehe mir ein schickes rotes Kleid an und schminke mich. Ich gebe mir, um Carsten zu gefallen, besonders viel Mühe und fixiere mein Restaurationswerk mit einem Pinsel. Heute wäre meine Mama sicher zufrieden mit mir und meinem Leben, steht doch Carstens Heiratsantrag unmittelbar bevor.

Nachts auf der Reeperbahn

Wir erreichen die Neue Flora pünktlich mit dem Taxi und drängeln uns mit Hunderten anderer Vergnügungswilliger in den großen Saal. Allein: Der Wille zum Vergnügen reicht nicht.

Zum Glück haben wir am Nachmittag sonnige Impressionen und Harmonie getankt, denn das Musical »Dirty Dancing«, das von junger Liebe und großen Gefühlen handelt, löst sogar bei mir, dem Musicalfreak, gegenteilige Empfindungen aus. Zum Glück habe ich keine Zeit, mich über die Inszenierung aufzuregen, bei der die Hauptdarsteller nicht singen dürfen oder können, aber gleichzeitig, weil es der Inhalt so verlangt, erst am Ende richtig tanzen und vorher nur albern rumhopsen. Ich muss Carsten trösten, der sich ärgert, so viel Geld ausgegeben zu haben, ohne wenigstens einem von uns beiden einen künstlerischen Genuss bieten zu können. Nach der ersten, von einigen Enthusiasten herbeigeklatschten Zugabe verlassen wir fluchtartig den Saal und suchen uns eine kleine Bar zwischen Neuer Flora und Reeperbahn. Auf einem gemütlichen Sofa in der hintersten Ecke des in rotes Licht getauchten Raumes sitzen wir eng beieinander, trinken Wein, und Carsten erinnert uns an unser Kennenlernen, was ich sofort als Vorspiel zu seinem Heiratsantrag werte.

»Wir sind etwas ganz Besonderes. Ich bin glücklich, dass wir uns gefunden haben!« Carsten hält mir sein Weinglas entgegen. Wir stoßen an. Auf uns, auf die Liebe und das Internet, ohne das wir uns nie begegnet wären. Ich schiele fast vor verliebter Aufregung. Mein Bauch kribbelt, mein Darm rumort. Ich schaue Carsten an, der vorsichtig an seinem Weinglas

nippt, und denke daran, wie begeistert ich von seinem Foto war, das er auf seinem Profil eingestellt hatte. Darauf trug er noch kurze Haare und schaute, die Sonnenbrille auf den Kopf geschoben, ziemlich cool, aber trotzdem verschmitzt in die Kamera. Ihm musste es ähnlich gegangen sein, als er mein Foto sah, sonst hätte er mir sicher nicht sofort eine Mail geschickt.
Mir kommt wieder der unglaubliche Zufall in den Sinn, über den wir bis heute lachen müssen. Unabhängig voneinander hatten wir beide auf unser Profil, unsere virtuelle Heiratsannonce, jeweils ein Foto gestellt, bei dem die zweite Person abgeschnitten war: Udo Lindenberg. Carstens Foto war auf der Rambla in Barcelona aufgenommen, wo er plötzlich Udo Lindenberg erkannt und um ein gemeinsames Foto gebeten hatte. Ich war auf der »José-Carreras-Gala« in Leipzig und saß an einem Tisch, als Udo hinter mir vorbeiging und ich mein Jugendidol am Ärmel festhielt: »Du, Udo«, sagte ich zu ihm, »einmal anfassen und dann sterben!«
»Du brauchst doch nicht gleich zu sterben!«, nuschelte mein auch im dunklen Partylicht sonnenbebrillter Lieblingsstar. Diese wohlwollende Lindenbergsche Erwiderung machte mir Mut, um ein gemeinsames Foto zu bitten.
Carsten und ich haben diese Geschichte unserer abgeschnittenen Udo-Bilder schon Tausende Male erzählt, weil dieser fantastische Zufall ein eindeutiges Zeichen unserer Seelenverwandtschaft ist. Auch an diesem schönen Abend in Hamburg kann ich nicht anders.
»Weißt du, Süßer, ich bin so froh, dass mich der abgeschnittene Udo Lindenberg letztendlich zu dir geführt hat, ist doch verrückt, oder?«
»Nicht ganz so außergewöhnlich, aber schicksalhaft finde ich auch den Tatbestand, dass wir schon als Kinder einander räumlich ganz nah waren«, antwortet Carsten. Erstaunlicherweise haben wir unsere Kindheit zu großen Teilen nur wenige Kilometer voneinander entfernt bei unseren Großel-

tern in Allstedt bzw. Rotheschirmbach verbracht. Ich strahle meinen Schicksalsgefährten an: »Das ist jedes Mal wieder erstaunlich. Sind wir eigentlich wunderlich, wenn wir uns immer noch darüber freuen?«
»Nein, aber schwer verliebt«, antwortet Carsten und gibt mir einen Kuss auf meine ebenmäßige Stirn. Sofort klopft mein schlechtes »Pfeiffer-Plönsgen-Gewissen« an. Ich habe Carsten immer noch nicht gebeichtet, warum meine Stirn so glatt ist. Ich sitze hier, bin mir sicher, dass er mir heute noch einen Heiratsantrag machen wird, und bin nicht ehrlich zu ihm. Warum? Habe ich Angst vor seiner Enttäuschung, oder schäme ich mich meiner Eitelkeit? Ich trinke einen großen Schluck Wein und ringe mit mir und meinem Drang nach Wahrheit. Carsten bemerkt meine plötzliche Unruhe und schaut mich erwartungsvoll an.
»Was ist los? Warum zappelst du so?«
Ich atme einmal tief durch und denke schneller, als ich sprechen kann.
»Ich weiß nicht, was ich machen soll. Abwarten oder lieber ehrlich sein.«
»Hä? Ich verstehe nicht, was du mir damit sagen willst!« Carsten glaubt wahrscheinlich, ich sei betrunken oder krank. Er greift mir belustigt an die Stirn. Schon wieder aufs Schlimme.
»Ich …«
»Ja?«
»Ich war beim Botox-Spritzen!«
Jetzt ist es raus. Carsten guckt irritiert, ich rede schnell weiter: »Ich weiß, du magst das nicht. Es ist gefährlich. Aber …« Jetzt braut sich etwas ganz Schlimmes zusammen. Ich kann es an Carstens Mimik erkennen und sinke in meiner Ecke des Barsofas in mich zusammen.
»Wahrscheinlich wussten es mal wieder alle deine Freundinnen, nur ich nicht!«
Jetzt bin ich überrascht, dass mein Traummann so einen nor-

malen Männersatz erwidert. Natürlich wissen meine Freundinnen darüber Bescheid. Das ist doch normal. Dass Carsten diese Selbstverständlichkeit enger Frauenfreundschaft anprangert, wundert mich sehr. Ich hatte mit wüsten Beschimpfungen wegen der Gefahr durch Nervengift gerechnet, aber nicht damit, dass er sich in erster Linie ausgeschlossen fühlt.

»Ich hatte einfach Angst, dass du wütend bist, weil du doch immer gesagt hast, dass Botox ein schlimmes Nervengift ist und die Spätfolgen noch nicht erforscht seien.«

»Genauso ist es doch auch!« Carsten läuft sich warm. »Was hättest du denn gemacht, wenn plötzlich dein Augenlid runtergehangen hätte wie bei Karl Dall? ... Warum hast du es überhaupt gemacht?«

»Wegen deiner Brille, ich hatte Angst, dass du dann jede einzelne meiner Falten ganz genau sehen kannst!«

Das eben noch wütend zerknautschte Gesicht meines Botox-Gegners fängt plötzlich an zu zucken. Carsten sagt nichts mehr, guckt konzentriert, bis er seine wütende Stimmung nicht mehr halten kann, und lacht ungehemmt los.

»Wegen der Brille, ich glaub's ja nicht!«

Ich bin so erleichtert, dass ich mich sofort ganz dicht neben ihn setze, meine Arme um ihn schlinge und mich ankuschle.

»Ich will doch nur schön für dich sein, damit du mich heiratest!« Uups. Nicht gut. Das wollte ich doch nicht sagen! Ich wünsche mir seit einem Jahr, dass Carsten es von selber will, und jetzt das.

»Ich soll dich heiraten?« Er nimmt das Thema nicht ernst. »Aber erst nach der zehnten Schönheits-OP!«

Mein »Noch-nicht-Verlobter« lacht mich an, als sollte ich seinen Scherz mit Applaus honorieren. Dann realisiert er, dass ich es ernst meine.

»Tati, wir sind doch beide schon geschieden!«

»Na und? Was spielt das für eine Rolle? Es gibt Menschen, die sind schon viermal geschieden!«, schreie ich fast vor Empörung über Carstens niederträchtige Argumentation. Seine

Augen blitzen bösartig auf, sein Mund kämpft gegen ein tückisches Grinsen an, und seine Mimik zeigt mir, dass er noch etwas Mörder-Lustiges sagen will.
Er hebt belehrend den Finger und äußert: »Wissenschaftler haben herausgefunden: Der Hauptgrund für Scheidungen sind Hochzeiten!«
Wären wir nicht in einer Bar, würde er jetzt aufspringen und wild durch den Raum steppen. So stampft er nur unter dem Tisch mit den Füßen und haut sich auf die Oberschenkel. Eine ältere Dame am Nebentisch schaut kurz und mit einem genervten Heben der Augenbrauen zu uns herüber und wendet sich dann wieder ihrem dekadent wirkenden, siegelberingten Begleiter zu. Ich bin beleidigt. Ich wende mich von dem trampelnden Ungetüm an meinem Tisch ab und dem Siegelring am Nachbartisch zu. Mein amüsierter Scheidungswissenschaftler bemerkt endlich, dass er zu weit gegangen ist, greift meine Hand und fragt: »Du wartest auf einen Antrag?« Ich schaue ihm in die Augen, er senkt seinen Blick. »Ich kann das nicht. Bestimmt habe ich ein Trauma. Meine Ex hat immer Kai Pflaume geguckt und dann von mir verlangt, dass ich mir auch mal so was Tolles einfallen lassen sollte. Umgekehrt hatte ich immer panische Angst davor, dass ich in so einer Sendung vor vollendete Tatsachen gestellt werde.«
»Keine Angst, ich würde nie bei ›Nur die Liebe zählt‹ eine Videobotschaft abgeben oder ein schiefes Liebeslied für dich singen«, sage ich weinerlich.
»Ach Tati. Guck nicht so! Ich liebe dich doch!«
Carsten zieht mich an sich und drückt mich fest an seinen warmen Körper. Der Siegelring guckt lüstern zu mir rüber. Ich schließe dir Augen und schnuppere an Carstens Hals. Carsten streichelt mit seiner Hand über meine mühsam mit Gel und Haarlack aufgerichteten Haare. Er will mich mit dieser Geste beruhigen, obwohl er weiß, dass ich es hasse, wenn er meine Frisur zerstört. Jetzt gibt er mir einen abschließenden Kuss auf den Kopf und damit zu verstehen, dass ich wieder auf-

recht neben ihm sitzen soll. Aber ich will nicht. Ungeachtet meines Make-ups kuschle ich mein Gesicht noch fester an sein weißes Hemd und überlege. Was mache ich jetzt bloß? Mama kann ich nicht fragen, ob ich den Termin auf dem Standesamt absagen soll oder nicht. Sie würde sich aus lauter Liebe zu mir mehr Sorgen um meine Zukunft und meinen Marktwert machen als ich selbst. Carsten greift nach meinen Schultern, richtet mich auf und schaut mich an. Bestimmt ist meine Schminke verschmiert und mein Äußeres dadurch eine Bestätigung für ihn, das Richtige gesagt zu haben.

»Weißt du, ich habe gar keine Angst vor dem Heiraten, bin mir aber nicht sicher, ob eine Hochzeit für unsere Liebe so wichtig ist. Was würde eine Hochzeit ändern?«

»Wir würden unsere Liebe vor der ganzen Welt bestätigen, zeigen, dass wir zusammengehören!«, sage ich zu meinem Antragverweigerer.

»Mit zwei Unterschriften vor einem wildfremden Menschen?«

»Na klar, und mit einer tollen Feier, zu der wir alle unsere Freunde, Bekannten und Verwandten einladen! Wie sonst?« Bei den letzten Worten klingt meine Stimme plötzlich belegt. Carsten zuckt mit den Schultern. Ein gutes Zeichen, was die Bandscheibe betrifft, ein schlechtes für meine Heiratspläne.

Es ist schon weit nach Mitternacht, als wir schweigsam Arm in Arm die Große Freiheit entlang laufen. »Große Freiheit« klingt in Anbetracht meines Verlobungsdilemmas ganz schön zynisch, denke ich bestürzt. Seit Monaten hatte ich diese Hamburg-Reise vorfreudig erwartet, in die ich meine ganzen romantischen Wünsche und Sehnsüchte gelegt hatte und die jetzt so disharmonisch endet. Tief in meinem Inneren hatte ich gehofft, nein, eigentlich hatte ich fest damit gerechnet, dass sich plötzlich auf der Musicalbühne ein Transparent mit der Aufschrift »TATI, WILLST DU MICH HEIRATEN?« entrollen würde. Dann hätte sich Carsten auf der Bühne vor mich gekniet, mir eine Rose überreicht und mir seine ewige

Liebe gestanden. Auch in der kleinen Bar hätte ich noch jeden Antrag von ihm angenommen. Das wäre zwar nicht so spektakulär gewesen, aber immerhin.
Meine Toleranz gegenüber dem Antragsverweigerer hat sich in kühle Hamburger Nachtluft aufgelöst, und ich beschließe, nicht mehr so zu tun, als machte mir dieser verkackte Liebesausflug noch Freude. Schweigsam gehen wir ins Hotel, und ich verweigere mir zum Erhalt meiner üblen Laune jeden positiven Gedanken und jede verständnisvolle Sichtweise. Die Liebesnacht von Hamburg entwickelt sich zu meinem persönlichen Kampf, mit dem Schnorcheln des tief und zufrieden neben mir schlafenden Erdmännchens klarzukommen.

Mamma Mia

Am Tag nach unserer Rückkehr aus Hamburg bin ich melancholisch. Ich habe mir James Blunt, meinen Jammergefühls-Verstärker, in den CD-Spieler gelegt, um meine Verlobungsverweigerungs-Enttäuschung ausleben zu können. Von meinem Lieblingsplatz, dem Küchensofa, schaue ich Tee trinkend durch die Balkontür in den Hinterhof. Der wilde Hopfen, der sich an den Eisenträgern meines Balkons hochrankt, ist schon ganz braun geworden und glänzt feucht im Nieselregen. »Tears and Rain« – James Blunt singt von Kälte und Dunkelheit und von Trost, den er im Schmerz finden kann. Ich suhle mich wie er in meinem Selbstmitleid wie ein Wildschwein in einer Schlammkuhle und lasse mein trauriges Leben vor meinem inneren Auge ablaufen: meine aufopferungsvolle Pflegeleistung in den vergangenen Wochen, das schlechte Essen in dieser Zeit, die Falten im Gesicht und an den Knien, den hämischen Hinweis von Doro auf meine eventuellen Wechseljahrsbeschwerden, die boshafte Ablehnung meiner Bewerbung im »Stand-up-Club« und die auf

mir lastende Verantwortung für meine Schwester. Es scheint, als habe nur noch Chica Interesse an mir, sonst niemand. Chica schnurrt und gurrt mich an, wühlt ihr Köpfchen in meine Hand und röchelt zustimmend.
Ich fühle mich vom Rest der Welt abgelehnt und alt. Uralt! Ich überlege: Wann ist es mir eigentlich zum ersten Mal aufgefallen, dass ich nicht mehr als jugendlicher Hüpfer durchgehe? War es, als ich mich blond färbte, weil Mama mir sagte, man sähe damit viel jünger aus? Oder hatte es mich schon geärgert, als ich vor Jahren feststellte, dass mir auf der Straße kein Typ mehr hinterherguckt, geschweige denn -pfeift. Das hatte mich als junges Mädchen zwar genervt, aber als es gar nicht mehr passierte, wurde ich stutzig. Natürlich könnte auch das erste graue Haar das auslösende Schock-Erlebnis gewesen sein. Ich erinnere mich, dass ich es im Bereich meines Ponys entdeckte, während ich für eine Fernsehsendung geschminkt wurde. Meine Maskenbildnerin Viola grinste, als sie meinen entsetzten Blick sah, griff zur Pinzette und riss das weiße, borstenähnliche Haar raus. Heute würde diese Verleugnungsmethode bei mir zu einer Stirnglatze führen.
Ich überlege weiter: Waren es die Veränderungen meines Stoffwechsels, die ein Zunehmen leicht, das Abnehmen aber ungleich schwerer machten als noch vor zehn Jahren, durch die ich mich alt fühlte? Oder war die Unterleibsoperation im vorletzten Sommer, in der eine Hälfte meiner Weiblichkeit entfernt worden war, der Beginn oder der Grund für meine Angst vor dem Altern? Oder meine plötzliche Lust auf Mittagsruhe oder die von ihren Männern verlassenen Freundinnen oder mein sensibel auf seelische Einflüsse reagierendes Immunsystem? Oder? Kann natürlich auch sein, dass mich die plötzliche Sportbesessenheit in meinem Bekanntenkreis verunsichert hat. Unter dem Motto: Alle machen Yoga, ich hätte lieber Sex!
Vielleicht hat mir der Auszug meiner Tochter die Schlupflider-Augen geöffnet? Mein Kind und ich hatten ein sehr liebe-

volles und – mangels Vater vor Ort – auch ein sehr enges Verhältnis. Mit Ausnahme der Pubertät meiner Tochter, die eher eine schlimme Zeit für mich war. Wahrscheinlich kommen unsere Kinder in diese Flegeljahre, damit uns Eltern die Abnabelung leichter gemacht wird, kommt mir in den Sinn. Aber letztendlich ist es doch so: Was mit der Geburt meiner Tochter begann, setzte sich mit jedem ihrer Geburtstage fort: das ständige Vor-Augen-Führen des eigenen Alterns.

So richtig bewusst wurde mir diese einfache Erkenntnis, als »mein Baby« im vergangenen Sommer ein paar Urlaubstage in Potsdam verbrachte und wir zusammen im Freiluftkino waren, um den Musical-Film »Mamma Mia« anzuschauen. In einer lauschigen Sommernacht, händchenhaltend mit meinem Kind unter dem Sternenhimmel Potsdams konnte meine Laune eigentlich gar nicht besser werden. Ich fühlte mich blendend.

Dass mir trotzdem nicht ein klitzekleines herzhaftes Lachen vergönnt war, lag weder an dem zauberhaften Film noch an den sensationellen Schauspielern. Es lag an der Geschichte einer alleinerziehenden Mutter und ihrer zwanzigjährigen Tochter, die viele meiner verschütteten mütterlichen Gefühle an die Oberfläche spülte. Die Filmstory und die Nähe meines erwachsenen Kindes ließen alle Erinnerungen wieder aufleben und stürzten mich in ein Gefühlschaos, das mich selbst überraschte. Übermannt, oder besser überfraut – bei Männern gibt es das nicht – von Abschiedsschmerz, Sehnsucht nach der eigenen Jugend, unendlichem Zusammengehörigkeitsgefühl mit meiner Tochter und gefühltem, stummen Verständnis, weinte ich in furchtbar peinlicher Weise, während auf der Kinoleinwand lustige Lieder gesungen wurden.

Ich realisierte wahrscheinlich zum ersten Mal, dass meine Tochter bereits seit einigen Jahren ihren eigenen Weg geht und für ihre unbedeckten Nieren und kurzen Jäckchen selbst verantwortlich ist. Sie könnte bereits Mutter und ich also Großmutter sein. Wie niederschmetternd.

James Blunt singt immer noch, und ich rauche schon die fünfte Zigarette des heutigen Tages. Statt mich durch Nikotin zu beruhigen, führt jeder gierig aufgesogene Glimmstengel zu neuen niederschmetternden Gedanken.

»Will you be my shoulder, when I'm grey and older?«, jammert James aus den Boxen. Wer ist meine Schulter, wenn ich grau und alt bin? Carsten? Wohl kaum, der will mich ja nicht. Alexandra? Hat Depression. Flo? Hat eine Vorliebe für zu junge Mädels. Ich selber? Hab eine Altwerden-Phobie. Ja, James, manchmal ist das Leben hart. »You're Beautiful«, tröstet er mich wenige Minuten später per CD-Player, und ich gebe ihm recht. »It's true!«, singe ich laut mit, als Carsten die Küche betritt. Der stolze und aufrechte Mann, der jetzt meinem James den Hahn abdreht, weil er Jammerbarden nicht leiden kann, entbehrt jeder Ähnlichkeit mit dem noch vor zwei Wochen zutiefst erschütterten, sich am Türrahmen abstützenden Häufchen Unglück. Klick. Mit James' Musik verschwindet auch die Melancholie aus der Küche. Stattdessen erfüllt Carstens gute Laune den Raum, und ich freue mich widerwillig, dass Carsten ein gesunder Mann mit typisch männlichen Eigenschaften ist; ein Mann, der mit emotionaler Musik nichts anfangen kann und mit dem ich immer noch den Rest meines Lebens verbringen möchte, wenn er das auch will. So sind wir Frauen eben, ein bisschen schizophren. In Wirklichkeit wollen wir keinen glattgeleckten Lockenstrulli, der uns jeden Wunsch von den Augen abliest, sondern manchmal auch einen ungehobelten, rüpelhaften Räuber Hotzenplotz.

»Ich habe gerade Flo in seinem Büro besucht!«, berichtet Carsten und macht uns einen Kaffee.

»Wie geht es ihm? Wir haben verdächtig lange nichts von ihm gehört!«

»Gut!«

»Wie gut?«

»Geschäft läuft.«

Ich merke, wie mich meine Ungeduld kribbelig macht. Warum kann er mir nicht ausführlich erzählen, was bei Flo in den letzten Wochen passiert ist? Ich rühre in meinem Kaffee. Carsten sitzt mir zappelig gegenüber.
»Ist er noch mit irgendeiner Barbie zusammen?«, frage ich neugierig.
»Weiß nicht. Hat er nicht gesagt!«
»Warum hast du nicht einfach gefragt. Du weißt doch, dass ich mich dafür interessiere!«
»Er hat nur von der Arbeit gesprochen, und dass er die Wohnung vermittelt hat, die direkt unter seiner Wohnung liegt!«
»An eine Frau?«
»Glaube, weiß nicht!«, sagt Carsten vage und guckt so aufmüpfig, als ob er etwas im Schilde führt. Auch egal. Ich habe mich heute mit meinen Freundinnen verabredet, um zu klären, ob ich nach dem suboptimal gelaufenen Liebeswochenende weiter auf einen Heiratsantrag warten, selbst einen organisieren oder auf eine Hochzeit verzichten soll.
»Süßer, ich will mich heute mit den Mädels treffen. Ist das okay für dich?«
»Mach nur, ich hab zu tun. Und grüß Doro von mir!«, grinst mich Carsten erdmännchenmäßig an. Das ist komisch. Nicht der unproblematische Umgang mit meinen Freizeitplänen, da ist Carsten schon immer wohltuend tolerant, aber der Gruß an Doro scheint mir zu verständnisvoll. Vorgestern war er noch beleidigt, dass meine Freundinnen immer besser über mich Bescheid wissen als er, und jetzt so etwas? Mhm.
Ich mache mich zum Gehen bereit. Der November ist in diesem Jahr so kalt, dass ich meine dicken Winterstiefel anziehe, den grünen Kuschelmantel, den Carsten abartig hässlich findet, eine Bommelmütze aufsetze und meinen Schal umwerfe. Der Schal ist zwanzig Jahre alt und ein Geschenk meiner Ex-Schwiemu aus dem Intershop.

***

Hätte ich bei meiner ersten Hochzeit auf Gisis Hinweise gehört, wäre mir viel Leid erspart geblieben. Gisi hatte schon im Vorfeld verständnislos mit dem Kopf geschüttelt, als ich ihr von meinen Hochzeitsplänen erzählte. Sie fand mich übereilt und eine Heirat unsinnig. Ich war Anfang zwanzig und hatte mich von meinem Zukünftigen und meiner Mama überreden lassen, geordnete Verhältnisse zu schaffen. Gisi und Rudi kamen demonstrativ zu spät zur Trauung. Kurz nach Beginn der Rede der Standesbeamtin, die uns gerade mitteilte, dass wir unsere Kinder im Sinne der Deutsch-Sowjetischen Freundschaft erziehen sollten, knarrte die Tür im alten Standesamt gegenüber vom »Rat der Stadt«, und Gisi, hochschwanger und gestützt vom grinsenden Rudi, betrat den Saal. Die Zeremonie verlief unspektakulär, obwohl ich extra einen Geiger bestellt hatte, der Schumanns Träumerei, Omas Lieblingslied, das ich schon als Kind immer auf meiner Zither vorspielen musste, live fiedelte. Das hätte ich auf der Zither besser hinbekommen. Wahrscheinlich waren Gisi und Rudi von der Geige so genervt, dass sie die Trauungsurkunde anstandslos unterschrieben.
Die Eheschließung endete nach einem Jahr im Rosenkrieg, dessen Höhepunkt ein wildes Hasch-mich-Spiel über Tische, Bänke und mein Sofa war, ein Zweikampf um einen Blumentopf ohne Rosen. Die Situation war deshalb so grotesk, weil wir auch nach der Scheidung zusammen in einer Wohnung leben mussten. In der DDR gab es nicht ausreichend Wohnraum, so dass man sich auch Monate nach dem Ende einer Ehe nicht aus dem Weg gehen konnte. Das umkämpfte künstlerisch wertvolle Keramikwerk hatte mein damaliger Schwager schwesterlicherseits selbstgebrannt. Mein Ex rannte hinter mir her, um mir den seltenen Topf zu entreißen mit der Begründung, dass ich ja schon einen solchen besäße. Letztendlich ging der Topf zu Bruch wie vorher unsere Ehe. Völlig humorfrei und mit einem lauten Knall. Hätte ich gewusst, dass sich nur einen Monat später die Mauer öffnen und ich

mir mehrere hundert Blumentöpfe hätte kaufen können, hätte ich meinem Ex den wertvollen Keramiktopf großzügig über den Kopf gestülpt. Trotz des idiotischen Rosenkriegs war meine Scheidung vor zwanzig Jahren für mich die erste heroische, selbstbestimmte und nicht im Unterbewusstsein von Mama dirigierte Tat.

Aber ich kann nicht behaupten, dass mich Gisi nicht gewarnt hätte. Vielleicht habe ich nicht auf meine Freundin gehört, weil sie zum damaligen Zeitpunkt selbst schon verheiratet war. Das ist ja so, als ob jemand vor meinen Augen mit Genuss mehrere Tafeln Schokolade isst und mir weißmachen will, dass Süßes zu Karies führt.

***

Auf dem Weg zur Cuhibar, wo wir verabredet sind, überlege ich, wie meine Freundinnen zu meiner Absicht, Carsten zu heiraten, stehen werden. Im Unterschied zu meinem ersten Mann hat mich bisher niemand vor ihm gewarnt. Im Gegenteil: Zu Carstens Geburtstag hatte mir Gisi, wenn auch volltrunken, aber doch eindeutig zu verstehen gegeben, wie sehr sie eine Hochzeit von uns beiden herbeisehnt. Doro, Anka, Petra und Suse hatten bisher weder Zustimmung noch Ablehnung geäußert. Heute ist die Gelegenheit, sie zu fragen.

Bis auf Doro haben alle meine Mädels einschlägige Heirats- und Partnerschaftskonzepte durchprobiert und sind somit Fachkräfte auf dem Gebiet. Von meiner ruhigen, idyllisch gelegenen Wohnung mit Südbalkon und Blick ins Grüne schlendere ich zu Bar Richtung Luisenplatz und freue mich, dass ich gleich mit Hilfe meiner Freundinnen zu einer Entscheidung kommen werde, was meine Hochzeit angeht.

Als ich den Luisenplatz erreiche, ist es schon dunkel. Das beleuchtete Brandenburger Tor strahlt mich von weitem an. Es ist furchtbar kalt. Ich bin natürlich wieder viel zu früh und binde darum meinen Schal fester um den Hals und stecke meine behandschuhten Hände in die Taschen meiner Kuscheljacke. In vierzehn Tagen beginnt die Adventszeit. Links von mir im Restaurant Luise beobachte ich durch die großen Scheiben ein älteres Pärchen, welches sich angeregt unterhält. Im Fenster Richtung Luisenplatz erkenne ich meine Sparkassenfrau. Obwohl Potsdam eine Großstadt ist, scheint hier jeder jeden zu kennen. Ich mag es sehr, bei jedem Schritt, den ich aus dem Haus gehe, Bekannte zu treffen, und brauche für jeden Einkauf mehrere Stunden, weil ich mit etlichen Passanten ins Gespräch komme.

Dass den auf den ersten Blick unterkühlt wirkenden Potsdamern eine ganz spezielle Heiterkeit innewohnt, bemerkt man erst auf den zweiten Blick. Ich habe, als ich Mitte der achtziger Jahre hierher zog, eine ganze Weile gebraucht, um mich einzuleben und zu erkennen, dass Preußen und Humor kein Widerspruch sein muss. Immerhin stammt der größte Komiker aller Zeiten, der Erfinder des Jodeldiploms, der Steinlaus und des Kosakenzipfels, Vicco von Bülow alias Loriot, aus dieser Gegend. Auch der preußische König, der »Alte Fritz«, bewies schon Humor, indem er sagte: »Eine Krone ist lediglich ein Hut, in den es hineinregnet.« Potsdam ist meine Heimat geworden. Ich würde gern sagen: weil ich so fest verwurzelt bin, aber das hört sich so alt an.

Ich hüpfe auf der Stelle im Kreis, um die Kälte zu vertreiben. Beim Blick Richtung Bar sehe ich Doro, die gerade die Tür öffnen will, um hineinzugehen.

»Hallo Doro, alte Lachmöwe!«

Meine Freundin dreht sich um und lacht erwartungsgemäß.

»Ach Tati, schön dass du auch zu früh bist. Da kann ich mich bei dir erst mal ausheulen.« Doros Gesichtsausdruck und ihre Stimmung liegen meilenweit auseinander.

»Was ist denn jetzt schon wieder passiert?«, frage ich, während wir die Cuhibar betreten. Wir sind so ins Gespräch vertieft, dass wir weder Barchef Willi noch irgendeinen anderen

Gast bemerken und blind an unserem Stammtisch links neben der Tür, direkt unter »meinem« Kuba-Foto, Platz nehmen.
»Ich komme gerade wieder von einem bis heute Vormittag vielversprechenden Date«, berichtet Doro, rollt mit den Augen.
»Stell dir mal vor, Tati, sagt dieser Typ nach dem Kaffeetrinken und auf dem Weg zu meinem Auto plötzlich zu mir, er wäre extra heute beim Urologen gewesen und hätte sein Sperma abgegeben, weil er vor dem ersten Date geklärt haben wollte, ob er auch zeugungsfähig sei!«
»Hat er das ernst gemeint?«
Doro nickt fast hysterisch mit dem Kopf, presst ihre Lippen aufeinander, und ihr Körper beginnt sich zu Schütteln.
»Hähäähähä!«, meckern wir beide im Chor. Suse klopft so heftig auf den Tisch, dass ihre blonden Locken wie unter Starkstrom vibrieren.
»Was ist denn mit euch los?«
Im gleichen Moment betreten die männerfeindliche Anka und die Schwiegermutter-geschädigte Petra hektisch den Raum.
»Guten Abend, liebste Freundinnen!«, schraube ich mich vom Hocker und begrüße sie mit den obligatorischen Küssen auf die Wangen.
Willi bringt uns unaufgefordert fünf Mojitos.
»Na Mädels, euch darf man heute wohl wieder nicht stören. Ihr redet ja ohne Punkt und Komma!«
»Ph, Männer!« Anka hebt ihr Glas in Richtung des an die Bar eilenden Willi.
»Apropos Männer«, beende ich das fröhliche Zuprosten, indem ich versuche, eine gewisse Ernsthaftigkeit in meine Stimme zu legen. »Ich habe euch heute zusammengerufen, weil ich mir wünsche, dass ihr mich bei einer Entscheidungsfindung unterstützt.«
Anka, Doro, Petra und Suse richten ihre Blicke auf mich und warten. Bevor ich meinen Plan als peinliche Schwachsinnsidee verwerfen kann, rede ich schnell weiter.

»Ich möchte von euch wissen, ob ihr denkt, dass ich Carsten heiraten soll oder lieber nicht. Bevor ihr fragen könnt: Nein, er hat mir noch keinen Antrag gemacht, und ja, ich habe schon einen Termin auf dem Standesamt reserviert.«

Anka reagiert als Erste. »Ich fasse es ja nicht, da tust du schrecklich geheimnisvoll und rufst uns schnellstmöglich und gnadenlos zusammen, nur weil du wissen willst, ob du dir einen Typen dauerhaft auf dein Sofa setzen willst!«

»Hör auf zu stänkern, Anka. Du hättest deine Couchkartoffel auch immer noch, wenn sie sich nicht aus dem Staub gemacht hätte!« Suse bringt die in Rage geratene Anka zum Schweigen. Mit zickiger Miene zündet diese sich eine Zigarette an und bläst Suse den Qualm ins Gesicht.

»Ich verstehe Tati«, mischt sich Petra ein. »Ich denke auch manchmal darüber nach, meinen André nach knapp zwanzig Jahren wilder Ehe zu heiraten. Also etwas zu tun, was weder betriebswirtschaftlich noch juristisch sinnvoll erscheint.«

Doro kichert. »Das ist mal wieder typisch. Du denkst doch nur an die Erbschaftssteuer!«

»Das ist doch wohl legitim. Aber ich habe diesmal gar nicht an mich, sondern an André gedacht. Er hat schließlich durch mich eine große Chance auf ein reichhaltiges Erbe!«

»Mädels, mir geht es aber nicht ums Erbe«, werfe ich ein.

»Worum denn dann?« Petra fehlt jedes Verständnis für meine Situation. »In unserem Alter muss man sich doch absichern!«

»So alt sind wir ja nun auch wieder nicht.« Mir fällt auf, dass ich schon wie Carsten rede. Im Gegensatz zu uns Frauen spricht er mit mir überhaupt nicht übers Älterwerden. Wenn er meine Falten auf Fotos retuschiert und mir Sportgeräte schenkt, macht er das völlig wertfrei. Für Carsten ist der Tatbestand, dass wir alle irgendwie altersspezifische Besonderheiten entwickeln, entweder völlig unproblematisch, oder er verschließt, wie die meisten Männer, einfach die Augen vor unabänderlichen Tatsachen. Am schlimmsten wäre es, wenn

er irgendwann die Augen öffnet und mich wegen der sichtbaren Spuren meines Alters nicht mehr will.
Nach dieser Erkenntnis revidiere ich das eben Gesagte.
»Ich glaube, ihr habt doch recht. Wir werden alt, und ich mache mir Sorgen, dass Carsten das irgendwann auch in meinem Gesicht sieht und mich dann verlässt!«
»Dann bist du froh, dass du ihn nicht geheiratet hast!«, ätzt mich Anka an.
»Jetzt bleibt entspannt, Mädels«, schaltet sich Suse ein. »Ich weiß gar nicht, was ihr wollt. Ich finde alt werden schön. Je älter ich werde, umso mehr mag ich mich!«
Suse hat gut reden. Sie sieht ja auch top aus mit ihren schönen blonden Locken.
Doro sagt: »Natürlich hat das Alter Vorteile: Wir sehen nicht mehr alles, hören nur noch die Hälfte, und das meiste, was um uns herum geschieht, lässt uns kalt!«
»Super ist auch, dass wir uns nichts mehr merken können. Wie oft gehe ich ins Bad und weiß dann nicht mehr, warum ich dort bin. So unter dem Motto: Frag mich nicht, was eben passiert ist, frag mich nach Ereignissen vor vierzig Jahren!«, erklärt uns Anka, und ich frage mich, warum sie ihren Mann bisher nicht vergessen konnte.
»Meine Toleranz ist jedenfalls gleich erschöpft. Statt mir bei meiner Hochzeitsentscheidung zu helfen, streitet ihr euch über Vor- und Nachteile des Altwerdens«, sage ich zickig, um meine Mädels zum von mir deklarierten Hauptproblem zurückzuführen.
»Ich bin dagegen! Also gegen eine Hochzeit«, sagt Anka viel zu schnell.
»Ich bin dafür!« Petra hebt ihre Hand wie bei einer Abstimmung.
»Und ich finde, du musst das selbst entscheiden«, meint Suse.
Wir schauen alle gespannt auf Doro. Sie fühlt sich unwohl, blinkert mit den Augen und schüttelt sich.

»Ohohohoh«, jammert sie nur. »Ihr seid nicht lustig!«
Mehr bekomme ich von ihr nicht zu hören.
Toll, wenn man so entscheidungsfreudige und argumentationsstarke Freundinnen hat! Das Treffen hat mir ja richtig weitergeholfen!
Noch habe ich zwei Monate Zeit bis zur Hochzeit und vier Wochen bis zur Abgabe der Unterlagen, aber ich sollte mich zügig zu einem Entschluss durchringen. Allein.

Alles hat ein Ende

Nach dem Mädelsabend bin ich richtig wütend. Stocksauer sogar. Wenn ich das aussprechen würde, was mir nach der dämlichen Abstimmung durch den Kopf geht, hätte ich keine Freundinnen mehr!
Ich finde, sie hätten sich mehr Mühe geben können, sich in meine verzwickte Situation mit Carsten hineinzuversetzen, anstatt übers Älterwerden zu philosophieren. Nach der misslungenen Abstimmung hatten meine vier Grazien verzweifelt an ihren Mojitos gesaugt und gar nichts mehr gesagt.
Wenn ich jetzt darüber nachdenke, dämmert mir, warum das so war: Meine Freundinnen können theoretisch alles, was ich mir von ihnen erhoffe, nur eins können sie genauso wenig wie ich: spontane Entscheidungen fällen. Weil wir Frauen sind. Für schnelle Lösungen sind die Männer zuständig.

***

Also verabrede ich mich gleich am nächsten Tag mit Kumpel Ronny. Von ihm als Mann erhoffe ich mir eine klare Lösung meines Problems. Wir treffen uns im Babelsberger Lindencafé. Wir haben kaum Platz genommen, da frage ich Ronny, ob ich heiraten soll.

»In deinem Alter, Tati? Wer nimmt dich denn noch!«
»Alter! Ronny! Ich kann es nicht mehr hören.«
»Nun sei doch nicht gleich beleidigt. Seit ich es nicht mehr schaffe, mir mein Leben jung zu trinken, habe ich mich darauf eingelassen, das Alter erleben zu wollen, weil es spannend ist, als ob man ein Buch lesen würde – da bleibt man auch nicht auf der Stelle stehen.«
Mir entgleiten alle Gesichtszüge. Hä? Ronny hat sich auf das Alter eingelassen? Ronny liest neben der Apothekenumschau auch Bücher? Ich schaue meinen Kumpel mitleidig an.
»Was redest du da? Ich kann mir dein lyrisches Geschwafel nur mit deinem altersbedingt sinkenden Testosteronspiegel erklären. Wahrscheinlich ist der so gesunken, dass du dich hormonell an uns Frauen angleichst.«
»Papperlapapp! Obwohl, ich brauche ja gar kein Testosteron, sagt die Rentner-Bravo«, antwortet Ronny kurz und bestellt sein erstes Nachmittagsbier.
»Prost Tati, mach dich ran und träume dein Leben nicht, sondern lebe es!«, schreckt mich Ronny auf.
Wovon redet er denn jetzt schon wieder?
»Willst du damit sagen, dass ich doch heiraten soll?«
»Nein, ich will sagen, dass du dein Leben nicht vertrödeln sollst. Diskutiere nicht, lebe!« Manchmal konnte Ronny richtig philosophisch sein, aber leider wenig hilfreich.
»Ronnylein!«, bettelte ich. »Was würdest du denn an meiner Stelle machen? Sag doch mal!«
»Ich kann dir sagen, was ich meiner Stelle machen würde: feiern, immerzu feiern. Zuerst die Entlobung, dann die Verlobung und dann die Hochzeit! Und immer Kumpel Ronny einladen. Das würde ich tun!«
Wie unkompliziert doch Männer sind! Wir Frauen sind komplizierter, wahrscheinlich sogar so kompliziert, dass wir uns selber nicht verstehen können.

***

Am nächsten Tag meldet sich endlich meine Schwester von der Kur. Nach einer SMS, in der sie mir die Telefonnummer ihres Zimmers im, wie sie es nannte, »Kinderlattenheim« mitteilt, rufe ich sie an.
»Na, Schwester, wie geht es dir nach zehn Tagen Kur. Fühlst du dich gut umsorgt?«
»Sehr gut. Hier ist es so schön. Berge und Wälder, und alles tief verschneit. Im November! Außerdem habe ich das erste Mal im Leben das Gefühl, dass ich mich ausschließlich um MICH kümmern darf. Was mich aber erstaunt hat, ist die Tatsache, wie viele in unserem Alter plötzlich eine Depression bekommen.«
Ich denke sofort: Ist doch klar, dass man in unserem Alter, wo sich Gespräche zunehmend um Krankheiten und Behandlungsmethoden drehen, die Einschläge immer näher kommen und sogar Michael Jackson einfach wegstirbt, depressiv werden muss. Das ist wie ein Virus, das sich in der Mitte des Lebens pandemieartig verbreitet. Ich spreche meine Gedanken aber nicht aus, denn Alexandra ist, trotz ihres Bemühens um eine fröhliche Ausstrahlung, aufgeregt wie eh und je. Ich sorge mich, dass ihre Behandlung fehlgeschlagen sein könnte oder dass die »Freu-Tabletten« nicht mehr wirken. Mich beschleicht die Angst, mich beim nächsten Telefongespräch mit Mama nicht nur wegen einer ausfallenden Hochzeit, sondern auch noch wegen meiner kranken Schwester rechtfertigen zu müssen.
Die Stimme meiner Schwester dringt plötzlich ganz sachlich und entspannt durch den Telefonhörer an mein Ohr.
»Weißt du, Tati, unseren Körper müssen wir uns vorstellen wie ein altes Auto. Die werden im Laufe der Jahre durch Materialermüdung, Beanspruchung und Witterungseinflüsse auch anfälliger und benötigen mehr Wartung, häufigere Durchsichten und Reparaturen. Und so ist es auch mit uns. Mit vierzig läuft das Hirn zwar auf Hochtouren, aber der Körper zerfällt und die Seele korrodiert!«

»Aber manche Autos laufen länger, und manche müssen mehr gepflegt werden. Warum?«

»Ich glaube, bei mir liegt es auch daran, dass ich nach der Wende mit den unendlich vielen Auswahlmöglichkeiten, die das Leben plötzlich bot, nicht klarkam. Vor der Wende konnte ich meine Möglichkeiten besser überschauen und Grenzen erkennen. Im wahrsten Sinne des Wortes. Wir agierten im Osten in zeitlich und räumlich begrenztem Radius. Statt mir jetzt meine eigenen Grenzen zu setzen, mich auf mich und meine Fähigkeiten zu besinnen, verliere ich mich im Staunen, Träumen und Warten auf das bessere Angebot. Die neue Freiheit hat ihren Preis.«

Alus Worte bringen mich ins Nachdenken. Was unterscheidet mich von meiner Schwester? Warum hatte ich mich in der unendlich großen, neuen Welt nicht verirrt? Vielleicht, weil meine Mama mir als der Älteren von uns beiden schon immer die Verantwortung für mich und meine Schwester übertragen hatte. »Pass auf deine kleine Schwester auf!« und »Tati, du schaffst das schon« wurde mir ständig eingetrichtert. Sollte es heute wirklich von Vorteil sein, dass mir diese Sätze immer noch wie ein Mantra durchs Hirn geistern, gaben sie mir gar das nötige Selbstvertrauen, mein Leben optimistisch und verantwortungsvoll in die Hand zu nehmen, und die Disziplin, mich nicht in Träumereien zu verlieren? Eigentlich hatte ich jahrelang unter diesem moralischen Druck gelitten. Ich hasste es, Vorbild zu sein und nicht schwach sein zu dürfen.

Und als ob Alexandra meine Gedanken hören könnte, fährt sie fort: »Weißt du Tati, mir ist klar geworden, dass ich deswegen so an EQUI geklammert habe, weil ich mich nur gut fühlen konnte, wenn er mich gut fand. Das ist wie eine Sucht!«

»Meinst du, das könnte auch bei mir der Grund dafür sein, dass ich unbedingt heiraten will?«

»Das weiß ich nicht. Bisher dachte ich immer, dass deine Abhängigkeit von Männern im Zusammenhang mit deinen Verlustängsten steht!«

»Welche Verlustängste?«
»Eigentlich musst du einen Psychologen fragen, aber wenn du es unbedingt von mir hören willst, bitte. Ich glaube, dass du Angst hast, verlassen zu werden. Schon immer! Das hat mit Selbstachtung zu tun. Mein Psychologe hier in der Klinik sagte, dass nicht andere, also Männer oder große Schwestern zum Beispiel, der Gradmesser meiner Zufriedenheit sein sollten, sondern ich selbst. Ich hatte die Fähigkeit verloren, Bedürfnisse zu äußern und mich an mir selbst zu erfreuen. Es geht um Liebe, Liebe zu sich selbst.«
Wie klar und logisch sich das anhörte! Ich werde ganz melancholisch bei ihren Worten. Es fällt mir schwer, zu glauben, dass das Leben so einfach sein soll. Meine kleine Schwester! Da nimmt sie mir mit ein paar Sätzen die ganze Last der Verantwortung von den Schultern und gibt mir trotzdem das Gefühl, dass sie auf dem richtigen Weg ist. Und wenn ich ihre Erkenntnisse weiterspinne, können sie auch für mich sehr wichtig sein. Wie viele Jahre hatte ich nichts anderes als meinen Beruf im Kopf: Ich wollte erfolgreich sein, um jeden Preis, und besser als Corinna! Ich habe geschuftet, gelernt, und meine Beziehungen sind auf der Strecke geblieben. Dass ich, seit ich meinen Traummann kenne, instinktiv nicht mehr jede Mugge und jedes Angebot annehme und mehr Zeit in unsere Partnerschaft statt in meine Karriere investiere, hat mir bisher immer ein schlechtes Gewissen beschert. Ich fühlte mich bei dem Gedanken, nichts zu tun, nicht wohl.
Wenn ich jetzt Alexandras Erkenntnisse mit meinen Erfahrungen verbinde, muss ich mir zwar eingestehen, ein altes Auto zu sein, kann dafür von jetzt an mehr Pflege und Ruhepausen besser rechtfertigen. Früher war ich ein Ferrari, der auf geraden Autobahnen in Höchstgeschwindigkeit durchs Leben fuhr. Heute bin ich ein älterer Twingo, der Schlaglöcher meiden muss, damit der Auspuff ganz bleibt und nicht röhrt.
Alu ist jetzt zur großen Durchsicht, wird bald mit frisiertem

Motor und ruhig laufendem Getriebe wieder nach Hause kommen, und ich nehme mir vor, bis dahin bei mir ebenfalls mit der Umprogrammierung der Elektronik zu beginnen.

***

Nachdem ich den Hörer aufgelegt habe und die Schweißfußtapsen, die Chica auf meinem Glastisch hinterlässt, mit Küchenpapier und kreisenden Bewegungen zu beseitigen versuche, kreisen meine Gedanken um das Wort »Verlustängste«. Ich erinnere mich an einen Abend mit Carsten, den ich damals erst wenige Wochen kannte, an dem er mir eine selbstgeschriebene Geschichte zeigte.

»In emotionalen Augenblicken und Lebensphasen schreibe ich meine Befindlichkeiten und Gedanken in Gedichten und Kurzgeschichten auf«, flüsterte er mir ins Ohr.

Wir saßen beide hintereinander auf dem Bürostuhl. Mein Traummann hatte die Arme um mich geschlungen, und ich las seine Erinnerungen an die Zeit, als er seine Lebensgefährtin verließ.

Ich las von seinen Ängsten, ihr sagen zu müssen, was er schon lange fühlte, von Sprachlosigkeit und seinem Unwohlsein, noch Zeit mit ihr verbringen zu müssen. Obwohl er wusste, dass es keine Zukunft für sie beide gab, hatte er viel zu lange gewartet, es ihr zu sagen und die Konsequenzen daraus zu ziehen.

Ich erinnere mich, dass ich von dieser Schilderung plötzlich so berührt war, dass ich nichts mehr sagen konnte. Meine Augen füllten sich mit Tränen, nicht weil mich seine Seelenqual und das Offenlegen seiner Emotionen so beeindruckt hatten, sondern weil ich Angst hatte. Die Angst nämlich, diejenige zu sein, die an eine lange Beziehung glaubt und mit einem Mann zusammenlebt, der eigentlich nur noch eins will: weg! Das hatte ich bereits mit Ingo erlebt und wollte nie wieder so böse überrascht werden.

Ich weiß noch, dass Carsten damals erwartete, dass ich etwas zu seinen Texten sagen würde, aus rein künstlerischer Sicht. Aber ich hatte einen Kloß im Hals, konnte nicht sprechen. Wegen der mich überflutenden Verlustängste? Resultierte aus ihnen mein Heiratswahn, und wenn ja, würde ich diese unterbewussten Denkstrukturen auch umprogrammieren können? Ich bin mir nicht ganz sicher, aber ich spüre, dass ich schon ganz nah an der Lösung all meiner Probleme bin.

***

Am nächsten Tag habe ich einen Termin bei meiner Frauenärztin. Frau Doktor wirkt durch ihre im Knoten zusammengebundenen schwarzen Haare und den obligatorischen weißen Kittel auf den ersten Blick ein wenig streng, ist es aber nicht. Sie nimmt sich immer Zeit, und ich kann sie auch mit allen Fragen außerhalb des Themas Frauenkrankheiten belästigen. Als ich ihr an ihrem Schreibtisch gegenübersitze und sie mich nach meinem Befinden fragt, will ich von ihr wissen: »Frau Doktor, ich beschäftige mich gerade mit der Mitte des Lebens. Welche Erfahrungen haben Sie gemacht, was bedrückt Ihre Patientinnen am meisten, wenn sie älter werden? Ist es die nachlassende Libido? Der körperliche Verfall? Gibt es überhaupt typische körperliche und seelische Veränderungen in unserem Alter?«
Frau Ziesche zieht ihre Lesebrille auf die Nasenspitze. Noch während sie scheinbar nachdenkt, antwortet sie bedächtig.
»Ich glaube nicht, dass es die Libido und das Alter sind, die die Vierzig- bis Fünfzigjährigen besonders belasten. Ich habe eher den Eindruck, dass es die Endlichkeit des Lebens ist, die uns plötzlich bewusst wird. Als wir jung waren, haben wir doch bei allen Vorhaben gedacht, dass dafür alle Zeit der Welt bliebe und jetzt ... jetzt wissen wir, dass wir uns beeilen müssen, um unsere Träume zu realisieren!«
»Sie meinen also, wir Mittlebensmenschen begreifen erst

jetzt, dass wir sterben müssen, und haben Angst davor, trotz unserer stetig steigenden Lebenserwartung?«

»Die Gespräche mit meinen Patienten haben meine Auffassung sogar noch bestärkt. Viele horchen in ihren Körper hinein und werten jede Blähung als ernstes Krankheitszeichen. Manchmal habe ich den Eindruck, die gestiegene Lebenserwartung nutzen einige Menschen ausschließlich zum Jammern über ihre Krankheiten und Gebrechen!«

Ich bin beeindruckt. So habe ich es noch nicht gesehen. Tatsächlich habe auch ich meinen Fokus ausschließlich auf alles gerichtet, was mir meine Endlichkeit bestätigte. Wohl oder übel muss ich mir eingestehen, dass ich mich in den letzten Wochen und Monaten in den Chor der jammervoll Klagenden meiner Altersgruppe in väterlicher Gründlichkeit und mit mütterlicher Disziplin eingereiht habe.

Super! Was nun?

Loslassen mit Sekundenkleber an den Fingern

Es ist Nachmittag, und ich sitze grübelnd neben der lautstark schnarchenden Chica auf meiner Küchencouch und trinke einen Milchkaffee. Ich nebele gerade die Küche mit meiner Zigarette ein, als sich auf einmal ganz plötzlich der Nebel in meinem Kopf lichtet.

Ohne dass ich etwas dafür tun muss, sortieren sich alle kleinen und großen, bisher immer wild durcheinander wirbelnden Erkenntnisse in meinem Kopf. Das ist wahrscheinlich wie bei der Gartenarbeit und den Rosen. Wenn man oder besser frau eine Rose düngt, gießt und harkt, heißt das nicht, dass sich die Knospe aufgrund der Fürsorge spontan öffnet. Das dauert manchmal mehrere Wochen. Und eines Tages springt die Knospe auf und entfaltet sich zur duftenden Rosenblüte. Genauso scheint es sich mit meinen wirren Gedanken und scheinbar unfruchtbaren Gesprächen zu verhalten: Nach Tagen oder Wochen, in denen das Gehirn alles sortiert und aufgenommen hat, hat man das Resultat dieses Denkprozesses auf einmal ganz klar vor sich.

Ich weiß plötzlich, was zu tun ist, und kann »meinen Gärtnern« aus tiefstem Herzen danken.

Danke, Ronny, für deinen Witz und deine Gelassenheit! Ich freue mich beim Gedanken an Doro, die mir klargemacht hat, dass die Wechseljahre früher oder später jede Frau ereilen und dass sie dazu führen, dass wir aus hormonellen Gründen endlich wahr empfinden und entspannter sein können. Keine Pickel, kein Neid, kein Putzwahn und immer warme Füße. Und meiner Schwester danke ich für die Erkenntnis, dass ich mich selbst gut finden muss. Auf die Idee wäre ich vorher gar nicht gekommen, weil Mama immer gesagt hatte, dass man weder egoistisch noch eingebildet sein darf.

Noch vor kurzem, während eines Telefongesprächs, bei dem ich ihr von meinem Klassentreffen berichtete, fragte sie: »Sag mal, Tati, sieht Corinna immer noch so toll aus wie früher?«

»Ja, sie ist immer noch eine gut aussehende Frau!«, antwortete ich.

»Ich habe nie verstanden, dass du dir immer so viel schönere Freundinnen genommen hast!«

Ich war heute, wie zu meiner Schulzeit, etwas beleidigt über diese Aussage. Darum erwiderte ich vorsichtig: »Wir haben uns beim Klassentreffen alte Fotos angeschaut, und aus heutiger Sicht finde ich mich als Vierzehnjährige gar nicht so hässlich.«

»Warst du ja auch nicht, Kind. Aber das hätte ich dir doch nicht sagen können, sonst wärst du noch eingebildet geworden.«

Ja, Mama, bin ich aber nicht und darf mich trotzdem selber lieben. Nur dann bin ich auch für andere und vor allem für Carsten liebenswert.

Frau Doktor Ziesche verdanke ich die Erkenntnis, dass ich

mich mit der Endlichkeit des eigenen Lebens abfinden und den sinnlosen Versuch aufgeben muss, zu leben, ohne zu altern. Denn wenn ich so weitermache, werde ich altern, ohne zu leben. »Alt!« Ich spreche das Wort vor mich hin, zum ersten Mal in den letzten Monaten ohne Aggressionen oder Angst. Natürlich bin ich zu alt, um noch für eine Jugendsportmannschaft anzutreten, zur Spargelkönigin gewählt zu werden oder auf den Ratgeberseiten von Teenie-Magazinen noch etwas zu lernen. Aber ich bin alt genug, mich über die Fragen an Doktor Sommer zu amüsieren und die wissenschaftlichen Welterklärungsversuche und Klimakatastrophen-Androhungen durch die Nutzung von normalen Glühbirnen nicht unbedacht anzunehmen. Zu alt für die wirklich wichtigen Dinge im Leben bin ich noch lange nicht.
Ich merke auf einmal, dass es darum geht, mich selbst von Jahr zu Jahr besser zu verstehen, weil ich mich schon sehr lange kenne, und ich empfinde es plötzlich nicht mehr als Schande, anders zu sein als andere.
Wenn ich also meine Eltern liebe, obwohl sie ein anderes Lebenskonzept als ich favorisieren, wird mir meine Mama auch verzeihen können, dass ich nicht heirate; dafür gebe ich ihr vielleicht recht, dass Sex ab einem bestimmten Alter nicht mehr ganz so wichtig ist. Plötzlich weiß ich, dass ich alles habe, um glücklich zu sein: Liebe in unbeschreiblichem, Kreativität in erfolgversprechendem und Erfolg im erträglichen Maß! Nur eins fehlte mir bisher: ein entspanntes Verhältnis im Umgang mit den Unsicherheiten des Lebens.

***

Heute, eine Woche vor dem ersten Advent, werde ich den reservierten Termin auf dem Standesamt persönlich absagen. Nach den Gesprächen mit Freunden, Verwandten und Frau Doktor Ziesche fügen sich meine verworrenen Gedanken der letzten Wochen zu einem harmonischen Bild. Ich nehme mir vor, jeden unnützen Gedanken über unabänderliche Tatsachen auszumerzen und meine Zeit nicht mit Erwartungshaltungen an mich und Carsten zu vergeuden. Und ich spüre, dass ich loslassen kann. Loslassen muss, weil nur ich selbst für mein persönliches Glück verantwortlich bin, und weder Mama noch Carsten oder sonst wer.

Ich genehmige mir eine Zigarette zu meinem Kaffee, stelle mir vor, wie ich mit Carsten um die Welt reise, Abenteuer bestehe oder stundenlang bei einer Flasche Wein und Kerzenlicht über unsere Liebe philosophiere. Warum habe ich im Leben eigentlich immer alles auf »später« verschoben? Wegen Mama, wegen der Arbeit und wegen der Karriere, wegen des knappen Ersparten, das ich zur Rentenvorsorge oder für schlechte Zeiten aufheben wollte, und wegen der Katze, die nicht lange allein bleiben kann.

»Chica!«, wecke ich das neben mir schlafende Wollknäuel und nehme es auf meinen Schoß. »Chica, wenn du stirbst, dann werde ich eine gaaaanz lange Weltreise machen.«

»Mäh«, quengelt sie. »Doch, das muss sein, sonst hindert mich später die Thrombosegefahr an langen Flügen. Und ich werde ein neues Küchensofa kaufen, das du dann nicht wieder zerkratzen kannst. Guck mal, wie viele Fäden du schon gezogen hast.«

Dann eile ich hochgradig motiviert und beschwingt an diesem neblig-grauen Wintertag Richtung Magistrat zum Standesamt. In der Stadtverwaltung Potsdam empfängt mich eine perfekt geschminkte Dame mittleren Alters. Auf einem Schild, das sie an ihrem Jackett trägt, lese ich »Standesamt – Frau Schick«. Zögerlich nehme ich ihr gegenüber auf einem Stuhl Platz, den sie mir mit großer Geste und feierlichem Gesichtsausdruck zugewiesen hat.

»Guten Tag, ich bin wegen meines Termins für die Eheschließung am 23. Januar auf den Namen Meissner hier!«

Die schicke Frau Schick, die eben noch ihre Papiere auf dem Schreibtisch ordnete, sieht mich erschrocken an, streift mit dem rechten Zeigefinger über ihre schwarzen, sehr dünn gezupften Augenbrauen und tippt dann ein wenig hektisch auf der Tastatur ihres Computers herum. Nach einem letzten Klick auf die Enter-Taste, verwandelt sich ihr eben noch verkniffener Gesichtsausdruck in einen entspannten Standesbeamten-Blick.

»Ja, Frau Meissner, zur Bestellung des Aufgebotes fehlen noch: der gültige Personalausweis oder Reisepass Ihres zukünftigen Mannes, die beglaubigten Ablichtungen der Geburtseinträge, erhältlich beim Standesamt des Geburtsortes. Nicht die Geburtsurkunden, Frau Meissner! Das ist etwas anderes. Dann die Bescheinigung aus dem Melderegister des Hauptwohnsitzes mit Angabe des aktuellen Familienstandes, die Eheurkunden der letzten Ehen, da Sie nach meinen Informationen beide geschieden sind. Und der Nachweis über die Auflösung der letzten Ehe, also ein rechtskräftiges Scheidungsurteil oder die Sterbeurkunde. Sollten Sie gemeinsame Kinder haben, dann brauche ich die Geburtsurkunden, die Urkunde über die Anerkennung der Vaterschaft, sofern der Vater nicht bereits in der Urkunde eingetragen ist, und die Urkunde über die Erklärung zur gemeinsamen Ausübung der elterlichen Sorge, sofern diese beim Jugendamt bereits begründet wurde. Haben Sie alles dabei?«

Ich bin nicht nur erstaunt, was sich Frau Schick alles merken und mit angetackertem Lächeln vortragen kann, sondern auch erleichtert, dass den Heiratswilligen dieses Landes wenigstens die Abgabe einer Stuhlprobe erspart bleibt und ich diesem bürokratischen Urkundenwust noch einmal entgehen werde.

»Nein, ich habe die Dokumente nicht dabei«, erwidere ich mit entschuldigendem Lächeln. »Ich möchte den Termin nämlich absagen.«

»Oh, das tut mir leid!« Mir wird bewusst, was sie in dem Moment denken muss. Ihr Gesicht ist wie ein Spiegel ihrer Gedanken. In ihren grünen, von fröhlichen Falten umrandeten Augen kann ich lesen, dass sie Mitleid empfindet. Ihre Erfahrung sagt ihr, dass vor ihr eine Frau sitzt, die von ihrem Bräutigam verlassen wurde und jetzt nicht nur den Hochzeitstermin absagen, sondern sich im fortgeschrittenen Alter noch einmal auf die Suche nach einem Neuen begeben muss. Das will ich keinesfalls auf mir sitzen lassen. In Potsdam spricht sich ein so delikates Gerücht sehr schnell herum.

»Sie müssen sich keine Sorgen machen, mein Lebensgefährte und ich lieben uns. Wir lieben uns so sehr, dass wir auch ohne Hochzeit glücklich sein können.«

Die Standesbeamtin blinzelt erst skeptisch, glättet wieder ihre Augenbrauen und seufzt erleichtert. »So«, sagt sie, während sie die Enter-Taste drückt, »der Eintrag ist gelöscht! Ich wünsche Ihnen viel Glück.«

An der Tür drehe ich mich noch einmal um, um mich von Frau Schick zu verabschieden. Sie lächelt mich an und sagt: »Wissen Sie, wenn man mit einem Mann gut auskommen will, sollte man vorher wissen, dass man auch ohne ihn auskommen könnte. Machen Sie es gut!«

Stolz und ziemlich erleichtert verlasse ich Frau Schicks Büro. Zu Hause angekommen, gehe ich an meiner Wohnungstür vorbei und schleiche die Treppen nach oben, schließe leise Carstens Wohnungstür auf und versuche, ihn mit lustigen Bauchtanzbewegungen in seinem Arbeitszimmer zu überraschen. Mit einem fröhlichen »Tralalalala!« betrete ich den Raum. In dem Moment, in dem mich mein ab sofort nicht mehr unter Heiratsdruck stehender Lebensgefährte erblickt, nimmt er erschreckt sein Handy vom Ohr. Ich tänzle dem aufrecht hinter dem Schreibtisch stehenden Erdmännchen entgegen.

»Hallo Carsten!«

Statt mir wie sonst in solchen Situationen einen Kuss aufzudrücken, murmelt er mir etwas Unverständliches über den Tisch zu. Irgendwie verhält er sich komisch.

»Was ist denn los?«

»Ich habe jetzt gerade keine Zeit. Ich muss arbeiten! Ich komme nachher auf einen Kaffee zu dir.«
Ein wenig verwirrt gehe ich nach unten in meine Kuschelküche und hoffe auf mehr Dankbarkeit von Chica. Die begrüßt mich bereits schniefend im Flur und schleicht fröhlich röchelnd um meine Beine. Ich ziehe an ihrem weichen, aufrecht nach oben gerichteten Schwanz und wünsche, dass Carsten mir auch so einen warmherzigen Empfang bereitet hätte.
Als ich, um mich aufzuwärmen, meinen heißen Sänger-und-Redner-Tee mit Honig schlürfe, vergegenwärtige ich mir noch einmal diese sehr eigenartige Situation eben mit Carsten. Er hat irgendwie zu schnell den Hörer aufgelegt. Mit wem hat er wohl gerade telefoniert? Betrügt er mich etwa? In mir regt sich ein ungutes Kribbeln, das ich von früher kenne.

***

Ich bin in meinem Leben schon einmal richtig böse von einem Mann betrogen worden. Es war ungefähr so wie in dem Film »Die Legende von Paul und Paula«, als Paul nach Hause kommt und seine Paula mit einem anderen im Ehebett erwischt. Nur andersherum. Ich war es, die nach Hause kam. Wegen dieser Filmszene hatte ich mir komischerweise vorher schon manchmal überlegt, wie ich an Pauls Stelle reagiert hätte, ob ich auch mit dem Ledergürtel um mich schlagen würde. Ich hatte mir vorgestellt, dass ich so aufgeregt und wütend und außer mir sein würde, wie man es sich in seinen schlimmsten Alpträumen nicht vorstellen könnte. Aber als es Wirklichkeit wurde, war es ganz anders.
Lange vor der Wende kam ich eines Nachts um halb drei von einem Tanzauftritt zurück in das gemeinsame Zuhause von mir und meinem damaligen LAG, nennen wir ihn Heinz. Schon als ich den Flur unserer Wohnung betrat, fiel mir eine unbekannte, verwaschen rosa Blousonjacke an der Garderobe auf.

Einer inneren Eingebung folgend, ging ich forschen Schrittes sofort Richtung Schlafzimmer, öffnete die Tür und machte das Licht an. Die Luft im Zimmer roch muffig. Im Ehebett lag Heinz schnarchend auf der Türseite, neben ihm schauten schlecht gefärbte und durch Dauerwelle zerstörte blonde Haare unter der Zudecke hervor. Als mir die Bedeutung dieser von mir zunächst visuell aufgenommenen Informationen klar wurde, schrie und tobte ich nicht. Mein Herz schlug vielleicht etwas stärker als sonst, aber ich fühlte mich ruhig und gefasst. Ich schüttelte Heinz an der Schulter. »Hey, Heinz, wach auf.«

Er rührte sich nicht.

»Hallo, Heinz! Wer liegt da in meinem Bett!«

Heinz hob träge seinen Kopf. »Weiß ich nicht!«, lallte er, und ein Schwall üblen Alkoholgeruchs schlug mir entgegen. Die schlechte Dauerwelle rührte sich nicht.

»Hallo, Heinz. Ich will wissen, wer da neben dir in meinem Bett liegt.«

Plötzlich dämmerte es in seinem vernebelten Hirn, und wenige Zehntelsekunden später federte Heinz aus dem Bett und stand nackt und mit gesenktem Kopf neben mir. Wenn jemand den Kopf hängen lässt, kann das auch am Inhalt liegen, dachte ich gerade, als Dauerwelle sich zu bewegen begann. Ich konnte ihr Gesicht sehen. Ganz ruhig sagte ich zu Heinz: »Und deinen Geschmack hast du auch am Arsch!« Heinz nickte zur Bestätigung meiner Aussage nicht nur mit dem Kopf, sondern gleich mit dem ganzen, nackten Oberkörper. Während er noch neben mir dienerte, zog ich der hässlichen Dauerwelle die Decke weg. Sie grunzte kurz und drehte sich zur Wand.

»Heinz, du alter Bock«, ich gab meiner Stimme einen ganz freundlichen und entspannten Ausdruck. »Kannst du mir mal erklären, was du mit dieser von der Natur sehr stiefmütterlich bedachten Schreckschraube vorhattest? Du scheinst dir deinen Geschmack weggesoffen zu haben.«

»Na ja«, Heinz wandte sich und erklärte mir mit schwerer Zunge, dass er gar nichts dafür könne, er wäre nur auf ein Bier in der Eckkneipe gewesen, und da habe er sie getroffen und ein wenig geschwatzt. Und sie wäre ja Schuld an dem Dilemma, weil sie zu ihm gesagt hätte: »Wollen wir jetzt quatschen oder ficken!«, und da habe er sich unter Druck gesetzt gefühlt.

»Du armer Mann, wie bemitleidenswert!« Noch war ich ganz ruhig und griff nach der am Kopfende der Schlafcouch stehenden Stumpenkerze. Dann brüllte ich: »Du bist doch ein widerlicher, ekelhafter Wurm!«, holte mit der Kerze in der rechten Hand aus, Heinz duckte sich, für seinen Promillewert erstaunlich schnell, und wich meinem Wurfgeschoss aus. Die Kerze traf die Wand und ein Bild fiel scheppernd auf den mit grünem Nadelfilz ausgelegten Fußboden. Heinz hatte sich in die hinterste Ecke des Zimmers verzogen, und langsam kam auch Dauerwelle zu sich. Ich bemerkte es an ihren zuckenden Augenlidern. Sie bewegte sich nicht. Also griff ich nach den verfilzten Haaren und zog daran. Mit einem Schrei saß sie auf der Bettkante. »Heinz, hilf mir, diese Frau ist ja brutal!«

Ich hielt sie immer noch am strohigen Schopf, und sie versuchte nach mir zu schlagen. Ich ließ sie los, bedachte den immer noch nackt in der Ecke kauernden Heinz mit einem müden Lächeln und ging ins Wohnzimmer. Dort standen ein übervoller Aschenbecher auf dem Tisch und verschiedene Flaschen hochprozentigen Gesöffs auf dem Fußboden. Dazwischen häufchenweise Klamotten von Dauerwelle. Ich sammelte diese ein, ging in den Flur, griff die ekelhaft nach Kneipe riechende rosa Jacke und schmiss alles zusammen aus dem Küchenfenster.

»Hey, ich habe dir deine Klamotten schon mal zurechtgelegt!«, rief ich durch die Schlafzimmertür. Dauerwelle kam nackt in den Flur. Mit ihrem verschmierten Make-up sah sie aus wie eine torkelnde Eule.

»Danke!«, sagte sie und kam auf mich zu. Ich öffnete ihr die Wohnungstür. »Sie liegen im Hof. Die Hoftür ist offen!« Dann schob ich sie in den dunklen und kalten Hausflur und schloss die Tür.

***

So etwas will ich nie wieder erleben. Ich würde auch nie wieder versuchen, einem Mann so einen Fehltritt zu verzeihen. Weil es nicht geht. Nicht nur der Betrug an sich ist das Problem, sondern auch die gnadenlose Blödheit von Heinz, sich trotz der Vorankündigung meines Kommens erwischen zu lassen. Ich glaube, Heinz' blutleeres Hirn war zwar nicht ausschließlich, aber zu großen Teilen seinem jugendlichen Alter geschuldet.

Mein Carsten wird mich nicht betrügen. Ihm ist Sex nicht »das Wichtigste«. Außerdem ist sein Alter von Vorteil, wegen des absinkenden Testosteronspiegels, wie ich von Ronny und aus der Apothekenumschau weiß. Die große Geilheit ist futsch. Fremdgehen macht unter diesen Bedingungen keinen Spaß mehr, denn neue Partner bedeuten immer auch neuen Stress. Deswegen verbanne ich vorerst mein Misstrauen gegen Carsten aus meinen Gedanken.

Ich schaue mir im Netz das Bild eines Erdmännchens an. Darunter steht: »Surikaten, auch ›Erdmännchen‹ genannt, gehören zur Familie der Mungos. Sie werden manchmal mit den Erdhörnchen verwechselt. Doch schon durch ihren kurzen, dünnen Schwanz sind sie eindeutig identifizierbar.« Dann suche ich ein Foto von einem Erdhörnchen, bin fasziniert von seinem buschigen Schwanz und entscheide spontan, Carsten fortan mit einem Hörnchen und nicht mit einem Männchen zu vergleichen.

Ich räume meinen Arbeitsplatz auf, koche zwei Tassen Kaffee, und genau als ich diese auf den Tisch stelle, kommt mein Erdhörnchen durch die Tür. Wir lümmeln uns aufs Sofa, und

ich kraule synchron mit der Linken sein Haar im Nacken und mit der Rechten Prinzessin Chicas Bauch. Beide haben ganz weiche Haare.
»Süßer, stimmt's, du betrügst mich nicht!«
»Warum sollte ich?«
»Weiß nicht. Im Religionsunterricht habe ich gelernt: Liebe, und du bekommst Liebe zurück! Das bedeutet für mich im Umkehrschluss, dass es mir schlecht geht, wenn ich glaube, du liebst mich mehr, als ich dich lieben kann«, versuche ich, den Grund meiner Ängste zu umschreiben, ohne auf sein eigenartiges Verhalten mit dem zu schnell beendeten Telefongespräch eingehen zu müssen.
»Ach, Süße.« Carsten beugt sich zum Tisch und entzieht sich damit meiner Kraulattacke. »Das mit der Liebe sehe ich genauso. Ein gesunder Egoismus ist die beste Voraussetzung für langanhaltende Liebe.«
»Liebst du mich?«
»Ja, sehr sogar. Auch wenn du immer über das Altwerden jammerst. Ich liebe jede Falte an dir und freue mich auf deine Wechseljahre, weil ich dann endlich die Klimaanlage im Auto anschalten kann, wenn du Hitzewallungen hast.«
»Meinst du, dann wird mir endlich warm?« Im Moment friere ich fast ständig.
»Ich hoffe, du gewöhnst dir dann auch die Macke mit der Sitzheizung im Sommer ab!«, lacht Carsten.
Ich lache glücklich mit, habe ich nach unserem kurzen Gespräch doch das Gefühl, dass mir mein Hörnchen auch mit einem überdurchschnittlich hohen Testosteronspiegel treu wäre und ich heute genau das Richtige getan habe.
Obwohl Carsten gar nicht weiß, dass ich heute den Termin, von dem er nichts wusste, abgesagt habe, ist er ausgesprochen gut gelaunt. Das macht mich scharf. Mit meiner rechten Hand greife ich beherzt Carstens Oberschenkel, befeuchte meine Lippen, schiebe sie so erotisch wie möglich nach vorn und hauche mit heiserer Stimme: »Stimmt's, mein

Schöner, ich habe keine Macken, ich habe nur liebenswerte Besonderheiten!«
»Genau.« Carsten schaut auf die Uhr, springt auf und küsst mich. »Ich muss noch mal schnell los!«
»Wohin?«, frage ich bemüht locker.
»Das sag ich nicht! Das sag ich nicht!«
Der Cowboy steppt und wirkt dabei wie Rumpelstilzchen auf Ecstasy. Er grinst diabolisch und zieht die Augenbrauen hoch, als ob Pfeiffer-Plönsgen ihm ein Dreieck gespritzt hätte. Dann verlässt er viel zu schnell die Küche.

Besser spät als nie

Ich öffne die Augen und erblicke Chica. Sie sitzt direkt vor meinem Gesicht und schnieft. Ich muss lachen, weil sie schielt. Eigentlich müsste ich schnell aufstehen, weil ich noch so viel zu tun habe. Ich richte mich auf und öffne die Vorhänge. Die Bäume vor dem Fenster sind mit Reif bedeckt, der Himmel ist wolkenlos. Beim Gedanken an die nur wenige Zentimeter von mir entfernte Kälte draußen ziehe ich meine Bettdecke wieder über die Schultern. Ob Carsten schon wach ist?
Ich lausche in die Stille des Morgens und höre Schritte über mir. Heute ist der 23. Januar. Vor drei Jahren war dieser Tag mit minus 24 Grad der kälteste, den ich in Deutschland bis dahin erlebt hatte und gleichzeitig der wichtigste für mein weiteres Leben. Das ahnte ich damals schon. Heute, am Tag des abgesagten Termins unserer Hochzeit und damit unserem dritten Jahrestag, weiß ich es.
»Mia!« Chica stupst mich an. Ich ziehe sie an mich, was sie nur widerwillig mit sich geschehen lässt.
Die Zeit ist so schnell vorbeigegangen! Soll es wirklich schon drei Jahre her sein, dass ich Carsten das erste Mal traf? Die ersten zwei Carsten-Jahre kamen mir wie wenige Monate

vor, unser drittes Jahr erschien mir dagegen ziemlich lang. Weil so viel Unerwartetes und Unbekanntes vorgefallen ist: Bandscheibenvorfall, Osteopathie, Egoismus-Erkenntnisse, Stiche vom Heilpraktiker und Spritzen von Pfeiffer-Plönsgen und über allem die abgesagte Hochzeit.

Nach der Absage ist eine riesige Last von mir abgefallen. Ich habe seitdem das Gefühl, nicht mehr mit Betonklötzen, sondern mit Sprungfedern an den Füßen unterwegs zu sein. Doing! Doing! Doing! In den letzten Wochen bin ich beschwingt durchs Leben gehüpft, habe nach und nach sämtliche Mythen und Dogmen einfach abgeschüttelt. Romantik? Doing! Weg mit den Vorstellungen naiver, jugendlich verwirrter Hirne! Das Leben ist auch liebenswert, wenn man nicht ununterbrochen Hand in Hand über eine Blumenwiese schlendert und jeden Grashalm zusammen schön finden muss; die Liebe lebenswert, wenn der eine amerikanische Serien und der andere »Popstars« guckt, der eine gern kocht und der andere lieber sehr viel isst und wenn nicht jede andere Meinung und jedes »Nein« als Liebesentzug empfunden wird.

Sex? Doing! Weg mit der Mythologie Testosteron-gepeitschter Körper. Wie schön es ist, seit ich nicht mehr jeden sexuellen Akt nach der Güte der Performance und der gesellschaftlich akzeptierten Quantität hinterfrage und spüre, dass tiefe Intimität und intensive Lebensfreude auch hormonell entspannt möglich sind. Bis vor kurzem war es mir wichtig, mich auszuprobieren unter dem Motto: »Viel Spaß, viel Kraft, viel Sex!« Ich habe mich immer mit anderen gemessen, wollte besser sein als Corinna, mehr Karriere machen als Günther Jauch und mehr Wissen erlangen als mein Papa. Ich wollte jedem gefallen. Ich glaube, das ist bei jungen Menschen relativ normal. Seit ein paar Wochen haben die positiven Effekte des Alterns eingesetzt. Ich muss mir nichts mehr beweisen, vor allem nicht sexuell. Wenn Carsten und ich Lust aufeinander haben, dann kann es Sex sein, muss aber nicht. Unsere Körper und unsere Erfahrungen diktieren uns nichts mehr.

Als ich beim letzten Mädelstreff von meinem Besuch auf dem Standesamt berichtete, nahmen meine Freundinnen diese für mich spektakuläre Tat ziemlich emotionsfrei hin, genauso wie mein Kumpel Ronny und meine Schwester. Niemand guckte mitleidig, keiner schrie nach einer Party, und meine Mama meinte nur, dann solle ich mich wenigstens mehr um Carsten kümmern und ab und zu mal auch mal was für ihn kochen. Das hätte sie nicht gesagt, wenn sie wüsste, dass die nicht vorhandene Kochkunst ihrer Tochter unmittelbar zu einem Beziehungsaus führen könnte.

Alles in allem gab es in den vergangenen Wochen weniger Gründe, die Stirn krauszuziehen; die Falten kamen dank trockener Heizungsluft von allein. Das Älterwerden ist nach wie vor kein reines Vergnügen für mich, aber wenn ich an die einzig mögliche Alternative denke, ist alles gut, so wie es ist. Ich bin dabei zu lernen, genauer hinzusehen – und wenn ich dazu die Brille brauche. Ich bin angekommen und habe die Kraft der zwei Herzen. Doing! Doing!

»Miäh!« Ich schupse Chica aus dem Bett, stehe auf, öffne das Fenster und suche den Brief, den ich Carsten anlässlich unseres Feiertages geschrieben habe. Ich hoffe, er weiß meine Mühen zu schätzen, denn es ist keine meiner Stärken, meine Liebesschwäche zu kommunizieren. Mir liegt das Schwülstige nicht so. In der Küche greife ich nach dem vorbereiteten roten Briefumschlag, und als ich gerade mit der Korrekturlesung meines Meisterwerkes beginne, klingelt das Telefon.

»Hallo, Tati!« Meine Mama ist dran.

»Warum rufst du schon so früh an?«

»Weil Papa und ich gleich einen Termin haben!«

Meine Verwunderung darüber, dass Rentner samstags Termine haben, wird von meinen Synapsen nicht weitergeleitet, weil mich Mamas unfassbar gute Laune verwirrt.

»Ist alles in Ordnung bei euch? Du fragst sonst immer zuerst nach Carsten?«

»Seid ihr noch zusammen, Tati?«

Ich höre deutlich ihre Belustigung. Komisch, seit ich ihr vor einem Monat von der Absage des Hochzeitstermins berichtete, war ihr diese wöchentliche Frage sonst immer sehr wichtig.
»Wir sind heute genau drei Jahre zusammen, Mama!«
Mamas darauffolgendes »Mhm!« klingt, als ob sie das schon wüsste. Sonst jammert sie immer, dass sie sich nichts merken kann.
»Sag mal, Tati, hast du was von deiner Schwester gehört?«
Endlich wieder eine normale, mit leicht pessimistischer Stimmfärbung vorgetragene Frage.
»Ihr geht es gut. Seit sie aus der Klinik zurück ist, macht sie einen ausgesprochen fröhlichen und entspannten Eindruck auf mich. Als sie kürzlich bei uns war, hat sie sogar über Witze gelacht, die gar nicht lustig waren!«
Ich bin froh, meine Mutti wieder beruhigen zu können. Verinnerlichte Kommunikationsmuster sind eben schwer abzulegen.
»Schön, dass du dich um Alexandra kümmerst, Kind. Was schenkst du Carsten heute eigentlich?«
»Ich habe ihm einen Liebesbrief geschrieben.«
Vorsichtshalber frage ich in der Vorahnung, dass meine Mutter einen Brief als nicht ausreichend beziehungserhaltend ansehen könnte: »Reicht das?«
»Natürlich!«
Natürlich? Was ist mit meiner Mutter nur los?
Mama lacht ihr typisches raues Lachen, welches sie im Kino bei den größten Albernheiten à la Louis de Funès überkommt, aber niemals bei unseren Telefongesprächen. Hoffentlich hat sie nicht die falschen Tabletten genommen.
»So, Mama, ich habe es eilig. Lass uns bald ausführlicher sprechen, ja?«
»Ja, Tati. Ist gut. Pass auf dich auf und kümmere dich um deine Schwester. Tschühüss!«
Mama ist eindeutig seltsam. Ich beschließe, das Thema nicht

weiter zu vertiefen. Carstens komisch konspiratives und geheimnisvolles Verhalten der vergangenen Wochen, etliche bei meinem Erscheinen abgebrochene Telefonate und sein plötzliches Interesse an meinen Freundinnen habe ich auch einfach ignoriert. Ich will mich einfach nicht mehr wegen Kleinigkeiten aufregen.
Ich greife nach meinem Briefgeschenk, um noch einmal zu lesen, was ich mit viel Liebe zusammengeschrieben habe:

Lieber Carsten,
bevor uns das Schicksal zusammenführte, …

Schicksal ist doof. Das Wort hört sich so nach Dreigroschenroman an. »Geschick« ist vielleicht besser? Nein. Erst mal weiterlesen.

… hatte ich mein Singledasein perfektioniert, erwartungstechnisch relativiert und auf meine Bedürfnisse optimiert. Ich hatte mich darauf eingerichtet, dass die Suche im Netz nach dem »Richtigen« für mich noch ewig so weitergehen würde. Ich hatte dem ganzen Prozedere und dem »Rundrum« die positiven Seiten abgerungen und hatte mich eingestellt auf ein Singleleben. Die Hoffnung, einen Mann zu finden, der mich so respektiert, wie ich bin, der Spaß daran hat, so oft wie möglich mit mir zusammen zu sein, der mir Geborgenheit gibt und mir vertraut, der meinen Beruf ohne Eifersucht, Einschränkung und Neid toleriert und dazu toll aussieht und intelligent ist – all diese Hoffnungen hatte ich im Großen und Ganzen ins Land der Märchen verbannt.
Vor drei Jahren, um genau zu sein, am 23. Januar um 19 Uhr, als ich mit meinem Auto auf der Bleibtreustraße nach einem Parkplatz suchte und Du, angestrahlt vom Schaufensterlicht einer Boutique, frierend durch mein Autofenster einen Blick auf mich erhaschen wolltest, ahnte ich zum ersten Mal, dass es doch noch Märchen geben könnte. Seitdem beweist Du

mir jeden Tag aufs Neue, dass jeder einzelne Tag, jeder Kuss, jede zärtliche Berührung mit und von Dir wert ist, sich riesig darauf zu freuen, zu vertrauen und einfach nur glücklich zu sein ... ob nun für ein viertel, ein halbes, ein ganzes Jahr oder eben ein ganzes Leben.
Ich freu mich auf jede Sekunde mit Dir.
Deine Tati

Das geht ja gar nicht, denke ich auf einmal. Warum belaste ich ihn mit meinen Umdenkprozessen. Das ist doch alles gar nicht mehr relevant. »jede zärtliche Berührung« – so ein Sums! Liebesschnulzen-Gedöns. Das ist mir irgendwie peinlich. Außerdem ist es mir überhaupt nicht egal, wie lange ich mit Carsten glücklich bin: »oder eben ein ganzes Leben!« Falsch. »Auf jeden Fall ein ganzes Leben!«
Wütend zerknülle ich das Papier, setze mich im Arbeitszimmer an den Computer und öffne die Vorlage dieses intellektuell-romantisch verquasten Briefes, markiere alles bis »Leben«, lösche den Rest und lese:
»Lieber Carsten,
ich freu mich auf jede Sekunde mit Dir.
Deine Tati«
Zufrieden drucke ich den Brief aus und stecke ihn in den vorbereiteten Umschlag, den ich mit einer Schleife an eine langstielige Rose gebunden habe. Dieses Gebinde lege ich auf ein Tablett und trage es mit frischem Kaffee und ein paar vorbereiteten Frühstückstoasts die Treppen hoch. Nachdem ich mit der Nase Carstens Klingel betätigt habe, öffnet mir ein ziemlich waches Erdhörnchen, steppt vor mir her in die Küche und knutscht mich, nachdem ich das Tablett abgestellt habe, rücklings auf den großen Eichentisch nieder.
Carsten freut sich über den einzeiligen Liebesbrief, stellt die Rose in eine Vase und teilt mir mit, dass ich auf sein Geschenk ein wenig warten müsse. Als ich nach dem schnellen Frühstück wieder neben Chica in meiner Küche sitze, freue

ich mich, dass unsere Liebe so unkompliziert und vorwurfsfrei funktioniert und ich jetzt meine Arbeit trotz unseres Ehrentages ohne schlechtes Gewissen erledigen könnte. Ich könnte mich aber auch einfach nur in die Küche setzen und am Leben erfreuen oder mich selbst finden oder mich weiter selbst verwirklichen.
Um mich selbst zu finden, brauche ich noch ein wenig Zeit. Ich suche und suche nach mir und werde nicht fertig. Ob ich mich jemals ganz finde, steht in den Sternen. Aber fertig werden ist langweilig. Mich selbst zu verwirklichen, finde ich zunehmend leichter.
Ja, Mama, disziplinierte, harte Arbeit und große Ziele sind wichtig! Aber ich muss meine Selbstachtung nicht verlieren, auch wenn ich nicht die Beste bin oder wenn ich Lust habe, einen ganzen Tag im Bett zu bleiben. Ja, Mama, Corinna hat bestimmt geheiratet. Na und! Mir reicht meine Zuversicht, die trotz Hochzeitsterminabsage nicht verschwunden ist. Es lebt sich auch ohne Versprechen gut.
Apropos »Versprechen«. Hatte Flo nicht versprochen, sich endlich mal zu melden?, schießt es mir durch den Kopf. Langsam mache ich mir Sorgen, so lange habe ich von keiner neuen Barbie mehr gehört, geschweige denn zur Lästerfreigabe persönlich vorgeführt bekommen. Das Letzte, was Flo uns gezeigt hat, war sein neuer Audi. Der wirkte im Vergleich zu seinem Mercedes Cabriolet so konservativ und grau, dass ich schon Angst hatte, Flo könnte auch unter Depressionen leiden.
Bevor ich gleich meine Schreibarbeit angehe, wähle ich die Telefonnummer meiner Tochter in Amsterdam. Nach der Ansage »nur 2,9 Cent pro Minute« und zehn Freizeichen lege ich auf. Wo mag sie nur sein? Rumtreiber-Elsi!
Ich beschließe, doch zu arbeiten, schreibe Verträge und Pressemitteilungen und spreche alle technischen Details für das nächste Gastspiel ab. Als ich mit der Arbeit fertig bin, ist es bereits 16 Uhr. Die Zeit ist ja ruck, zuck vergangen.

»Plingplingpling!« Eine SMS ist angekommen. Von Carsten.
»Liebe Tati, bitte zieh dich schick an. Ich hole dich um sechs Uhr ab. Kuss, Carsten«
Welche Freude! Mein Hörnchen will mich ausführen. Sofort träume ich von einem kleinen, schnuckeligen Abendessen bei Kerzenlicht. Nur wir zwei, allein, verliebt und dann ...
Ich stürze an den Kleiderschrank. Sag einer Frau, sie soll sich schick anziehen, da findet sie garantiert keine passende Klamotte! Verzweifelt zerre ich einen Bügel nach dem anderen zur Seite, nehme das eine oder andere Kleid raus, halte es an, verwerfe wieder. Chica kriecht in den Kleiderschrank und schabt an der Rückwand. Ich wühle in den Schubfächern der Kommode. Unterwäsche zu finden ist einfacher. Ich wähle mein graublaues Mieder mit passendem Slip und halterlosen Strümpfen. Das funktioniert immer. Grrrrrrrrrr. Dann renne ich ins Bad, dusche, rasiere und salbe mich. Vor dem Spiegel zupfe ich alle überflüssigen Haare aus dem Gesicht und schmiere es dann mit einer flüssigen Anti-Aging-Kur aus der Ampulle und der Experten-Lift-Nachtcreme ein. Für meinen restlichen Körper reicht die Billig-Lotion. Parfüm, Deoroller, Haargel und für den Hintern dann doch noch Q10.
Vierzig Minuten später stehe ich, diesmal in Unterwäsche, wieder vor meinem Schrank, in dem Chica es sich bequem gemacht hat. Ich entscheide mich nach langwierigem An- und Ausziehprozedere für das rote Abendkleid, das ich zur »Goldenen Henne« angehabt hatte; dazu die schwarzen Lackpumps und die zu diesem Ensemble bereits erprobte Herzchenkette. Ich male mir ein bisschen Farbe ins Gesicht, tusche die Wimpern so, dass sie den Blick öffnen, pinsle mir einen knallroten Knutschmund, bringe mit ultrastarkem Haarlack meine Haare zum Stehen – fertig! Ich bin mit meinem Anblick zufrieden. Im Schrank findet sich direkt unter der schlafenden Katze ein Bolerojäckchen mit Kunstpelz. Ich trage Chica samt Bolero in die Küche. Enthaaren muss ich diesmal nichts, so hat der Pelz etwas echtes Fell. Man

sieht es auch gar nicht. Als ich gerade meine Entspannungszigarette rauche, betritt Carsten im schwarzen Anzug, mit weißem Hemd und schwarzer Krawatte den Raum. Seit er einmal wöchentlich seinen Rücken trainiert, läuft er sehr aufrecht und wirkt in seinem Outfit gerade wie ein Pinguin.
»Warum trägst du denn eine schwarze Krawatte? Ist was Schlimmes passiert?« Diese Frage stelle ich regelmäßig, um ihn zu ärgern. Genauso regelmäßig erklärt er mir, dass das modern sei. Auch wenn im Fernsehen Moderatoren zu festlichen Anlässen eine schwarze Krawatte tragen, weist er mich darauf hin.
Mein Pinguin verwandelt sich in ein aufgeregtes Erdhörnchen und gibt mir zu verstehen, dass wir sofort los müssen. Er läuft im Mantel, den Schal fest unterm Kinn zugebunden, unruhig auf und ab. Ich lasse mich nicht hetzen, denn das führt bei mir immer zu Katastrophen wegen vergessener Wichtigkeiten. Ganz in Ruhe packe ich Handy, Taschentücher, Kopfschmerztabletten, Portemonnaie und Parfüm – grrrrrrr – in meine Handtasche. Als wir vors Haus treten, wartet dort bereits ein Taxi. Wir setzen uns beide nach hinten. Auch wenn ich mich cool und souverän gebe, bin ich doch aufgeregt und neugierig. Überraschungen sind so spannend! Ich greife Carstens Hand.
»Oh, deine Hand ist ja auch kalt. Bist du etwa auch aufgeregt?«, frage ich. Carsten reibt sein Gesicht an meinem und antwortet einfach: »Du siehst toll aus!«
Der Taxifahrer fährt ohne weitere Anweisungen los. Die Straßen sind dunkel und fast menschenleer. Wir fahren bis zur Zeppelinstraße und biegen ab in die Breite Straße, vorbei an der Havelbucht und der Moschee, die die Pumpen für Sanssoucis Springbrunnen beherbergt. Vielleicht fahren wir ja nach Berlin? Nein. Das wäre mit dem Taxi zu teuer. Außerdem fahren wir jetzt in die Dortustraße. Mhm? Nikolaisaal? Vorbei. Er wird mich doch nicht aufs Theaterschiff einladen? In Strapsen und Abendrobe? Doch! Gerade passieren wir

den Alten Markt und das von Günther Jauch gespendete Tor, welches die Baugrube für das neue alte Stadtschloss bewacht. Auf dem unbeleuchteten und unbefestigten Parkplatz, direkt an den Stufen zur Havel, halten wir an.

Ich klettere aus dem Auto und trete nur mit den Zehenspitzen auf, um nicht in der feuchten Erde zu versinken. Durch die Bäume an der Böschung sehe ich die Lichter des Bühnenkahns, auf dem ich vor einem Dreivierteljahr meine Solopremiere gefeiert habe. Ich spüre Carstens Arm an meiner Taille und bin mir nicht sicher, ob er mich oder sich selbst festhalten muss. Er ist ungewöhnlich aufgeregt. Warum nur? Weil er nicht selbst kocht? Ich beschließe, eingedenk meiner neuen Erkenntnisse über das Leben, ruhig zu bleiben.

Als wir die Treppen zum Ufer hinuntergehen, sehe ich den roten Teppich, der von Teelichtern rechts und links beleuchtet wird und direkt zum Eingang des Schiffes führt. Haben die Kollegen heute ein besonderes Gastspiel geplant, von dem ich nichts weiß? Was erwartet mich? Carsten öffnet mir fast andächtig die Tür. Während wir die steile Treppe zum Gastraum hinabsteigen, hält er mich am Oberarm fest. Das ist auch gut so. Denn von den ungefähr fünfzehn Tischen stehen ganz viele Menschen auf und applaudieren uns. Uns? Ich erkenne zuerst die Kollegen der Theatertruppe, höre Doros Lachen. Rudi steht direkt in der Mitte des Raums und pfeift auf zwei Fingern. Neben ihm steht Gisi und schaut mich an wie ein waidwundes Reh. Ich ziehe meinen Pinguin dicht an mich ran und flüstere: »Was ist hier los?« Aber er hat keine Zeit ausführlich zu antworten und ruft mir – da er von Ronny zur Seite gezogen wird – nur »Party!« zu.

Es beginnt eine Begrüßungsarie. Händeschütteln, Küsse, Schulterklopfen. All unsere Freunde samt ihrer Altersgebrechen sind da: graue und gefärbte Haarschöpfe, Bierbäuche, Brillen, Techniker Tino mit dem Kalk in der Schulter und mittendrin steht Carsten, die Bandscheibe. Meine Schwester lacht aufgedreht und laut. Anka, Petra und Suse stehen neben

ihr. Vor allem Suse strahlt mich glücklich an, denn vor wenigen Tagen rief sie mich an und berichtete, dass das Blut ihres Sohnes wieder in normalen Bahnen zirkuliere. Er habe der australischen Veganerin den Laufpass gegeben.
Nach der gefühlten einhundertsten Gratulation zum dritten Kennenlerntag habe ich mich an die Bar der Schiffskneipe vorgearbeitet und bin komplett verwirrt. Ich meine, ich wusste ja, dass sich viele meiner Freunde Sorgen machten wegen meiner immer wieder neuen Lebensabschnittsgefährten, der tragischen Trennungen und der verzweifelten Suche. Aber dass sie sich so über die drei Jahre des Durchhaltens mit ein und demselben Partner freuen, das hätte ich nicht erwartet. Plötzlich steht meine Tochter vor mir, nimmt mich in die Arme und drückt mich ganz fest. Jetzt ist es ganz vorbei mit meiner Fassung, mir kullern die Tränen vor Rührung hinunter und verderben meine Gesichtsrestauration. Mein Kind hier und nicht in Amsterdam!
»Was ist hier nur los, Baby?«
»Carsten schmeißt eine Party! Er hat mir auch den Flug bezahlt!«
»Er hat was?«
Gut, dass Flo auftaucht und ich nicht weiter nachdenken muss.
»Hallo Sonne!« Wieder einmal schiebt er eine Blondine zwischen sich und mich. »Darf ich vorstellen? Das ist Conny!«
Ich bin verblüfft. Conny ist zwar blond, aber auf jeden Fall älter als dreißig, sie ist elegant gekleidet, dezent geschminkt, und schon ihre Ausstrahlung und ihr Auftreten lassen erkennen, dass sie keine gehirngepiercte Barbie sein kann.
»Freue mich sehr!«, rutscht mir eine geradezu euphorische Begrüßung raus. »Mensch, Flo, da hast du ja richtig Geschmack bewiesen!«
Flo ist sichtlich stolz, als er sagt: »Sie ist unter mir eingezogen!«
Carsten, der den letzten Satz mitgehört hat, klopft unserem Freund auf die Schulter.

»Dann lebt ihr ja wie wir glücklich getrennt unter einem Dach. Das sind die besten Voraussetzungen für eine langanhaltende Liebe!«
Deswegen haben wir so lange nichts von Flo gehört!
Der Lärmpegel schwillt an. Aus den Lautsprecherboxen höre ich Karat. Sie singen »Über sieben Bücken musst du gehen«. Ich spüre in meiner Verwirrung ganz kurz einen ostdeutschen Phantomschmerz, werde von Kumpel Ronnys Blitzlicht und Doros Lachen wieder in die Gegenwart katapultiert und trinke hastig meinen Riesling, den mir Gisi in die Hand gedrückt hat. Sobald es geht, ziehe ich mich heimlich auf die Toilette zurück und atme durch. Hier ist es ruhig. Hier kann ich mich fühlen wie an einem ganz normalen Kabarettabend. Ich betrachte den an der Tür hängenden Veranstaltungskalender. Für heute, den 23. Januar, steht dort »Geschlossene Gesellschaft«. Hat Carsten den Kahn gemietet? Oder ist es das Stück von Sartre? Ich wasche mir eine Minute lang die Hände, da ich wegen des eigenartigen Verhaltens aller Anwesenden Angst vor einer Pandemie habe, und schleiche mich von der Toilette durch die Schwingtüren in den Theatersaal. Die Bühne ist beleuchtet, aus der Garderobe dahinter höre ich Stimmen.
»Hi, Tati. Gratuliere!« Techniker Tino steht an den Reglern. Vielleicht kann ich bei ihm herausfinden, was hier heute los ist.
»Sag mal, Tino, mein Großer – was spielt ihr heute Abend?«
»N-n-n-nichts!« Tino stottert nur, wenn er aufgeregt ist.
»Du verheimlichst mir etwas!«, sage ich streng.
»N-n-nein!«
Dann eben nicht. Ich gehe zurück zur feiernden Meute und entscheide mich, die Party zu genießen, auch wenn ich eher an einen Abend zu zweit gedacht hatte. Wo ist mein Pinguin eigentlich? Ich kann ihn nirgendwo entdecken. Also geselle ich mich zu Alexandra, die bei meinen Freundinnen steht. Mein Gott, sind die alle elegant gekleidet!

»Na, meine Lieben, aufgrund eurer Kleidung könnte man denken, ihr wärt wegen der Männer hier!«

»Jahahahaha!«, lacht Doro und zappelt wie ein Fisch im Netz. »Nur dass in dem extrem engen Kleid kein Mann an mich rankommt!«

Meine Schwester, die einem mir unbekannt gebliebenen Erik gerade den Laufpass gegeben hat, bekommt wegen eines Witzes von Suse einen Lachkrampf, obwohl der Witz gar nicht so besonders war. Egal was Alu genommen hat, es ist zu viel, denke ich kurz, um mich dann sofort wieder zu entspannen: Doro lacht immer so, ganz ohne Medikamente.

Nach meinem dritten Glas Wein fühle ich mich langsam besser, genieße die Gespräche, freue mich über die ausgelassene Stimmung aller Anwesenden und bin glücklich über Carstens Partyidee.

»Prost, mein Süßer. Und vielen Dank für den schönen Abend!«

Mein Pinguin schwenkt mich kurz zum Takt der Musik durch die Kneipe.

»Warte mal ab. Ist ja noch nicht alles!«

Das ist noch nicht alles? Noch mehr Aufregung und Alkohol verkrafte ich nicht! Ich setze mich zu Gisi und Rudi an den Tisch. »Wo ist eigentlich Ronny?«, frage ich die beiden.

»Keine Ahnung.« Gisi hat bestimmt auch schon drei Glas Wein gehabt, so schleppend wie sie antwortet. Rudi wischt sich den Bierschaum vom Mund. »Meine Künstlerin. Das ich das noch erleben darf!«

»Was meinst du? Mein dreijähriges Jubiläum oder dass du es ausnahmsweise wach erlebst?«

»Ich lege gleich mein Mandat nieder!«

»Bitte nicht, mein Anwalt!« Weil es auf einmal still im Raum wird, schaue ich Richtung Eingang und glaube meinen Augen nicht zu trauen. Meine Eltern und Schwiemu stützen sich gegenseitig die steile Treppe zum Gastraum hinunter. Carsten springt ihnen entgegen, um zu helfen. Was hat das zu bedeuten? Ich suche in Gisis Gesicht nach einer Erklärung und bin völlig verwirrt, als ich sehe, dass ihre Augen glasig werden. Wie eine Marionette stolpere ich meiner Verwandtschaft entgegen.

»Tatikind.« Meine Mama stellt sich auf die Zehenspitzen, zieht meinen Kopf zu sich und küsst mich mit spitzen Lippen auf den Mund.

»Das ist aber schön, dass das geklappt hat!« Meine Schwester fällt meinem Vater in die Arme.

Ich wittere eine Verschwörung. Muss ich Carstens Heimlichtuerei der letzten Wochen neu kalibrieren? Flo stellt Schwiemu seine neue Flamme vor.

»Und, bist du jetzt endlich entlobt?«, fragt sie ihn gut gelaunt. Seine Antwort höre ich nicht, weil mich Carstens Mama so an ihren Busen drückt, dass mir fast die Luft wegbleibt. Mein Liebster stellt sich auf die Treppe und bittet um Ruhe.

»Liebe Gäste, liebe Freunde und Verwandte. Ich freue mich sehr, dass ihr alle meiner Einladung gefolgt seid und will euch auch gar nicht mit langen Reden aufhalten. Nur so viel: Das Bufett im Theatersaal ist eröffnet.«

Ich habe Hunger und muss zudem dringend Gegenmaßnahmen gegen den Alkohol ergreifen, damit ich wenigstens noch ein paar saubere Sätze mit meinen Eltern wechseln kann. Im Saal ist zwischenzeitlich eine große Tafel aufgebaut worden mit spanischen Tapas, verschiedenen Salaten, eingelegten Hähnchenschenkeln und leckerem Bruscetta. Da, wo sonst Stuhlreihen stehen, können wir an Tischen Platz nehmen. Ich koste alles und schlinge gierig gegen aufkommende böse Vorahnungen an. Bei der Verdauungszigarette auf Deck bin ich mir plötzlich ganz sicher, dass das keine normale Party sein kann. Drei Jahre hatte ich doch auch schon mit Flo und Ingo geschafft und leider auch mit Heinz, und keiner hat deswegen so ausufernd gefeiert.

Stimmt etwa Carstens Kai-Pflaume-Argument gar nicht? Muss ich mit einem von mir zu den Akten gelegten Heirats-

antrag rechnen? Feiern meine verkommenen Freunde gar ohne mein Wissen meine Verlobung?
Als ich halb erfroren und komplett verwirrt wieder den Theatersaal betrete, hat Tino das Licht gelöscht.
»Tati, Platz fünf ist noch frei!«, flüstert er mir zu. Ich eile nach vorn, sehe die durch das Bühnenlicht beleuchtete erste Reihe, in der schon meine Eltern, meine Tochter, Alexandra, Schwiemu, Flo, seine Conny und mein Carsten Platz genommen haben. Carsten winkt mich neben sich und krallt sich in meine Hand. Musik erklingt aus den direkt über uns hängenden Boxen. »You can leave your hat on«, singt Joe Cocker. Zu diesem Titel strippen die Männer der schiffseigenen Theatergruppe über die Bühne. Sie wiegen die Hüften und schauen mir vielsagend in die Augen. Sie schleudern ihre Jacketts synchron über den Köpfen, sie wippen und schreiten, werfen mir Kusshände zu und reißen sich kurz vor Ende des Titels die Hosen vom Leib. Dann wackeln sie mit ihren knackigen Popos, nehmen ihre Hüte ab und halten diese vor ihre »Patengeschenke«. »Patengeschenk« hat mein Vater immer dazu gesagt. Ich schaue zu ihm rüber, um herauszufinden, ob mir die Aufführung vor ihm peinlich sein sollte. Doch Papa hat wie immer seine Videokamera vorm Gesicht und filmt. Als ob Tino ihn ärgern möchte, geht in dem Moment das Bühnenlicht aus. Doro beginnt laut zu kreischen, die Anwesenden schließen sich an. Wir klatschen und jubeln für die Stripperjungs, die im Dunkeln die Bühne verlassen.
Als das Licht wieder angeht, steht ein Rednerpult auf der Bühne. Hinter dem Vorhang kommt Ronny hervor. Er trägt eine Kapitänsmütze und eine Schwimmweste. Die Zettel, die er in der Hand hält, zittern leicht. Sicher ist mein Kumpel aufgeregt. Ich habe ihn noch nie auf einer Bühne erlebt. Sein Bauch ist ziemlich dick, und ich bin froh, dass er mit den Händen ans Pult reicht. Carsten krallt sich wieder an meiner Hand fest. Ronny hüstelt.
»Liebe Mitwisser, liebe Tati, lieber Carsten!«

Er nimmt einen Schluck aus dem mitgebrachten Bierglas, wischt mit routinierter Geste links und rechts den Schaum aus seinem Kaiser-Wilhelm-Bart und streift die Hand an der Schwimmweste ab. Dann blickt er mich an.
»Tati, lange haben wir darauf gewartet, dass du uns nicht nur irgendeinen Mann an deiner Seite vorstellst, sondern dass du dabei auch an uns denkst. Die Männer, die wir kennenlernten, waren vielleicht nicht die schlechtesten, aber sie passten einfach nicht zu dir. Ich habe mich ständig gefragt, was mit dir und deinen Hormonen nicht in Ordnung sein könnte. Und darum bin nicht nur ich, sondern sind alle hier anwesenden Freunde und deine Familie sehr froh darüber, dass du heute mit Carsten, einem Typen, der nicht nur dein perfektes Gegenstück zu sein scheint, sondern auch zu uns allen passt, deinen dritten Kennenlerntag feierst.«
Was stottert Ronny da zurecht? Will er meinen Eltern gefallen oder mir?
»Heute stehe ich hier als Kapitän vor euch und habe eine wichtige Mission zu erfüllen!«
Wahrlich, Ronny ist ein stattlicher Käpten. Allerdings trinkt er Bier statt Rum. Jetzt schon wieder. Wahrscheinlich weiß er deswegen nicht, was er da redet. »Mission«. Was für eine Mission soll das bitte sein? Rudi stupst mich von hinten an und prostet mir grinsend zu. Rechts von mir sitzt meine Tochter und tätschelt mir die Hand, als ob sie mich beruhigen müsste.
»Zuerst bitte ich Flo auf die Bühne!«
Flo? Ich kenne ihn. Wäre er nicht vorbereitet, würde er jetzt rumdiskutieren. Aber er steht auf und geht nach vorn. Rudi folgt ihm. Alles Verräter. Ich kneife Carsten in den Oberschenkel, er schaut stur zur Bühne.
Flo fummelt einen Zettel aus seiner Hosentasche, Rudi steht wie ein Bodyguard mit vor dem Gemächt verschränkten Händen neben ihm. Ronny nickt den beiden zu, und Flo beginnt zu lesen.
»Hiermit gebe ich, Flo, meine Entlobung mit Tati bekannt.

Obwohl der Kranzgeldparagraf 1998 aus dem BGB gestrichen wurde, erkläre ich mich bereit, die hier heute stattfindende Party zu fünfzig Prozent mitzufinanzieren.«
Dann reicht er Rudi den Zettel weiter und bemerkt: »Weil ich froh bin, dass ihr euch gefunden habt und weil ihr meine Freunde seid!«
Rudi holt einen Stempel aus seiner Anzugtasche, stempelt und drückt meinem Carsten die Entlobungsurkunde abgestempelt und unterschrieben in die Hand. Ich bin mir nicht sicher, was ich jetzt machen soll und stehe darum einfach auf, reiche Flo die Hand und sage: »Danke! Hätte nicht für möglich gehalten, dass du in diesem Leben noch eine Entlobung finanzierst.«
Der Saal kocht, die Gäste jubeln Flo zu, als ob mein Spätverlobter ein nebenwirkungsfreies Mittel gegen Schweinegrippe erfunden hätte, und bringen den Kahn zum Schwanken. Ich klatsche mit und bin froh, endlich die Entlobungsüberraschung als Grund für diese Party ausgemacht zu haben. Ob Rudi meinen Spätverlobten dazu überredet hat? Auf jeden Fall ist es eine lustige Idee. Aber muss zu einer Entlobung extra die ganze Familie aus Erfurt, Holland und Berlin anreisen?
Ich freue mich natürlich; finde aber, dass dieser Anlass dadurch zu viel Aufmerksamkeit bekommt.
Ronny schlägt mit einem Kuli gegen sein Glas.
»Silentium! Ich möchte fortfahren!«
Ich bin verwundert. Was kommt denn jetzt noch?
»Liebe Tati, lieber Carsten! Mit diesem formellen Akt der Entlobung seid ihr jetzt frei füreinander!«
Mein Paternoster-Syndrom macht sich bemerkbar. Carstens nervöser Blick, seine feuchten Hände, die gespannte Ruhe im Saal, Doros unterdrücktes Prusten und das Tätscheln meiner Tochter bewirken ein Kribbeln in meinem nervösen Darm. Carsten wird doch nicht! Kommt jetzt von meinem als Pinguin verkleideten Erdhörnchen etwa der langerhoffte und

nicht mehr gewollte Heiratsantrag? Bitte nicht. Das würde mich überfordern. Im Alter kann man seine Pläne nicht mehr so spontan ändern. Hilfe!
Rudi, der immer noch auf der Bühne steht, informiert uns gerade über Paragraf 11 des Bundesgesetzes über die Ehe: »Eine Ehe kommt nur zustande, wenn die Eheschließung vor einem Standesbeamten stattgefunden hat. Ein Kapitän müsste, um eine Ehe schließen zu können, also in Personalunion Standesbeamter sein, um rechtsgültige Trauungen vornehmen zu dürfen, und selbst dann dürfte er dies nur in Küsten- und Standesamtsnähe tun. Letzteres ist gegeben.«
Eheschließung? Um Gottes willen. Ich war gerade glücklich und zufrieden. Ronny unterbricht meine angstvollen Gedanken.
»Und darum werde ich im Rahmen meiner Möglichkeiten handeln und mich nicht zu weit aus dem Fenster lehnen!«
Oh, Ronny, wenn du jetzt was Falsches sagst, bist du die längste Zeit mein Kumpel gewesen, denke ich ängstlich. Bestimmt ist meine Schminke verschmiert und mein Gesicht knallrot angelaufen.
»Ich bitte euch beide auf die Bühne!«
Meine Tochter gibt mir einen Schubs, alle anderen klatschen fröhlich. Hoffentlich rutschen mir jetzt nicht die halterlosen Strümpfe runter, schießt es mir durch den Kopf. Ich kann mich nicht erinnern, jemals so weiche Knie auf einer Bühne gehabt zu haben. Glücklicherweise bleiben die Strümpfe da, wo sie sind. Carsten greift meine Hände und steht mir direkt gegenüber.
Er scheint plötzlich gar nicht mehr aufgeregt, schaut mich listig-lustig an und sagt: »Meine liebe Tati, du bist für mich unvergleichlich: deine Art, dein Leben zu leben, welche Beachtung du ihm schenkst, welche Werte dein Leben bestimmen, wie du liebst und mit der Liebe umgehst. Ich liebe alles an dir: deine Schönheit, wenn ich dich am Morgen anblicke, dein Lächeln, welches du mir schenkst, wie du dich gibst,

wenn du dich unbeobachtet fühlst und ich einfach nur glücklich bin, wenn ich dich ansehen darf. Ich bin jeden Tag aufs Neue erstaunt, welche Gefühle du mir entlockst, wie angenehm es ist, sich bei dir auch einmal fallen zu lassen, dein Vertrauen zu erfahren und jeden Tag mehr von dir zu entdecken. Ich habe durch dich einen Plan vom Glück, vom Leben und von der Liebe!«

Ist das furchtbar. Ich entreiße Carsten meine rechte Hand, um mein sichtbar zitterndes Knie festzuhalten. Kaum ist mein Knie festgestellt, zittern meine Hände wie verrückt. Ich schaue meinen glücklich wirkenden Pinguin fragend an und mir laufen ungewollt Sturzbachtränen die Wangen hinunter. Carsten unterbricht kurz seinen Redefluss, nimmt ein Taschentuch und wischt mir tapsig übers Gesicht.

»Ich bin mir ganz sicher, dass mich mein Gefühl nicht täuscht, in dir die Frau gefunden zu haben, die mir zur Ausgeglichenheit fehlte. Ich möchte, dass du meine Liebe erkennst und spürst, ohne dass wir eine Urkunde unterschreiben müssen, denn in meinem Herzen bin ich längst mit dir verheiratet!«

Hinter uns sortiert Ronny seine Zettel auf dem Pult.

»Mchm!«, hüstelt er, und ich schnäuze mir die Nase. Aus dem Theatersaal höre ich ein vielzähliges Schnäuz-Echo. Tino spielt leise Musik ein. Mein Lieblingslied »Auf halber Strecke« säuselt aus den Boxen, und Ronny sagt mit fester Stimme: »Tati, möchtest du den hier anwesenden Carsten bei glatter See und Sonnenschein genauso lieben wie bei Sturm und Monsterwellen, willst du ihm treu sein in guten und in bösen Tagen, in Gesundheit und Krankheit. Willst du ihn heute vor deinen Eltern, Verwandten und Freunden im Herzen heiraten?«

Meine Mama lächelt mich selig an, Papa hüstelt verlegen hinter der Kamera, meine Schwester nickt triumphierend in meine Richtung, und Carsten hält mich ganz fest an den Händen.

Ich blicke zu ihm hoch, hole tief Luft und sage: »Ja, ich will!«

»Ich will auch, unbedingt!«, sagt mein Herzensbräutigam ungefragt und hebt mich leicht an, um mir einen langen Kuss zu geben. Ich flüstere »Vorsicht, deine Bandscheibe!«, während er mich wieder absetzt und die Hochzeitsgäste wie verrückt trampeln.

Ronny mault: »So geht das gar nicht. Ich hätte noch etwas sagen müssen!«, aber niemand hört ihn. Dann holt Carsten ein Kästchen aus der Innentasche seines Jacketts und öffnet es. Darin lächelt mich ein zarter goldener Ring an, den mein Liebster aus seinem Gefängnis befreit und mir an den Finger steckt. Ich wackle mit dem Ringfinger der linken Hand ins Publikum. Die Theaterjungs kommen, zum Glück wieder angezogen, aus der Garderobe und überreichen mir jeder eine Rose.

Danach greifen viele Hände nach mir. Carsten und ich werden getrennt voneinander mit unglaublich viel Freude, Liebe und Herzlichkeit überschüttet. Ich werde auf dicke Bäuche gepresst, mein Kind wuschelt mir durch die Haare und wischt sich verstohlen eine Träne aus dem Auge. Mein Vater filmt die ganze Szenerie. Flo drückt mich einarmig, weil er seinen anderen Arm für seine Conny reserviert hat, und Doro wirbelt mich übermütig im Kreis. Meine Schwester küsst mich auf den Mund, schaut mir in die Augen und sagt, während wir beide mit den Glückstränen kämpfen: »Wenn du mich fragen würdest, was ich heute Schönes erlebt habe, wüsste ich sofort eine Antwort: Der ganze Tag war schön. Einfach alles!«

Ich stoße mit jedem, aber vor allem mit meinem Herzensmann an und habe das gute Gefühl, angekommen zu sein. Wir sind beide bereit, uns aufeinander einzulassen, ohne uns ineinander zu verkrallen, wir sind bereit, uns gemeinsam zu verändern, weil das Leben nicht stillsteht, und wir versuchen, es immer schöner werden zu lassen, wenn das überhaupt geht.

»Prost, Mama!«

Ich freue mich natürlich auch für meine Mama. Ich kann ihr direkt ansehen, dass sie jetzt eine Sorge weniger hat.
»Prost, Tati! Ich bin sehr froh. Aber bitte versprich mir, dass du dich anständig benimmst. Und vergiss nicht: Sex ist nicht so wichtig, wie du immer glaubst!« Ich spüre meine halterlosen Strümpfe unter meinem Kleid, nehme meine Mama in den Arm und sage: »Das klingt in meinen Ohren wie der gut gemeinte Ratschlag: Man kann auch ohne Alkohol lustig sein!«, und ich denke: »Stimmt, Mama – aber leider nicht besoffen!«

ISBN 978-3-359-02273-2

1. Auflage

Umschlaggestaltung: Buchgut, Berlin
unter Verwendung eines Motivs von Lesja Chernish
Druck und Bindung: CPI Moravia Books GmbH

Ein Verlagsverzeichnis schicken wir Ihnen gern:
Eulenspiegel · Das Neue Berlin Verlagsgesellschaft mbH & Co. KG
Neue Grünstr. 18, 10179 Berlin
Tel. 01805/30 99 99
(0,14 €/Min., Mobil max. 0,42/Min.)

Die Bücher des Eulenspiegel Verlags erscheinen in der Eulenspiegel Verlagsgruppe.

www.eulenspiegel-verlag.de